豪門守灶女

5

文創風 106

玉井香 著

目錄

人物簡介

(註：此人物簡介主要以文中較為重要的焦家、權家、楊家為主，幾個頗常出現的重要人物則歸為其他；焦、權兩個家族主要以主子所居住的院落來作為劃分；主子的名字或頭銜有加上外框，餘則為較有臉面的奴僕、丫鬟等。)

焦家

★焦閣老權傾天下，但焦家崛起不過三代，是連五十年都沒過的門戶。焦閣老母親八十大壽當日，黃河改道，焦家全族數百人全死於惡水中，人丁變得極為單薄。

焦　穎：即焦閣老、焦老太爺，為內閣首輔，相當於宰相之位。
有一妻二妾，頭四個兒子都是嫡出。除四子外，其餘子女皆死於惡水中。

焦　鶴：焦府大管家。焦閣老最為看重、信任之人。

焦　梅：焦府二管家。後跟著焦清蕙陪嫁到權家當她的管家。

焦　勳：焦鶴的養子。眉清目秀、氣質溫和，是個溫潤如玉的謙謙君子，
焦家一手栽培起來，頗有才幹之人。和焦清蕙一起長大，
原本內定要和她成親，在她出嫁前被外放出焦府。

▼【謝羅居】

焦　奇：焦閣老四子，人稱焦四爺。惡水後身體即不好，拖了多年亦病逝。

焦四太太：焦奇元配，育有一雙子女，皆死於惡水中，
腹中胎兒亦因過於悲痛而流產。心慈、不愛管事，對任何事皆不上心。

綠　柱：焦四太太的首席大丫鬟。

▼【南岩軒】

三姨娘：溫和心善，惡水時四太太找人救了她，此後就一心侍奉四太太。

符　山：三姨娘的首席大丫鬟，一心向著焦清蕙。

四姨娘：四太太的丫鬟出身。亦是溫良之人。

▼【太和塢】

五姨娘：麻海棠，出身普通，因生下焦子喬，在焦家地位突升，頗有一人得道，
雞犬升天之勢。為人短視近利，手段粗淺。

透　輝：五姨娘的貼身丫鬟。焦老太爺安插在太和塢中給他遞送府中消息之人。

焦子喬：小名喬哥，焦奇的遺腹子，焦家獨苗。

胡嬤嬤：焦子喬的養娘、焦梅的弟媳。和五姨娘關係極佳。

堇　青：府裡最大的一個使喚人家族姜家的一分子。

▼【自雨堂】

焦清蕙：小名蕙娘，三姨娘親生之女，焦家女子中排行十三。
從小作為守灶女將養起來的，才智心機皆非一般，頗有手段。
婚前莫名其妙被毒死，幸運重生後作風一變，一心要找出凶手。

綠　松：蕙娘的首席大丫鬟，貌美。蕙娘親自從民間簡拔上來、從小一起長大的，唯一敢勸諫主子之人。

石　英：焦梅之女。頗有能耐，算是綠松之下的第二人。

瑪　瑙：布莊掌櫃之女。專為蕙娘裁製衣物。

孔　雀：蕙娘的養娘廖嬤嬤之女。清甜嬌美，性子孤僻，一説話總是夾槍帶棒的。專管蕙娘的首飾。

雄　黃：帳房之女。焦老太爺安插在自雨堂中給他遞送府中消息之丫鬟。陪嫁後為蕙娘管帳。

石　墨：姜家的一分子。專管蕙娘的飲食。

方　解：貌美，專管蕙娘的名琴保養。

香　花：貌美，專管蕙娘的妝容。

白　雲：知書達禮，琴棋書畫上都有造詣，但生得不大好看。

螢　石：專管著陪蕙娘練武餵招的，因怕蕙娘傷了筋骨，還特地學了一手好鬆骨功夫的。

廖嬤嬤：蕙娘的養娘。

▼【花月山房】

焦令文：小名文娘，四姨娘之女，非親生，焦家女子中排行十四。對蕙娘又妒又愛。嫁給祖父的接班人王光進的長子王辰為繼室。

雲　母：文娘的首席大丫鬟。性子太軟、太溫和，無法拉得住主子。

黃　玉：姜家的一分子。還算機靈，會看人臉色，可有眼無珠，看不到深層去。性子輕狂，老挑唆文娘和姊姊攀比。

藍　銅：焦老太爺安插在花月山房中給他遞送府中消息之丫鬟。

權家

★良國公是開國至今唯一的一品國公封爵，世襲罔替的鐵帽子，在二品國公、伯爵、侯爵等勳戚中，一向是隱然有領袖架勢的。權家極重子嗣，且承襲爵位的不一定是嫡長子，因而引發世子爭奪戰。

▼【擁晴院】

太夫人：喬氏，良國公之母，府中輩分最高者。三不五時就吃齋唸佛，不愛熱鬧。較偏心長孫權伯紅，希望由他當世子承襲國公位。

▼【歇芳院】

權世安：良國公，看似不問世事，實際上深藏不露。

權夫人：繼室，與丈夫兩人較看好權仲白當世子，偏偏二子愛自由、不受控，故千方百計娶進焦清蕙，希望能治一治他。

雲管家：良國公府的總管，與良國公之間有不可告人之秘密。

▼【臥雲院】

權伯紅：元配生，與妻子成婚多年，頗為恩愛，卻一直生不出孩子。為人熱情，面上不顯年紀。喜愛作畫。

林中頤：永寧伯林家的小姐、皇帝好友林家三少爺林中冕的親姊姊。
林氏看似熱心，其實一心希望丈夫成為世子，但苦於生不出孩子，
眼見二房娶媳，只得趕緊抬舉身邊的丫頭當丈夫的通房，以求子嗣。
巫　山：本為林氏的丫鬟，後成了權伯紅的通房，懷孕後抬為姨娘。
福壽嫂：大房林氏的陪嫁丫頭出身，是林氏身邊最當紅的管事媳婦。

▼【立雪院】

權仲白：元配生，字子殷，聞名於世的神醫，帝后妃臣皆離不開他。
為人優雅，性喜自由，淡泊名利，講話直接、不愛打官腔，
但實際亦是很有城府之人，只是不愛爾虞我詐的算計。
前兩任妻子皆歿，本不願再娶，婚前親口向焦清蕙拒婚，
未果。與蕙娘道不同不相為謀，不喜她的個性，
兩人一路走來，磨擦不少。
達貞珠：達家三姑娘，小名珠娘，權仲白的元配。是權仲白真心喜愛
並力爭到底娶進權家的，可惜過門三日便因病而逝，權神醫來不及救。
焦清蕙：京城中有名的守灶女，一舉一動皆蔚為風潮。
張管事：是二少爺權仲白生母的陪嫁，也是他的奶公。
張養娘：二少爺權仲白的奶娘。
桂　皮：權仲白跟前最得力的小廝，母親是少爺張養娘的堂妹。
精得很，頗會拿捏二少爺。娶石英為妻。
當　歸：權仲白的小廝，人品人才都好，隻身賣進府裡服侍的。娶綠松為妻。
甘　草：權仲白的小廝，張奶公之子，為人木訥老實、不善言辭，但心地好。娶孔雀為妻。
陳　皮：權仲白的小廝，人品人才都好，一家子在府中各院服侍的都有。
註①：蕙娘在焦家時的一群丫鬟亦陪嫁過來權家了，此不再複述。
註②：二房在香山另有一個先帝御賜給仲白的園子【沖粹園】，兩邊都會居住。

▼【安廬】

權叔墨：權夫人所生，為人嚴肅，是個武癡，對兵事上心，對世子位沒興趣。
何蓮生：小名蓮娘，雲貴何總督之女。極機靈，是個見人說人話、見鬼說鬼話，
看碟下菜的好手，亦希望丈夫成為世子而努力想掌府中事務。

▼

權季青：權夫人所生，膚色白皙、面容秀逸，甚至還要比權仲白更英俊一些。
為人沈著，為達目的不擇手段，是個深藏心事之人。
對生意、經濟有興趣，亦學了些看賬、買賣進出之道。
覬覦二嫂焦清蕙，一心希望她與之攜手，共謀世子位。

▼

權幼金：年紀極幼，通房丫頭喝的避子湯失效，意外生下的。

▼

權瑞雲：權夫人所生，權家長女、楊家四少奶奶，丈夫楊善久為楊家獨子。

▼【綠雲院】

權瑞雨：權夫人所生，權家幼女，熱情活潑。後嫁至東北崔家。

楊家

★楊閣老是焦閣老在政壇上的死對頭，兩派人馬纏鬥多年。
皇帝一手提拔起來的人，預備等焦閣老辭官退隱後，接任他的首輔之位。

楊海東：即楊閣老，字樂都。有七女一子。

楊太太：楊海東元配。

楊善久：楊家獨子，與七姊楊善衡為雙胞姊弟，妻子為權瑞雲。

孫夫人：嫡二女，定國侯孫立泉(皇后的哥哥)之妻。

寧　妃：庶六女，皇帝寵妃之一。

楊善衡：庶七女，又名楊棋，人稱楊七娘，是楊善久的雙胞胎姊姊，
嫁給平國公許家世子許鳳佳為繼室(元配是楊家嫡女五姑奶奶，產後歿)。

楊善桐：嫡三女，與楊善衡是一族的堂姊妹，兩人關係頗好，小桂統領桂含沁之妻。

楊善榆：是西北楊家小五房的三少爺，與權仲白有深厚的情誼。
不喜四書五經，卻對工巧奇技愛不釋手，也喜歡擺弄火藥，奉皇命在研製火藥。

其他

封　錦：字子繡，朝廷特務組織燕雲衛的統領，極為俊美，是皇帝的情人。

桂含春：嫡子，亦是桂家宗子，字明美，為少將軍，妻子鄭氏乃通奉大夫嫡女。
為人溫文爾雅，頗能令人放心。

桂含沁：偏房大少爺，字明潤，小桂統領、小桂將軍皆指他，
世人亦愛戲稱他「怕老婆少將軍」。心機深沈、天才橫溢。
把太后賞的宮女子賣到窯子裡而大大地得罪了太后，結下宿怨，牛李兩家遂成仇人。
是和皇帝一同長大的好友。

許鳳佳：許家世子，字升鸞，是一名參將。
先後娶了楊家的嫡女五小姐及庶女七小姐。
是和皇帝一同長大的好友。

吳興嘉：戶部吳尚書之女，嫁牛德寶將軍的嫡長子為妻。
焦清蕙及焦令文的死對頭，老愛和焦家姊妹相比，
卻每每敗下陣來，唯有在「元配」的頭銜上
勝過「續弦」的兩姊妹。

牛德寶：太后娘娘的二哥，也掛了將軍銜，雖然不過四品，
但卻是牛家唯一在朝廷任職的武官，前途可期。

張夫人：阜陽侯夫人，伯紅、仲白的親姨母。

太后 娘家：牛家。

太妃 娘家：許家。

皇后 娘家：孫家。

寧妃 娘家：楊家。

焦家人物關係表

閣老首輔 焦穎
- 四子 焦奇
- 元配 四太太（子息皆歿）
- 三姨娘 —— 十三姑娘 焦清蕙（權家二少奶奶）
- 四姨娘 —— 十四姑娘 焦令文（王家大少奶奶）
- 五姨娘 —— 十少爺 焦子喬

權家人物關係表

太夫人 —— 三子良國公 權世安
- 元配 陳夫人（歿）
  - 長子 權伯紅
    - 元配 林中頤 —— 長子 栓哥
    - 姨娘 巫 山 —— 長女 柱姊
  - 次子 權仲白
    - 元配 達貞珠（歿）
    - 繼室（歿）
    - 繼室 焦清蕙
      - 長子 歪哥
      - 次子 乖哥
- 繼室 權夫人
  - 三子 權叔墨
    - 三媳 何蓮生
  - 四子 權季青
  - 長女 權瑞雲（楊家四少奶奶）
  - 次女 權瑞雨（崔家大少奶奶）
- 姨娘 —— 幼子 權幼金

第一百零一章

權仲白回到家的時候，蕙娘已經被送回立雪院了。

歐陽家兩個大夫正給她把脈呢——看得出來，也是剛趕到的，衣領上的雪花都還沒有化，見到權仲白進了屋，都起身道：「師弟回來了！」

權仲白陰雲滿面，勉強笑道：「師兄們有心了，大恩大德，日後再言謝！」

「救人如救火，師弟別客氣了。」兩位大夫都是識看臉色的，又因為床上病人呼吸微弱急促，明顯危在旦夕，客氣話沒說幾句，便都拱手告辭。

權仲白也並不送，他三步併作兩步地趕到床前，先看蕙娘的臉蛋，就吃了一驚，幾乎是已經浮腫了一片，脖子衣領下還能瞧見鮮紅鮮紅的疹子！

「怎麼忽然就變成這樣了？」他一邊問，一邊聽蕙娘的呼吸，見她呼吸斷續、額頭火熱、雙頰發赤，很顯然正在發燒，現在進出氣都很困難，就是昏睡都昏睡得很不舒服。「幾天前還好好的啊，怎麼忽然發作的？說給我聽聽。」

權夫人、大少夫人並雲娘先都在屏風後看著，現在外男出去了，三人紛紛出來，都是黛眉緊蹙，一臉的驚惶。

大少夫人說：「剛才還吃飯呢，吃完飯忽然間說熱，然後就倒下去了。一會兒的工夫，便渾身浮腫，身上也長了疹子。我們立刻往宮裡喊你，又怕你出不來，所以先請了歐陽家的良醫過來。」雖說著急，但大少夫人還是交代得有條不紊。

權仲白心念電轉，也來不及解釋，將焦清蕙扶起身來，自己踢出一個痰盒，沈聲道：「讓開點地兒，窗門打開透氣，但不要讓風吹到她。妳們來一個人在一邊幫忙扶著，注意給她擦拭，不要讓她被污物卡住嗓子。」

一邊說，一邊打開藥箱，對著焦清蕙腰側，膝蓋一頂、一拍，焦清蕙在昏迷中都「哇」地一聲吐出來。好在她幾個丫頭懂事機靈，此時都上前幫忙，石英舉著痰盒，綠松扶著清蕙，讓權仲白騰出手來，測她的呼吸，因他怕焦清蕙鼻子不能通氣，嘴巴又嘔吐著無法吸氣，就這樣悶死。

好在清蕙胃裡東西不多，才嘔了不一會兒，就只剩些清水了。權仲白忙又給她插了一針，一掃痰盒中的物事，見尚未完全變色糜爛，多少有幾分欣慰：不論是什麼相生相剋的食物，這要是還沒有完全消化就吐出來了，估計症狀立刻就能減輕很多。

果然，胃裡清空了，清蕙的呼吸頓時就順暢了一點，這回她張著嘴就能喘得上氣了。只是鼻子看著依然不能呼吸，連著臉上、身上的浮腫和斑疹，一個俏佳人變作了猙獰可怖的病號。饒是權仲白見慣了醜陋噁心的場面，此時心中也不禁一抽：這要是清蕙醒著，只怕早就羞得無地自容了。平時那樣精神威風、熠熠有神的人，現在卻是這樣生機微弱，要是反應再劇烈一點，當場就死過去，也是難說的事吧……

他很快又收攝了心神，文不加點地寫了一張單子出來。「給桂皮，立刻到前院抓藥，讓他親自來熬。」

說著，又讓綠松。「給妳姑娘把衣服脫了，備針。放心吧，吐得出來，她人就沒有事！」

一屋子的人都被權仲白差使得忙起來了，他自己卻霍地站起身要去洗手換衣服。

權夫人見她們也幫不上忙，竟只能添亂，便起身帶著女兒、媳婦出去了，人走到門口，又被繼子叫住了。

「後院的事，就交給您了。」

權仲白的語調平平淡淡的，可權夫人卻聽得寒毛豎立。她看了床上呼吸微弱、雙目緊閉的焦清蕙一眼，在心底輕輕地嘆了口氣，慎重地道：「放心吧，家裡肯定會給你一個交代的。」

救治二少夫人，那是神醫二少爺的事了。別看她現在病得重，可只要權仲白說了能救回來，權家上下就沒有人會懷疑焦清蕙的生死。

太夫人一聽說權夫人的轉述，頓時就撫了撫胸。「還好！還好！」老人家也有點激動。「要是就這麼去了，那真是都——」

良國公就冷靜得多了，他手裡端著茶，卻並不喝，而是緊盯著權夫人。「這還是毒，還是什麼？仲白說了沒有？」

焦氏發作以後，她的隨身丫鬟已經說了，少夫人平時沒有喝補藥的習慣，上回喝補藥，還是二少爺在家的時候。這要她中的是毒，全家人都沒能跑得掉，今天大家在擁晴院聚餐，吃的是擁晴院小廚房的菜。現在從剩菜到廚師、採買者，全都被控制起來了——雖然管事的女人大半都去了立雪院，但太夫人和良國公也不是省油的燈，大家族應對突發事件，自然有自己的一套。

「仲白應該是一眼就認出來了，他說那是食物相剋。」權夫人面沈似水。「應該和毒沒有太大關係。」

眾人神色都是一鬆，太夫人道：「就是這麼說了，天下哪有毒藥是無色無味的？今兒都是吃慣了的家常菜，我吃著根本沒有什麼不對。這要都能下毒，那可是天要亡我們權家了。」

權夫人沒有回答她的這句話，反而問：「小侯爺走了？」

「知道家裡有人突發急病，只問了個好就走了。」良國公沈吟了一會兒便站起身來。「後院的事，就交給妳來操辦吧——多和娘商量商量，這件事，肯定是要查出個說法的，可也不能耽誤了雨娘的婚禮。我往前院去，有事吩咐底下人。」

剛才發生這麼大的事，權夫人一時倒是忘記了女兒。頭回見心上人，就被這事給攪了局，瑞雨心裡恐怕是不大好受的。她歉意地望了女兒一眼，正要說話時，權瑞雨已經站起身來，衝她使了個眼色，這才道——

「家裡出這麼大的事，他在當然礙手礙腳的。我也不在這兒礙事了，先回我屋裡去吧。」

知女莫若母，權瑞雨這麼做作，肯定是有的放矢。沒過一會兒，權夫人就尋了個機會，自己脫身出來，去找女兒密斟了。

「今兒見了小侯爺沒有？滿意不滿意？」畢竟是親生女兒，比起媳婦，做娘的肯定更關心這個。

權瑞雨面上也浮現一抹紅暈，她輕輕地點了點頭，可卻沒有多說什麼，只隨口道：「雖然生得也就是那樣，可起碼還算是機靈……」便低聲道：「一聽二哥說相剋，我就想到桃花了。您可能還不知道，二嫂從小一聞到桃花味兒就打噴嚏，這桃花香味多淡啊？可見是和它相剋的。可對一般人來說，也不過就是一味藥材而已，吃進肚子裡也沒有什麼問題。我想二嫂這要是不提防間吃進去，那卻難說了。才聞著味兒反應就這麼大，吃進去很可能會相剋得非常厲害，二哥給我的醫書上就有說這事兒呢！」

這件事雖然權夫人的確是從未聽聞，可也沒有什麼不能當面坦白的。因此權夫人沒有說話，而是靜靜地等著女兒的下文。

「您也知道，沖粹園裡是有一座桃花林的，」雨娘低沈地說。「可能就因為這個，二嫂在家裡從不曾張揚過自己和桃花相剋的事，連二哥怕都還不知道。只是上回我和四哥去沖粹園的時候，我噴了一點桃花香露，我們倆這才知道了內情。還有，就是前些天，大姊……」

比起談論自己和權季青去沖粹園時的簡略，說起大少夫人發現蕙娘和桃花相剋的過程，權瑞雨連一句話都說得很詳細。固然，這是因為她和權季青去沖粹園消閒，已是近一年前的事了，肯定記得沒有那麼清楚。可還有一層意思，卻是很明顯的：小姑娘這是擺明了在懷疑大嫂啊！

沖粹園人口少、管得嚴，季嬤嬤在裡頭生活了幾個月，除了自己住的那個屋子以外，別屋的事竟探聽不出一點皮毛。季青和瑞雨也都不是大嘴巴，這件事在前幾天之前，府裡根本就沒人知道。而瑞雲是出嫁女，就算知道了桃花的事，她到哪裡去搞乾桃花？這會兒可不是季節，而且以她心性，也不會如此給二房添亂的。這兩個小姑娘，和二哥的感情都很不錯。

餘下的主子，也就只有林氏了。有動機、有手段，也有這個狠勁。但權夫人不明白的是：除非很肯定焦氏服下這桃花後，必定反應劇烈，很難救回來，否則，她這麼費盡心思地下點桃花，有用嗎？無非也就能令她不適上一小會兒而已，根本就不傷筋不動骨的，能損害著焦氏什麼？

林氏可不像是這樣的人。雖說和焦氏比，格局是小了點，可在一般的宅門女裡，也算是頂尖的了。她可能會往焦清蕙的藥裡動手腳，可能會伺機推焦清蕙一把，甚至可能會強迫她服毒，可她絕不會費盡心思，在不當季的時候火急火燎地弄點桃花來給焦清蕙吃了，讓她大庭廣眾下打幾個噴嚏，又或者是咳嗽嘔吐一番了事。要知道，自從懷孕之後，立雪院就有了自己的小廚房，隨著歪哥出生、立雪院地位上升，長房、二房的小廚房一直都沒有撤走，要想頓頓給她吃點桃花，可不是那麼簡單。再說，人家難道就不會有所防備？這一計，風險太大，可能的好處，卻實在有些太小了。

「還有……」瑞雨見權夫人沒說話，便怯生生地道：「就是前幾天大姊噴香露的那天，兩個嫂子說起話來都挺不對勁的，夾槍帶棒的不說，大嫂像是動了真怒，有那麼一會兒，瞧著很怕人——」

權夫人臉色一沈。「雨娘，妳這個亂說話的性子，到了婆家要是還不改，總有一天，會給妳招麻煩上身的！」

瑞雨立刻就垂下頭去。「我這不也就只和您說嗎……這還特地回了屋子來才提這茬不是？反正，您心裡明白就是了，這事也講究一個真憑實據。再說，就這麼幾天，大嫂就是心裡有想法，恐怕也不能輕而易舉地就往老太太的小廚房裡下點料吧？我想著，多半也未必是她，就只是大家都疏忽了這點，放了些桃花進去，也沒和二嫂說。就連二嫂自己都不知道，吃進去會這麼嚴重吧。」

這也不無可能，權夫人不置可否。「這件事，妳就不要多管了。」

見女兒低垂著頭，看著真是說不盡的乖巧，她嘆了口氣，輕輕地摸了摸她凝脂一樣的臉蛋。「就專心預備出嫁吧，啊？別為妳二嫂瞎擔心了。有妳二哥在，她不會有事的。」

又安撫、勉勵了女兒一番，待她回到擁晴院時，太夫人也正和瑞雲說私話呢，權夫人一經聽說，頓時便明白老太太這多半也是不知從哪裡聽說了蛛絲馬跡，向大孫女找線索來了。她在心底嘆了口氣，多少也有些為林氏惋惜：對兩個長輩來說，真是才瞌睡就遞了個枕頭，焦氏這一病，真是不是她都要是她的了。還有什麼，比暗害同胞更犯忌諱、更能名正言順地剝奪長房的繼承權？

果然，才進裡屋，太夫人就陰沈地對她點了點頭。

「是羊肉湯。」她說。「添了點桃花露，這東西味道很淡，可也禁不得有意分辨，餘下那幾碗還沒賞人呢，找了幾個舌頭刁的，都嚐出來了，確實帶了一點桃花的苦——也是焦氏大意了，聽雲娘說，她可能是喝出一點不對了，可卻沒往心裡去。」

「也就能添點桃花露了。」權夫人嘆了口氣。「菜裡要添了一把一把的桃花，焦氏也不會入口，放在湯羹裡，倒能保證她多喝幾碗。畢竟這道菜是她去年經常熬煮補身的藥膳，方子還是我們從她手上要來的呢，不論是誰下的手，用心不可謂不刻毒了。」

雲娘忽然站起身來。「我去尋雨娘。」

她是要比瑞雨老練多了，對此種糾紛，絲毫都不做臧否。兩位長輩對視了一眼，均覺欣慰。

待得她出了屋子，太夫人才道：「仲白的舌頭比任何人都靈，桃花又是藥材，他自然是可以嚐出來的。焦氏痊癒以後，可能也希望由自己人再查一遍、嚐一遍，也是應該的。我已經令人把餘湯妥善收藏了，好在天氣冷，十幾天內也壞不了。」

權夫人就和她交了交底，自己也算了一遍。「雲娘、雨娘可以不必理，季青，那是個男人，手插不到後院來吧？再說，他去年就知道這事了，要真想動手害他二哥，去年就可以伺機動手了，孩子還在肚子裡呢，不比現在動手強？」

算來算去，大少夫人的嫌疑最大，可要坐實這份嫌疑，總也要點真憑實據吧？這可沒那麼容易了。小半瓶桃花露，那是一揚手的事，廚房進進出出的，從做菜到上菜，可以下手的地方很多，真要收買了誰，肯定也不是那麼簡單就能暴露出來的。

太夫人眼底殺氣一閃，淡然道：「小廚房當值的二十三個婆子、六個廚師，現在我是都關起來了，讓她們互相揭發，誰說了實話，誰就能出來，反之……」

權夫人若無其事地說：「薑是老的辣，娘處置得好。」想到躺在床上人事不知的焦清蕙，她又輕輕地皺了皺眉頭。「希望在焦氏痊癒前，能有好消息吧。」

「腫，一路喝下去，一路都腫了，連她的食管都是腫的。」

「……對，吐出來後倒好多了，喉胃相連，這會兒連氣管都沒那麼腫了，就是鼻子還是不行……對，她得張著嘴睡……」

「肯定會不舒服，每隔兩個時辰藥力行化開了，再催吐一次……對，這是把她的胃腸給洗一洗……」

蕙娘醒來時，只覺得頭痛欲裂，喉嚨口像是塞了一團棉花，又痛又麻，她費力地嚥了嚥嗓子，抱怨道：「吵死了……」

立刻有一隻手緊緊地握住了她的手，權仲白的臉在一片霞光中出現在她跟前。

「妳醒了！」他看著雖憔悴，卻很是喜悅，又探手來試她的額頭。「好，燒也退了。」

「我昏……」蕙娘要坐起來。「我要喝水……」

權仲白親自給她餵水，手法嫻熟而溫柔。「妳昏睡了有一天一夜多了，終於醒了！」

從他的態度來看，這一天一夜之間，他又是和生產時一樣，守在身邊不曾稍離……

蕙娘輕輕地抿了抿唇，權仲白便把水給移開了，她的嗓子也好受了一點，不禁喃喃道：「我還以為，你趕不回來，我就要死——」

「不許說！」權仲白眉頭一皺。「如此不吉利的話，現在也好說的？」

他平時哪裡會在意這個？恐怕是此次驚魂，真也嚇著了權神醫……蕙娘虛弱地一笑。「好，不說、不說。我……我這是為什麼……」

「妳沒和我說，妳性與桃花相剋。」權仲白的聲調低沈了下來。「妳丫頭都說了，外聞已經是那個症狀，一旦內服，出人命都是毫不稀奇的！」

「不是吧？」蕙娘自己都嚇得要死，她可萬沒想到，懷孕過後，體質變化會如此厲害，從前她也是誤服過一點的，無非是咳嗽嘔吐了事。「怎麼就這麼嚴重了？這、這麼說，我差點——」

「好了好了。」權神醫看來也是真被嚇著了，他沒讓蕙娘躺回去，而是把她按到了自己懷裡，低聲道：「別說了，都過去了，都過去了啊！別怕，以後再不會有這樣的事了！」

蕙娘靠在相公懷裡，真是由衷覺得暖熱。即使她嘴上不說，可心裡也明白，要不是權仲白，只怕這一次，真又要交代了……

「我不怕。」她越是心旌動搖，就越是嘴硬。「經此大難不死，我……咳咳，我以後會更強、更厲害的。我爹說的，任何磨難，凡是殺不死我的，終將化作我的養分，令我變得更強……」

聲音還發啞，水腫都沒全退呢，就發下這樣的豪言壯語了。也就是焦清蕙，才有這份甚至遠勝過男人的堅韌和霸氣吧！她就像是一朵懸崖上的花，瞧著高雅可愛，其實也不知經過了多少風霜雪雨，牢牢地抓著岩間縫隙，什麼風吹雨打，都不能令她低頭。

權仲白微微一笑，偏過頭把唇壓到了蕙娘的額際上，輕輕地一吻。

在蕙娘輕輕的嘆息聲中，室內氣氛，顯得如此靜謐而溫馨……

「好啦，」權仲白見門口簾子一動，便忙移開唇。「現在喝瀉藥吧！待得拉純水了，就和我說一聲，我再給妳熬止瀉藥。」

剛才還那樣輕憐密愛呢，現在光是只聽他的說話，蕙娘便覺得簡直是臭氣熏天！她雙眼圓瞪，還沒說話，權仲白已經忍不住笑起來。

「我說真的，妳得趕緊把體內最後一點桃花都給排出來，要不然還是好不利索。」一邊說，一邊似乎還不肯出屋子。

眼看綠松都把藥給端進來，兩個粗使婆子去淨房了——不問可知，是要抬馬桶的，蕙娘不禁大急！「那你還不滾出去？難道還要看著我……我……」

在權仲白忍俊不禁的輕笑聲中，她的臉垮下來了：嫁個大夫就是不好，她最醜的一面，都被他給看光了！

好不容易把神醫給打發出去了，屋內也佈置好了，蕙娘不要綠松餵她。「我自己喝。」她端著藥碗輕輕地吸了一口氣，語調已經冷沈了下來。「是那碗湯？」

「聽著是這樣。」綠松沈著地道，對蕙娘這一番歷險，她竟似乎完全不為所動，連冷靜都未失去分毫。「我已經和石墨打過招呼了，這碗湯，肯定要我們自己來查驗過才能放心。」

「怕也是要自己查驗過，才查得出真凶吧！」蕙娘冷笑了一聲，想到自己竟又在事前毫無預感的情況下經歷了一番生死，饒是以她英雄，亦不禁輕輕地抖了一抖，可這脆弱，也不過浮現片刻而已，她便仰起脖子，將碗中湯藥一飲而盡。

第一百零二章

有了這麼個插曲，雨娘的婚事到底還是蒙上了一絲陰影。權夫人沒讓大少夫人出面，而是自己親自迎來送往，帶著兩個大丫鬟招待親朋好友。好在蕙娘已將一干下人訓練得行動有素，權夫人本人也是多年掌家，積威不淺，雖然少了兩個媳婦，免不得在背地裡激起好些口舌，可明面上，權家這一場婚事，還是辦得同以前一樣無可挑剔。

今年雪下得慢，到了十月中才下了一點大雪，京裡各豪門，自然按例捨錢捨物，在城裡各處開辦粥棚，幫助窮人們度過嚴冬。今年因宮裡有了喜事，牛家捨粥的規模還要比從前大得多，京裡自然免不得又是一番暗潮湧動。

不過，這一切外界的紛紛擾擾，現在是同立雪院沒有半點關係了。起碼這小半個月之內，焦清蕙都不可能過問屋子以外的任何事務。

雖說嘔吐、高燒、氣促這些內症，在五、六日內已經逐漸消退，可臉上、身上的紅疹就不是那麼好消退的了。蕙娘本人又愛美，絕不可能頂著這張臉出去走動，管家的事自然無從談起，又因為症狀沒有完全消失，任何進補都可能再度激起發作，只能吃些清粥小菜，甚至連妄動心機，都可能令病情反覆。

這麼折騰了十幾天，她顯著地瘦了——比病痛更折騰人的還是無聊，成天悶在屋子裡，連兒子都不能見。權仲白倒是很願意陪伴她，可蕙娘只要一想到自己最難堪、最醜陋的一面，都幾次三番地落到他眼睛裡，便覺得在權仲白跟前平白無故矮了他一頭似的。她不要他陪，只肯在帳子裡頭和權仲白說兩句話，便催著他去忙了。

權仲白也的確很忙，入了冬，京裡病號就多，四處出診之餘，他自己私底下還有許多事。眼看蕙娘漸漸痊癒，他也就逐漸增多了外出的腳步，不再兩頭著忙。

權夫人便經常過來探望蕙娘，算是補上了權仲白外出造成的缺憾。

這個婆婆的確是做得不錯的，起碼很體貼她這個次子媳婦，在她忽然倒下後，措置得也很得當，如果權仲白不能及時趕回府裡，歐陽家兩位大夫，已經是城中頂尖的名醫了。若是真有心害她，稍微慌亂一段時間，哪怕是晚半個時辰去請大夫呢，沒準兒她還真就交代在這件事上了……

蕙娘對權夫人也有了三分勉勉強強的信任，起碼她的造訪，不會給她帶來太多憂慮，婆媳兩個經此一事，關係竟比從前還深入了幾分，畢竟從前有些話，大家還不方便說得太清楚，可現在卻不能不挑開來談了。權家這些主子、管事裡，有人欲不利於蕙娘，如今已經是擺在檯面上的事實。

「這件事，家裡是一定會給你們一個交代的。」提起此事，權夫人也是面罩寒霜。「可能沾手過那碗湯羹的下人，都已經被鎖在柴房裡了，每日裡分開訊問，就有人心裡還抱著一絲僥倖，想來骨頭硬不過鞭子，該說的，遲早都會說。」

蕙娘初聽此言，還以為家裡打算把查案的事攬在頭上，心裡不免略犯猜疑，可緊跟著權夫人就發話了——

「可人家都欺負到頭上來了，妳沒個表示也不合適。這樁案子，妳也應該好好地查一查，有什麼想法，只管提出來。我和妳祖母年紀大了，遇事心裡發慌，沒什麼好主意，正缺個人支招呢！」

權家人做事，真是不做則已，一做就到位得很。蕙娘至此，對長輩們是再說不出一句不是了。她輕輕地咳嗽了一聲，也沒和權夫人客氣。「石墨這丫頭，在吃食上也是下過一點功夫的，這事出來以後……也是這丫頭自行其是，自己已經買了些桃花露回來，添在湯中品嚐過了。也許嚐過當天那份湯水之後，能有些別的線索也難說。您看……」

以焦氏為人，會作出此種安排，真是毫不奇怪。她們焦家人總是處處奇峰突出，權夫人一心一意在審訊上下功夫，倒是沒想到還能這麼操作。她眉頭一抬，毫不考慮地道：「回去就把餘下一點證物給妳們送來。有什麼事兒，隨時給我送消息。」

「這也太抬舉我了。」蕙娘也識做，她輕聲細語。「就讓她在您手下服侍幾天吧，畢竟我現在也不能動心思，還要請娘多費心了。」

石墨這一次到權夫人手下，可以說既是查案來的，也是當焦氏的眼睛來的，雖然只是個丫頭，但權夫人卻並不怠慢她，一回她的歇芳院，便讓人把當日殘湯送來，又重新加熱過了，給石墨品嚐。石墨也不客氣，給權夫人行了禮，便舀起一勺送入口中，緩緩品嚐了起來。

湯一入口，這丫頭的眉尖就是一蹙，權夫人見了，自然大感好奇，可她沒有說話，而是默然望著這小丫頭，思忖著自己的煩心事，屋內一時，便沈寂了下來。

十幾天的工夫，但初冬時間，又是儲藏在權家的藏冰室裡，這羊肉湯風味未減，熱後還帶了香氣，石墨品了一口，眉頭皺得頗深，她若有所思地望了權夫人一眼，又品了第二口，嗣後竟是學著當日的蕙娘，一小口一小口地把湯給喝光了，這才皺著眉頭，半晌都沒有說話。

很顯然，這是有所發現了！權夫人不免著急。「有什麼好顧慮的？這都是為了妳們少夫人好，有了想法就儘管說，即使錯了，也沒有人會責怪妳的。」

「是。」石墨趕快起身請罪，她顯得心事重重，欲言又止。「是奴婢……只是茲事體大，奴婢有些話也不好說。」

「說就是了。」權夫人哪有心思和個丫頭鬥心眼子。「怎麼，這湯裡難道除了桃花，妳還吃出來別的東西了？」

「桃花露和桃花粉，風味是不相同的。」石墨低聲說。「花粉香甜嗆人，香露經過蒸餾，入口卻是微苦。以桃花香露來說，因從前有個美容方子，是以桃花香露調和烏雞血飲用，據說是唐代太平公主的養顏秘方，因此我們家裡是為十四姑娘試著做過的，奴婢還空口喝過自家蒸餾出來的香露，試驗能否入口，免得萬一這方子有假，十四姑娘吃出不對來，那就糟了。」

這類閒來無事、鑽研各朝美容古方的事，也是各家名門貴女的人之常情，不過焦家女研究廣博如此，甚至還為了一個方子特地自己蒸餾香露，這等手筆就比較駭人聽聞了。權夫人道：「妳繼續說，難道是這香露和那香露比，味道不一樣？」

「是有些不對……」石墨看起來更不安了，她左顧右盼，半晌都沒有往下說話，過了一會兒，才哀求權夫人。「這事，按姑娘的脾性，未必會讓往外說，可否請夫人讓奴婢回稟姑娘……」

連少夫人都沒叫，居然改口稱起了姑娘，看來，這丫頭是真的慌了。這個姜石墨，能在焦氏身邊服侍，似乎是憑著自己出眾的廚藝，說到為人處事，卻不見過於精明狡詐。這一番猶豫，應當不是故意做作出來，逗她往下發問的。

權夫人心中疑雲密布，她掃了從人一眼，眾人頓時識趣地退出了屋子。「有什麼話，妳只管說就是了！」

「是……」石墨又掙扎了片刻，這才低聲道：「那香露一進口就是微苦，混合雞血後更不好入口了，那方子當然也就沒有再做。可這幾天，因為姑娘這事，我請人上外頭鋪子裡買了幾瓶桃花香露，這麼一嚐，卻覺得入口味寡，回味才有些桃花特有的苦澀，即使混入湯水中，這苦也在後味，不在前味。奴婢覺得很奇怪，便又請父親出面，回閣老府要了一瓶十四姑娘平日裡使用的桃花露，回來添了一嚐，前味卻是苦的，倒和府中湯水一樣了……」

這前味、後味，苦來苦去的，哪裡是一般人能嚐出來的細節？權夫人不要說前味、後味了，就是連湯裡添了桃花露都嚐不出來，還是請別個味覺的確敏銳的大師傅驗出來的。對石墨這話，她只能全盤接受，可一想之下，不禁皺起眉頭。「妳的意思，該不會是說害妳少夫人的，是她親妹妹吧？這也難怪妳說不出口了，如此荒謬——」見石墨面上閃過異色，權夫人又住了口。「怎麼，還有話沒說？」

「是。」也許是為了不給焦令文添麻煩，石墨這一次答得很爽快。「奴婢思來想去，倒也想到了可能的緣由所在：桃花香露是貴價物事，雖在京裡各鋪子裡售賣，可背後也都只是從歸真坊拿貨，這家貨色一向是好，我們家和他家也有幾分熟悉。他們家精製的任何桃花物事，原料全來自自己種的碧桃，而十四姑娘的花月山房，所種桃花，卻是西域來的重瓣異種，因此香露風味有所不同，也是很自然的事。」

「喔？」權夫人心中一動，她緩緩道：「說下去。」

「而就奴婢所知……」石墨聲若蚊蚋。「城裡唯獨還有一戶人家，在當年幼苗抵京的時候分去了幾株，種在他們家的桃花莊子裡以豐富收藏……」

「愛桃花愛成這個樣子，還特地有個桃花莊，而又令妳們姑娘避諱成這個樣子，連妳這個小婢心裡都清楚，她絕不願輕易言說其不是的，也就只有達家了。」權夫人緩緩道。「遲遲不願說，是不是就因為這個啊？」

「夫人明鑑！」石墨立刻跪了下來。「奴婢只想為姑娘、夫人效力，可……可卻不願給主子引來不必要的麻煩……」

「的確。」權夫人說。「這件事，出自妳姑娘的嘴巴裡，肯定不好。區別又這麼微妙，一般人竟分辨不出來。這要是傳揚開去，被仲白知道了，心裡難免會不服氣的。」她眉頭略略一皺，又道：「可說到底，只要妳立心是正的，所說是真的，真金不怕火煉，仲白也是五感敏銳的人，妳明說了個中區別，他未必就不能品嚐出來……」權夫人瞅了石墨一眼，她的語調，大有深意。「我的意思，妳明白嗎？」

石墨面色蒼白，神色卻很堅定，她低聲說：「奴婢明白，奴婢可擔保自己說的全是真話，如有絲毫隱瞞，願天打——」

「不必發誓。」權夫人唇角微微一翹，她笑道：「這話，我信了。」她多少有幾分興奮地站起身來。「走吧，跟我到擁晴院去，見太夫人說話！」

在擁晴院內聽取了「權威專家鑑別報告」的，也不只太夫人，還有正好在擁晴院給太夫人請安的良國公。聽了石墨此言，兩個主子都是久久沒有說話，過了半晌，還是良國公先開了口。

「這件事，最要緊還是真憑實據。」他的態度還是那樣從容而鎮定。「有些事，大家心證那是沒有用的，不能憑此去處理正兒八經的少夫人、少爺。現在既然這丫頭有了說法，那我們大可以將湯內分別添上兩種香露，請些老饕客來操辦這事。若真是這樣，那我看，即使那群人不招，凶手也就呼之欲出了。」

「這是正理。」太夫人語調沈重，可態度還是很明確的。「就這樣辦吧。」

「可……」權夫人有點為難。「本來當日殘湯就不多，這一番消耗下來，剩的也就只有一點湯底了……」

「那就新熬一鍋湯吧。」良國公瞅了妻子一眼，他微微一笑。「這點小事，妳還來問我？」

權夫人心中一凜，不禁和太夫人交換了一個眼神，見婆婆神色沈重，便知道權伯紅在她身邊長大，如今深陷危機，老人家就是再公允，心底終究也不會太高興的。

她在心中輕輕地嘆了一口氣，低聲道：「好，看來，真相水落石出，也只在旦夕之間了。」

的確，重新熬煮一鍋羊肉湯，又再添上兩種香露，並不是什麼費事的活計，上回品嚐羊湯的幾位大師傅，也都沒有離京，因此不到傍晚，這事就有了結果——兩種香露添入湯中，風味是有些微不同。如果不是老饕客，確實不容易分辨出個中區別。

權夫人有了目標，便親自又訊問了眾位婆子丫頭一遍，到了當夜三更，她終於得到了一個令人滿意的答案，此案的幕後主使者，也真正地浮出了水面！

第一百零三章

「其實也就是一揚手的事。」權夫人和良國公說。「都是吃過見過的，一聞就知道是純的桃花露，不至於出大事，又是林氏身邊的紅人小福祿出面，也就應承了下來。她揭蓋子瞧火候的時候，手一揚，一瓶子就進去了，再尋個地方把瓶子拋棄了，神不知鬼不覺，廚房事忙，誰都沒發覺。要不是吃不住苦，發起燒來，夢話裡露了餡兒，昨兒晚上被旁人告訴了我，這問不問得出來，還難說呢。」

雖說此消彼長，大房眼看失勢，已經是幾個長輩的默契，但任誰都沒有想到，大房這一擊居然如此凌厲，險些就把焦氏給徹底整死。也不知是兩夫妻運氣不好，還是運氣太好，這要是只造成些微不適，事兒過去了也就過去了，誰都不會在雨娘婚禮前夕如此大張旗鼓；要能把焦氏給整死，那這事倒也好辦了，人都沒了，還談何查案？雷聲大雨點小做做樣子便罷了，畢竟以後權家未來，還不是得指望長房這對夫妻？可現在是人差點就去了，可還就差了這麼一口氣，又給拉回來了。這就得認真查案了，一旦查案，長房的敗落也就只是時間的問題而已，一有異動，那就是把嫌疑往自己身上攬，所以也只能寄望於辦事的心腹嘴巴比較牢靠了。

這麼你一步、我一步的，才剛開始拉拔二房呢，長房就自己倒了。不管下的桃花香露，究竟是否達家提供，不端正態度來辦這對夫妻，起碼閣老府那邊就是交代不過去的。焦閣老這會兒聲勢正旺呢，以他們家的行事作風來看，這回占住了理，就是想要略微回護，都得看焦家答應不答應呢！更別說，起碼權夫人、良國公是沒有特別回護長房的意思了。

這裡頭的彎彎繞繞，老太太心裡是一清二楚的，她就是想幫大房，這回也是老鼠拉龜，有力難使。老人家心裡肯定會有點情緒，因此權夫人也就沒有驚動她，她自己和良國公在歇芳院說話。這壞事的婆子，就羈押在外頭，以防良國公萬一要問呢。

不過，權夫人審訊下人時，身邊隨侍的肯定也不止一個下人，良國公也就沒有多此一舉的意思。他陰沈著眉眼，沈吟了半晌。「大師傅們都請來了？」

「沒這麼快，都是京城裡有名的吃大師傅，也不能過於霸道。」權夫人徐徐說。「反正廚房裡也招了，大不了把老大夫妻叫來對質，人證如山，連怎麼見面、怎麼吩咐的，都說得一清二楚，想來他們敢作敢當，都到這分上了，也不至於挺著不認……要不然，這令人來嘗湯的事，我看就算了？」

「我們待達家，不算薄了。」良國公沒有正面回答權夫人的問題，而是淡淡地道：「雖說是仲白一力主張娶過門的，可正室該有的待遇，沒有少給達氏。如今說了焦家，焦氏為人也識得大體，這麼一年多以來，沒有給過達家難堪吧？可達家對付她的心思，從一開始就那麼急切……他們就這麼不放心二小子，寧可讓他獨身一世，無法再進一步，永遠做個不上不下的神醫，也不想讓他百尺竿頭，更進一步？」

雖說兩父子關係不好，平時經常對衝，可虎毒不食子，良國公就是再深沈，對這五個兒子也都是疼愛的。尤其對權仲白，他是恨鐵不成鋼，面上有多恨，心裡就有多愛。

權夫人難道還不明白這一點？她嘆了口氣。「那你的意思，是讓仲白也在一邊看著了？可你也知道，他和大房感情很好，一旦知道了真相，大受打擊也是難免的事。要再添上一個達家，兩頭合計著要害死他媳婦……他在世情上本來就淡，被這事一鬧，萬一又跑到廣州去，那怎麼辦？」

「人心叵測，他也該學著長大了。」良國公根本就不理會權夫人的擔心。「要為了這個就下廣州，那他就去吧，這一輩子，索性都別回來了！」

其實就不用邀人品嚐，權夫人心裡，十成是已經信了九成：達家忽然把達貞寶送進京裡，雖說是發嫁而來，可見天地跑權家，肯定是有用意的。不是權家有人給送信，提點他們焦清蕙的厲害，達家至於這麼著急上火嗎？全家人都知道，大少夫人照顧二弟，和達家人的關係一直都是很不錯的……林氏和焦氏不一樣，她走的每一步路，都是很有章法的。給焦氏添堵的幾手，不疾不徐、不緊不慢，沒露什麼痕跡，可在有心人眼裡，思路一直都很清晰。

接下來的事就很簡單了，這桃花香露那也是貴價物事，乾涸得又快，不便久藏，林氏平時沒有用這個的習慣，倉促間要買，那肯定大露痕跡，同達家傳個話，要一瓶香露，說不定達家人根本都不知道是用來做什麼的。當然，也沒準兒兩邊是早就有了默契，只等機會一到，焦氏露出了一點空隙，她們便立刻刺進了一刀……

罷了！權夫人想，能以此事甩掉達家也好。失勢了沒個失勢了的樣子，圖謀的都是些不該想的事。這會兒事實俱在，仲白應該是沒話說了。

「既如此，」她便改了口。「我這就讓人催一催，大概今日下午，應該也都能請過來了。」

冬令進補，黨參黑棗羊肉湯也算是常見的菜色，這是焦家給的方子，湯清味濃，一直很受老人家的喜愛。小廚房的師傅做這道菜，已經是駕輕就熟，可歇芳院的廚子就有點生疏了，若干碗湯汁端上桌時，十多個形容各異的大師傅，神色都是一動：和之前品嚐過的那一份相比，這一份不論是色香味，都有微妙的差距。

太夫人、權夫人和良國公三人，也算是吃客了，這點差別還是看得出來的。在屏風後一看大師傅們的神色，心底也都是佩服的：這吃客就是吃客，只怕任何一個人，都能就這碗湯說出一篇文章來。倒是權仲白眼神閃閃，有點莫名其妙——他這根本就是才回家就被喊來的——但不管怎麼說，他也知道家裡人這是在查案，因此雖長輩們未曾解釋細節，權神醫倒也難得的馴順沈默，一句話都不曾多說。

為怕大師傅們太過緊張，四人在屏風後都沒有說話，屏風外頭幾個管事，也好像根本就沒注意到屏風後還有人似的，因笑道：「今兒這個手藝，潮（注一）了點吧？」

「這彼此心照就成了。」春華樓的鍾師傅笑了。「這是怎麼著，又請我們老哥兒們喝湯進補哇？」

這件事辦得奇怪，肯定牽扯到權家秘辛，也就是鍾師傅問了這麼一句而已，餘下名廚老饕，根本就不敢多話，紛紛道：「請我們喝，我們就喝吧，也算是秤秤貴府大師傅的斤兩了。」

那管事便道：「可不正是呢？也是想考考諸位大拿（注二）。」

他從身後拿了兩瓶香露出來，放到桌上，笑道：「我們家姑娘嘴巴刁，說是香露能入餚增添風味，這不假，可不知哪種添了更好、更妙，還請諸位先嚐嚐這香露，評個優劣出來。」

如此藉口，眾人怎會相信？可這群老饕竟又全都深信不疑，都笑道：「那就嚐嚐、嚐嚐！」

便輪番拿小碟盛了，有的嗅、有的舔、有的一飲而盡，品過了以後，倒都推焦家的西域種好。「色香味都全了，也濃郁，這個添湯，想是更好些。」

鍾師傅也道：「這應該不是尋常碧桃種，一般城裡見到的香露，沒有這麼好的。只看這掛杯，就知道真是濃郁飽滿，是珍品中的珍品。」

眾人都起了談興，也有人道：「是，都說碧桃已算是適合精製香露的桃種了，一般的粉

注一：潮，音ㄔㄠˊ，此指技藝不高或物質的成色低劣。

注二：大拿，北方方言，指在某方面有權威或掌握大權之人。

桃、果桃，製出露來都是稀湯掛水的。不想這個蒸餾出來還比一般碧桃更好，風味也不同，不知是什麼種？說不定是西洋來的上等貨色，也未可知呢！」

那管事的便笑道：「既然如此，那就考考幾位大師傅，這面前兩份湯，都是添過香露的，敢問您們喝得出來哪一碗加了哪一種香露不成？」

話說到這兒，眾人都不敢深思，當下紛紛漱了口，分別啜飲兩碗湯汁，一個個皺眉苦思，你看看我、我看看你，都沈吟著無人說話。

鍾師傅膽子大，頭一個道：「這……我們舌頭雖然刁，可畢竟年紀大了，口味麻木，只喝得出是都添了桃花露，要再細分，分不出啊！」

有他一個人領頭，眾人都紛紛附和。「就是這個理了，您們太高看了，這我們也喝不出來哇！」

是真喝不出還是不願招惹麻煩，一時倒都難以分辨。那管事的也是機靈之輩，便道：「您們就隨意一指，畢竟小事，錯了也是不要緊的。」

眾人都將頭搖得博浪鼓一樣，倒是座中一位，一直沒有說話。管事的見他面色端凝，便格外打點了殷勤，膩聲道：「老少監，您是御膳房出身，這……」

「黨參味甜，」這位老少監一掀壽眉，倒沒有多加拿喬，他緩緩地道：「這香露味苦，苦在前頭，甜苦調和，風味更佳；苦在後頭，綿延難去，回味就不好了。依咱家所見，這一碗，怕是加的上上品，這一碗，加的是上品吧？」

被他這麼一說，鍾師傅也是將信將疑，他又分別品了兩口，閉上眼睛嚐了半日，這才恍然道：「不愧是老少監！您這張嘴，可是絕了！」

眾人這再一紛紛跟從，均道：「是、是，老少監說得是，前後有差。只差別太細微，不經明言，實在是察覺不到。您不愧吃過見過，可是吾輩中的食聖了！」

「這不敢當！」老少監面上有光，也露出笑來。

管事又請諸位吃客再品鑑一番，可眾人都道：「知道是這個理，卻不能分出前後味來，這還得看老人家的。」

老人家果然欣然又分辨了幾份，都指得奇準無比，眾人再無疑問，均推其為食王、食聖。因此間事情已完，便都起身告辭，簇擁著老少監往外走，都還嚷嚷著要去誰家集會云云。

事情至此，可以說是再無疑問，起碼是在人力許可的範圍內，給出了人證、物證：大房授意操辦，用的是達家給的香露，這已經確認無疑了。

老夫人長嘆了一口氣，面沈似水。「真是聰明一世，糊塗一時！」

按說，她是最應該難受的，可太夫人就是太夫人，她反而主動轉向權仲白。「你先別說話，聽我和你說吧。」

這件事，也就只有最護著長房的太夫人來說，是最為合適的了。權夫人望了良國公一眼，也從他眼底看到了欣慰：老太太始終是這個家的定海神針，該出馬的時候，絕不會擺什麼架子的。

從權夫人審訊說起，說到石墨的發現、老少監的證實，這小小一案，也查得峰巒起伏、波折回環的。太夫人說完了事實，開始說她自己的感慨。「你也不要對你大哥大嫂有太多誤解，你大嫂最近，本來就忌憚你媳婦能在雨娘的婚禮上出出鋒頭。家裡給她安排的那都是輕鬆體面的活計，她也估計是怕婚禮上，你娘抬舉你媳婦，冷落了她，那她就更沒體面了。知道你媳婦和桃花相剋，時間緊，也來不及多想，問達家要了一瓶香露來，這趕著婚禮前有機會就下了——也就是那天見雨娘的姑爺，不然，她要往你們立雪院的伙食裡動手腳，可還沒那麼容易。」

這番話，由疼愛長房的太夫人說來，真是字字句句都和真金一樣真。大少夫人是什麼脾性，在座幾個沒有不瞭解的，這一招大膽精巧，後患也少，如果焦氏不是反應如此劇烈，就算大家都會對她有所猜疑，但恐怕誰也不能捉到多少真憑實據……倒的確很像是她的作風。

「雖說本心也許不是要害死你媳婦，」太夫人不禁嘆了口氣。「但她安了壞心，鬧至如此地步，焦家現在還算客氣，沒有派人過來，可這事能捂多久？你媳婦身邊那些下人，和娘家千絲萬縷的，她就算不說什麼，底下人能不送消息回去？別讓親家問上門了，那才真沒臉。肯定是要有所處置的，這個，你可以讓你媳婦放心。」

沒等權仲白回話，她眼底寒光一閃，又不屑地道：「至於達家，明知道那個達貞寶和姊姊生得相似，身為雲英未嫁之女，卻還不知避諱，屢次往你屋裡行走，又多次和你大嫂私通款曲，傳遞物事，這一回雖沒有確鑿罪證，但誅心之罪是免不了的了。說來真是笑話，自從失勢之後，我們權家何曾薄待他們半分？不安分地依附度日也就算了，還蠢蠢欲動，妄想把手插進我們權家家事，如此輕浮人家，活該事敗。以後你對達家當然還要有所照拂，但不要像從前那樣親近了，誰知道什麼時候，他們會反咬你一口！」

三個長輩聯合起來，權仲白還能再說什麼？只他疑慮之色，依然形諸於外。

良國公看在眼裡，不免嘆了口氣，沈聲道：「你長年累月不在家，媳婦又賢慧，有些事就不說給你知道，可你自己就不動動腦子？你大嫂和達家來往頻密，見了面總要拉拉手說心裡話的。她說一回心裡話，達家就動一回，送了個達貞寶不說，現在又有這瓶香露，這背後會有哪種故事，你自己不會去想？」他越想越生氣，站起身道：「從一開始，我就一力告訴你，達貞珠此女或者人品上佳，可達家卻絕不是個好親家。你瞧瞧你，這一身臊味，到現在都還沒散盡呢！哼，想鬧得你一輩子不續弦、不生子，孤苦一世為他們達家效力，算盤是打得響，可他們也得先問過我答應不答應！以後，你不許再和達家人往來了！」說著，見權仲白一臉深思，並不接話，竟氣得頓足長嘆，拂袖而去。

太夫人折騰了這半日，實在也乏了，她衝權夫人輕輕一點頭，權夫人便攙扶著老人家，也出了屋子，臨出門還回頭看了權仲白幾眼，憂慮關懷，不言而喻。

權仲白終於動了，他對繼母輕輕地點了點頭，又露出一個苦笑來，見繼母也勉強回以一笑，便扶著老太太拐進了迴廊，這才回過身來，在空無一人的屋子裡，若有所思地打開了一瓶香露，用尾指蘸了一點兒，放進口中品味了起來。

過了一會兒，他又打開另一瓶，也嚐了那麼一點。緊跟著，又從湯鍋裡打出兩碗湯來，自己分別嚐了兩碗，這一口、那一口，把兩碗都喝得見了底。

權神醫的眉頭，越蹙越深，他高眺的身影立在凌亂而空洞的華屋中，久久未動，就像是一朵孤寂的青雲……

立雪院內卻是另外一番景象了。

蕙娘今日心情好，她親自抱著歪哥，逗兒子抓她的手指玩樂。小寶寶咿咿呀呀地，卻偏要去抓石墨的金釵——他這還不能很好地分辨遠近呢，抓了一會兒，因石墨站在地上，隔得遠抓不到，又去抓綠松的衣袖。

室內也就只有這麼幾個人了。

石墨才從歇芳院被放回來，自然要到主子跟前來彙報自己在歇芳院的見聞經歷。她仔仔細細、事無鉅細地說了一遍，連權夫人的反應都沒漏掉。「夫人看著很受震動，後來就讓我下去歇著了，但並不放我回來。整個院子，只准進人，不准往外出人，兩個從未見過的健僕在院門口把守，沒有夫人點頭，任何人都出不去。只是院內到底還有些流言，」她左右一望，還是壓低了聲音。「聽說當晚，廚房就有人招了，正是那位做的事……只是外頭一點都不知道，那位早上還一樣過來請安呢。我在屋裡偷看，總覺得她有些心事重重的，可面上還裝著若無其事。」

蕙娘不禁噗哧一笑，她一本正經地道：「嗯，妳厲害……繼續說。」

「到了今兒早上，小廚房熬湯了，我聞著味道了。下午，我便被放回來到姑娘這裡，可別的人還不能出來……」石墨的眼珠子滴溜溜地轉。「姑娘，咱們這立雪院，算是要登天了，還是——」

「妳把妳自己的事辦好就成了。」蕙娘輕輕地說，可眉眼卻並無不悅。「別的事，瞎問那麼多幹麼？」

石墨有幾分沮喪，她一撇嘴，聲音更輕了。「可，這、這不是大事嗎——」

綠松請示地望了蕙娘一眼，見蕙娘點了點頭，便截入石墨話中，輕聲道：「妳不用怕外頭的師傅們嚐不出來，這方子還是其中一個給的呢，他肯定能嚐出不妥的。」

石墨吃驚地倒抽了一口冷氣，見綠松微笑地點頭，她一下就捂住自己的嘴，竊竊地笑了起來，蕙娘也被她鬧得有幾分好笑。

「行了行了。」她說。「別這麼蛇蛇蠍蠍的了，出了這屋子，該怎麼說話做事，妳心裡清楚？」

石墨趕快挺起了腰板，和往常一樣，每一次蕙娘出招後，她都特別精神、特別自豪。

「我不會給您添麻煩的——姑娘，在您手底下做事，真……真舒坦！」

綠松和蕙娘對視了一眼，均都忍俊不禁。綠松見蕙娘肩膀有些僵硬了，便從她懷裡接過歪哥。「這回，老太爺可以放心地往下退了……」

「如果三弟說定了倪丹瑤，老人家這才能完全放心。」蕙娘卻道。「現在嘛，終究還是有些不放心的……」她思忖了一會兒，才自失地一笑。「唉，人心不足蛇吞象，我也是太貪心了。眼前的最大威脅、日後的最大隱患能夠一併除去，已經很不錯啦！老爺子能走一步看五步，我頂多走一步看三步，三步之內沒有憂患，也應該滿足了。」

綠松這時候才顯示出後怕。「您也太大膽了！這差一點就——以後可萬萬不能拿這種事開玩笑！您千金身分，什麼事都大可徐徐圖之，何必拿自己做餌？」

「天下哪有什麼事不需要付出代價？」蕙娘的語氣反而很鎮定，她一手撫頰，輕聲說。「最短的路，當然也最危險，這一點險，要冒的。」

綠松和石墨對視了一眼，都沈默了下來，就連歪哥，也在綠松的懷抱裡，漸漸合上眼睛，有了睡意。

一室寂靜之中，蕙娘坐在那裡，久久都沒有移動。「只是……」許久之後，她才又喃喃道：「最難改是風格，這風格，對不上啊……」

風吹雲走，她的身影在光影波動之中，就像是一潭蕩漾的水。

第一百零四章

權家人辦事，倒一向是乾淨利索，絕不拖泥帶水。如今證據俱在，當家人雖然還對外封鎖消息，但權夫人並沒有繼續晾著蕙娘的意思，轉過天來，她就讓蕙娘到歇芳院說話。

「看把家裡給鬧的。」權夫人也有點感慨，她問蕙娘。「昨兒回去，仲白都和妳說了吧？」

實際上，因蕙娘愛美，而且她病中需要人陪夜服侍，這小半個月，權仲白一直是睡在鄰室，他又貴人事忙，昨日下午才剛看人試過湯，立刻又被人請走，一走就是後半夜才回的家。蕙娘往歇芳院來的時候，他還在補覺呢！

她搖了搖頭，如實道：「沒和相公照上面，倒是聽石墨說了一點，可具體始末，還不太清楚。」

權夫人點了點頭，微微嘆了口氣。「也是，他們兩兄弟一母同胞，感情一直都很不錯，今次這事，以仲白性子，沒有感慨是不可能的。由我來告訴妳也好，在他跟前，妳就知道該怎麼說話了。」

便把如何查驗出桃花香露內中玄機、如何拷打出真相的事情，告訴給蕙娘知道，又自嘆息。「真是歹竹出好筍，達家不知幾輩子積德，才生了貞珠這麼個好閨女，人都去了，還庇護著娘家。倒是養出了一群不知天高地厚、毫無自知之明的輕浮之輩。」

這也就是因為達家失了勢，權夫人才會這麼說了。失意人家，歷來很容易落得不是。蕙娘不肯回應貶低達家，反而為他們開脫了幾句。「畢竟也就是給了這麼一瓶香露，也許根本就不知情呢。只是人家來要，不好不給而已，這隨手就給了一瓶上好的……」

「妳就是太容易把人往好處想了。」權夫人嘆了口氣。「妳真心待人家，人家未必真心待妳，以後對達家，別像從前那樣掏心挖肺得了。誰知道她們和妳大嫂往來的時候，背地裡挑剔了多少妳的不是？好心都被當作驢肝肺，以後，妳就遠著她們吧。」

這句話，已經把權家對達家的態度變化展現得淋漓盡致。想來也是，如今達家能給權家的好處，多也有限，日後就算達貞寶真要鬧出什麼么蛾子來，想進權家門，長輩們也是絕不會點頭的。

權仲白說不納妾，蕙娘倒是信他的決心，可她半點都不相信他在達家事上的清明。有了權夫人這句話，她心裡一鬆：達貞寶就是再能耐，日後也生不起多少波濤了。

「娘說得是。」她不好意思地笑了。「我這個人沒有別的毛病，就是容易心軟……不過，心軟歸心軟，我也不會由著人欺負到頭上來。」

這就是在說大少夫人的事了。權夫人點頭道：「妳說得對，我們家裡也沒有那樣的規矩，不會因為她是長子嫡媳，就是非不分，對她格外容讓——不過，該怎麼處置，我和妳公公，還想要聽聽妳的意思。」

要說剛過門的時候，她尚且需要全神貫注地捕捉、分析權夫人話裡的意思，到如今孩子也生了，府裡的局勢也摸熟了，明面上最大的敵人也栽了，蕙娘行事也就爽快了起來。她沒有謙讓，只思忖了片刻，便道：「大嫂雖然過分了一點，但畢竟也不是有心要傷我的性命，要依媳婦的意思，一家人以和為貴，鬧得太難堪似乎也沒有必要。爹、娘覺得怎麼處置好，那就怎麼處置吧，長輩們的決定，肯定比我們小輩們要高明。」

焦氏的表現，幾乎從不讓人失望。權夫人滿意地一笑。「妳會這樣想，那就好了。過幾天，帶上仲白回娘家小住幾日吧。妳祖父這一陣子忙，沒怎麼遣人過來問妳的平安，可我們做小輩的，也不能疏忽了問候。」

這是擺明了讓蕙娘注意安撫娘家。蕙娘自然謝過權夫人的體貼，又話裡有話地承諾了幾句，令權夫人放心。

兩婆媳這才算是把該走的流程給走過了一遍，雙方相視一笑，都放鬆下來，權夫人道：「雨娘臨上轎前還惦記妳呢，令我們多給她寫信，報報妳的平安。這會兒，她也該到東北了吧。」

「現在過去是逆風，走水路怕沒有那麼快吧？」蕙娘也說。「家裡最投契的小姊妹就是她了，沒想到她出門子，我反而不能送她上花轎。這回作別，有些話都沒能親自和她說，也不知下次見面，又會是什麼時候了。」

「沒準兒比妳想的要早些也未必的。」權夫人笑吟吟地說，態度有點神秘。「將來的事，將來再說吧。」

崔家世代鎮北，小侯爺無事怎麼可能進京？除非是失勢丟官，回京閒住……但那無論如何就不是什麼好消息了。蕙娘疑惑地望了婆婆一眼，卻沒有再往下問：隨著大房倒臺，長輩對她的態度肯定會更加親密，很多從前她沒有資格聽聞的家族密事，想來也能逐漸參與其中。但在世子之位尚未塵埃落定的情況下，長輩不說，她是絕不會隨便發問的。

權夫人也沒有多談這個話題的意思，她給蕙娘分配任務。「等妳身體大安以後，別的不說，起碼家裡日常那些個柴米油鹽醬醋茶的瑣事，我是不打算再操心了。妳大嫂肯定是指望不上，以後，家裡的事情也要多交到妳身上了。」

看來，大房最起碼，管家大權短時間內是再別想沾手了。但若只是如此處置而已，蕙娘也肯定不會滿意。她並未露出喜色，只是沈著地點了點頭。「既然交到了我頭上，自然會戮力而為，不讓娘失望。」

權夫人看她，真是越看越喜歡，她笑咪咪地道：「其實這都不急，今日把妳叫來，就是想問問妳，妳和妳大嫂之間，發生了這樣的事，想必妳心裡也不是沒有怨憤的，若妳不想再見到她，我們自然也會安排。若妳要當面直斥其非，那麼我這會兒就可以帶妳過去了……案子已經查明的事，她現在還不知道呢。」

這是在給蕙娘一個折辱大少夫人的機會，多少也有讓她出出氣的意思。權家長輩，也可以說是很體貼地考慮到了蕙娘的性子，照顧到了她的心情。

可蕙娘卻毫不考慮地道：「這就不必了吧？一時糊塗，大嫂自己肯定已經懊悔了，還是多少給她留點面子……」她對權夫人吐露了實話。「免得仲白知道了，反而更要埋怨我了呢。」

權夫人輕輕地嘆了口氣——在蕙娘又一次避開了她挖下的陷阱之後，她才終於揭開了謎底。「是啊，仲白是重情之人，這一次，我們打算讓他們兩夫妻去東北居住幾年，殺殺他們的性子……這事還沒告訴他，可不說我也知道，他是肯定不會高興的。」

幾滴桃花香露，居然就讓大少夫人壞了事，甚至連翻盤的機會都沒有，這就已經要被送往東北，從此退出世子位的爭奪……就算蕙娘也想過，因差點出了人命，長房肯定要付出沈重的代價，才能了結此事，可事態進展得居然如此理想，她倒有幾分驚詫了。

「這……唉，也好，回到東北，過了幾年事情淡化後，彼此見面也就不那麼尷尬了。」她沒有接權夫人的話頭，和她一道想辦法安撫權仲白的脾氣，而是提出了一個令權夫人有點吃驚的請求。「既然如此安排，那倒不能不見大嫂一面了。等長輩們和她談完以後，娘給我送個信，我到臥雲院走一趟吧。」

權夫人打量了蕙娘幾眼，好半晌才點了點頭。「也好，正好就是今晚，妳和仲白一道過去吧……他們也就是這幾天，便要動身北上了。」

說實話，就是蕙娘都沒想到權家人辦事如此雷厲風行，案情才有了突破口，審案、定案、斷案，免起鶻落，幾天內就有了個結論出來，大房根本都還不知道自己的命運，這邊當家人就已經在給他們聯繫去東北的車馬了！這不管怎麼說，起碼也在一起過個年吧？雖說出了這傷感情的事，可一去東北，那就是幾十年不能相見，難道良國公就不想和自己的長子再相處幾天？

想到良國公的那句「吾家規矩，生者為大」，想到自己甩掉達家那順暢得不可思議的過程，蕙娘也有幾分心事重重。

等權仲白回來了，兩人一道對著吃中飯的時候，她吃得並不多，權仲白幾次看她，她都沒有理會——倒還是他先開了口問她。

「今早去娘那裡了？」

他的神色自然有幾分沈重，蕙娘也沒擺臉色，她回答得很自然。「是去了，娘把什麼事都告訴我了。據說這幾天之內，就打算送大哥大嫂回東北去。」

權仲白顯然也已經從權夫人處得到了這個消息，他不太訝異，只是長長地嘆了口氣，搖了搖頭，低聲道：「這世上最醜陋的沒有別的，真只有人心。」

蕙娘也擱下了筷子，示意綠松等人過來把炕桌抬走。她問：「你是不是有點恨我？」

「在妳心中，我就這麼蠻不講理嗎？」權仲白沒有回答她，倒反問了一句。

「感情上的事，有時候是講不得道理的。」蕙娘淡淡地說。「自從我進門以來，你就處處受到限制，和大哥大嫂逐漸疏遠不說，做什麼事，也都不能和以前一樣任性妄為。這會兒又因為我，他們要到東北去了，兩邊分離不說，這一走，你以後繼位世子的可能就更大了……如果我要是你，道理上再說得過去，也會有幾分遷怒的。」

「妳說得對。」權仲白今天的確有幾分抑鬱，像一朵烏雲壓在了屋角，不過，他的坦然也的確沒變。「這一切種種變化，的確是因妳而起，要說我心裡沒有一點疙瘩，那也是把我看得高了。我就一俗人，總難免也是有些情緒的。」

「是啊，」蕙娘慢悠悠地說。「更別說你心裡肯定還有點疑惑——以我的刁舌頭，這湯一入口，怎麼都嚐出不對了吧？怎麼喝完了一碗，竟還要再喝一碗？若只喝一口就放下了勺子，恐怕也不至於這麼嚴重了，對不對？」

該坦然的時候，她比權仲白還坦然，一點都沒有避諱，就捅穿了這麼一個暗包。

權仲白微微一怔，片刻後方道：「是有點奇怪……不過，想來對妳來說，擁晴院的廚子做的每一樣菜，都並不是很能入口，也就能夠釋疑了。」

「確實是都不合我的口味。這道菜是我給的方子，」蕙娘說。「雖然風味似乎不如我自己的小廚房，但也算是能夠入口了……嘿，大嫂真是好算計，這要是放在一般菜餚裡，說不定我連碰都不會去碰。」

權仲白不禁又長長地嘆了口氣，他輕聲說：「聽說妳今晚預備去見大嫂一面？」

「是有些話想和大嫂攤開來談。」蕙娘看權仲白一眼。「怎麼，你是想讓我去，還是不想讓我去呢？」

「想去就去吧。」權仲白搖了搖頭。「娘讓我和妳一道去……我回絕了。」

再怎麼說，那也是親生大哥……蕙娘眉頭微蹙。「你要是怕我在意，那不必了。你就是為這件事有點恨我，我都讓你恨了，見一面有什麼大不了的……再說，一別誰知道何時再見？還是見一見吧，別留遺憾。」

「親兄弟，從小一起長大，」權仲白靠在板壁上，望著天棚慢慢地說。「彼此都很瞭解。大哥知道我的性子，眼底不揉沙。會做出這種事，他就應該也預料到這一天了。見，不必見了……妳從我那些銀子裡，抽一點出來，讓他們帶著防身吧。雖當了這麼多年家，但他們手裡，不會有多少現銀的。」

就因為把這個家當作了自己的東西，大房自不必中飽私囊，和二房比起來，他們的收入是比較低。權仲白作此安排，蕙娘是不意外的。她只沒有想到，他的性格居然如此決絕。曾經多親密的兄弟，為了大房夫妻的安穩，他可是扯了她不少後腿，一朝做出這樣的事，登時連臨別一面都要迴避……

不知為何，她忽然覺得室內有點冷，竟忍不住輕輕地打了個激靈，才道：「好，那就由我們小公帳支出五萬吧……我這就讓綠松開票。」

她下了炕走到屋門口，忍不住回望了權仲白一眼：達家在這件事裡，地位很尷尬。對權家長輩來說，那是不用任何直接證據，就坐實了和大房合謀；但在權仲白眼中，一切也許又不一樣了。今天兩夫妻談了這麼多，可他連一句達家的事都沒提……是也要割袍斷義，從此再不會搭理達家呢，還是終究有點不死心，想為達家說幾句話？

這一回頭，卻發覺權仲白也正看著她，神色複雜無比，蕙娘一時竟看不出喜怒，兩人眼神一觸，她竟忘了走動，扶著門簾，就這麼和權仲白對視了半日，才猛地回過神來，勉強一笑，轉身放下了門簾。

第一百零五章

權仲白這幾天都忙，就是傷春悲秋都沒有時間——因開匯票，需要蕙娘的私印以及宜春票號的掌櫃印，五萬兩銀子的匯票也不是說開就能開得出來的，等她忙完了這事，他已經又出門去了，說是去封錦府上給封綾複診，還有好幾家老病號得一併過去扶脈，時間趕得及，還要進宮去給牛美人把脈開方，說不定今晚回家又要三更了，令蕙娘不必等他回來。

這樁桃花香露案，辦到現在這個地步，可說是超出了任何一個人的預料，甚至連權仲白的反應都和她想的不一樣，蕙娘心裡也有點亂。現在身體大好，她可以練拳走動了，她便索性拉著螢石練了半下午的拳，又好好地沐浴淨身，由瑪瑙挑了一身新衣服給換上了，還有香花呈上的新西洋香水，石英那邊奉上的、由宜春票號孝敬來的稀奇玩物，孔雀也捧來了娘家給文娘置辦嫁妝之餘，為她新添置的名貴首飾。

「這個綠松石金銀滿池嬌的簪子，也算是稀奇之物了。」孔雀拈起來給她看。「還是十四姑娘要給您的，說是合了綠松的名字。」她抿唇笑著看了綠松一眼。「還有太太說您愛的梅紋項牌，那個鏤空的，輕輕巧巧，正好給歪哥帶，這個沈重些，拿瓔珞絡住了，等您哪天穿大衣裳的時候佩著，和歪哥的正是一對，多稀奇可愛！」

要在往常，四太太的體貼用心，起碼能換來蕙娘的一個微笑，可今日二少夫人卻有些心事重重，她拈起給歪哥的梅紋項牌打量了半日，又將它放到歪哥脖子上比了比，半天，才輕輕地勾起唇角，低聲道：「這個小歪種，生得越來越像他爹了。」

歪哥這孩子也是，剛出生的時候像母親，現在隨著輪廓漸漸長開，眉眼處反而有了點權仲白的神韻。好在權仲白和蕙娘都是眉清目秀之輩，五官融合在一處，瞧著也別有一番風味。雖說現在還是個大胖小子，臉上堆疊著肉肉，圓得看不出形狀，但可以想見，只要沒有太多的意外，歪哥長大之後，應該也能騙來個翩翩俗世佳公子之類的美譽。

五個月大，這孩子雖然還不能爬，但醒著的時候已經明顯變多了，他正扳著小腳丫，費力巴哈地往自己嘴裡放呢，見母親貼來一個冰涼的東西，便滿不高興地一把抓過，往身邊一甩，聽見銀器觸地發出的清脆響聲，又咧著嘴格格笑了起來，衝蕙娘啊啊大叫，扭來扭去的，好似想要坐起身子，卻又還沒有這個力道。

對蕙娘來說，孩子倒是越大越好玩。從前只會哭鬧、吃奶的時候，反正也不用她操心，只覺得看著有點親，但要照顧他，她沒這個耐心。現在隨著歪哥一天天長大，漸漸地有個人樣了，她要比從前更牽掛他一點，見他要坐起身子，便隨手把他扶起，讓他靠著綿軟的被垛。歪哥果然大悅，衝著母親露出一顆才冒了一半的門牙，又要抓項牌來丟。蕙娘把項牌遞給他了，人才一側身，他便嗚哇假哭起來，非得要蕙娘對著他，才肯安心玩項牌。

蕙娘沒有辦法，只好把他抱在懷裡，歪哥頓時就消停了，衝著大人朦朦朧朧地微笑，頭直往蕙娘懷裡鑽，一拱一拱地，像是要吃奶，可蕙娘一要把他交給乳母，他頓時又是一陣哭。她只好由得他鑽，一邊道：「這個衣服都給你鑽縐了，看我不打你！」

話雖如此，可到底是親生兒子，見他一邊鑽一邊笑，像是在和她玩，蕙娘就是再心事重重，也不禁微笑起來。她把歪哥舉起來，在他額上親了一口，頓時就印上了兩顆淡淡的胭脂印子，煞是可愛，惹得眾人都笑了。歪哥不明所以，也跟著手舞足蹈，格格地笑。

過了一會兒，他不笑了，眉頭一皺，頭一歪，眾人忙道：「哎呀呀，要尿了要尿了！快把尿！」

把屎把尿這樣的活計，當然用不到蕙娘去做，可她今天特別有興致。「我來試試看。」便要去展他的尿布，沒想到歪哥才一動，一股臭氣就傳了出來，蕙娘忙別過頭去，捏著鼻子道：「哎呀，快抱走！他吃什麼長大的？怎麼屎尿這麼臭！」

說著，乳母便忙上來把歪哥給抱走了。

廖養娘在一邊笑道：「人都是這麼過來的，您小的時候，也和他一樣渾渾噩噩的呢！」她畢竟是蕙娘乳母，只一細查蕙娘神色，哪裡看不出來她的心事重重？當下便衝綠松使了個眼色，一行下人，自然漸漸退出。

廖養娘在蕙娘身側坐了，以閒話家常的口吻道：「又和姑爺鬧彆扭了？也就是他，才能讓您這麼心事重重、恍恍惚惚的啦！」

要在往常，小夫妻鬧個彆扭而已，蕙娘不說，廖養娘也未必會問，這一次特別關注，其實還是因為府中的風雲變幻——這略微瞭解權仲白一點的人，肯定都很關心他的情緒。

「也不是就因為他。」

蕙娘在廖養娘跟前，沒什麼好遮掩的，她伸手支著腮，若有所思地望向窗外，過了一會兒，才自失地一笑。「這人啊，任誰說脫俗，其實都脫不了俗。販夫走卒也好，一品王公也罷，人之常情四個字，哪有誰能完全擺脫呢？好似我這性子，連我自己都沒有想到，我還真會對個小歪種起了舐犢之情。」

「您這就是年紀始終還淺了。」廖養娘說。「老太爺就不殺伐果斷了？就沒有雄心壯志了？鐵漢尚有柔情，何況您還是當娘的呢！」她徵詢地看了蕙娘一眼。「怎麼，是姑爺對您發脾氣了？」

這傷春悲秋的，的確不像蕙娘的風格，廖養娘會如此猜測，也是常理。蕙娘搖了搖頭。「他沒有發脾氣，倒是比我想的還要更是非分明……」她拿指甲輕輕地扣著桌面，又沈思了半晌，才道：「不過，您說得對，女人只要有了孩子，很多時候，相公都要靠後——這畢竟是世人難以逃離的人倫天性。」

見廖養娘一臉莫名，她微微一笑，也不多做解釋，只道：「以後，您還是要多在歪哥身邊。雖說現在大嫂一家要往東北去了，但世子位一天沒定，我心裡就一天不安穩。對於那些有意爭取世子位的人來說，要爭取時間趕上相公，最好的辦法，還不是對我下手，而是對歪哥下手。」

廖養娘這才自以為明白了蕙娘的不安——這麼一說，她心裡也是有點犯怵：的確，再過幾個月，歪哥就要斷奶了。他不比乳母，乳母是下人，吃食上怎麼管控都行。歪哥畢竟是主子，抱著去到擁晴院裡，別人看著可愛，給一點東西吃，誰能說什麼不是？可這要是上回桃花香露那樣的事，發生在歪哥身上，他就未必能挺得過來了。

「唉，這還是一家人呢。」她不免嘆了幾口氣。「倒和仇人似的……您要是能放心，倒是寧可把歪哥送回沖粹園去了，那裡都是我們的人，怎麼都比在這裡放心得多。」

蕙娘搖了搖頭。「不行，沖粹園離京城太遠了，一旦有什麼事，那是鞭長莫及。再說……」她把調子拖長了，半晌沒有說話，見廖養娘疑惑地看著自己，卻是欲言又止，片刻後，才慢慢地說：「說不定，還有能用得上他的時候呢。」

一個小小的娃兒，有什麼用得上、用不上的？廖養娘不禁大為愕然，可見蕙娘神色，卻不敢再往下問了，而是轉而道：「您要見林氏，究竟是何用意？怎麼說，那畢竟是姑爺的嫂子，姑爺平時也是很尊重她的，就為了姑爺的面子著想——」

「我沒那麼閒，臨了還要收拾一個手下敗將。」蕙娘淡淡地說。「要找她，那肯定是有正事的。」

雖說院子的主人，在過去一段時間內，命運發生了極大的變化，從高高在上的國公府大公子、京城名士，一下就變為被貶謫到祖籍閒居的無名子弟——從權家人的作風來看，蕙娘疑心這個閒居前頭，還要加個「看管」兩字——可臥雲院的氣氛卻並不太沈重。蕙娘走進後院的時候，正好看到林氏站在院當中，手裡還抱著栓哥，正指揮婆子媳婦們收拾廂房中的細軟呢！

「可要仔細那卷畫……唉，你們別動了，讓前頭人進來收吧，那是少爺特別得意的一幅畫，唐、唐——」

「是仿唐寅唐解元的『百鳥朝鳳圖』。」蕙娘笑盈盈地說，衝大少夫人點了點頭，若無其事地招呼。「大嫂。」

林氏恐怕是還不知道她將過來看望的事，她顯然一怔。可在她身邊站著的兩個婆子卻都並不吃驚，反而恭恭敬敬地給蕙娘行禮——權夫人的這幾個心腹，現在對蕙娘的態度要客氣、尊重得多了。「少夫人。」

蕙娘衝她們點了點頭。「都下去吧。」

比起從前，她的態度也要多了幾分隨意和高傲，和藹謹慎的一面，隨著局勢的變化，自然已經慢慢地縮回了身分後頭。

兩個婆子未敢多言，立刻就都退進了堂屋裡。

蕙娘踱到大少夫人身邊，對她做了個手勢。

林氏的臉色有幾分複雜，她左右一望，並不帶蕙娘進屋，而是先問：「二弟呢？不來了？」

沒等蕙娘回答，只是看了她一眼，大少夫人就明白了過來，她嘆了口氣。「也罷，不見比見好。以二弟的性子，見了面，他心裡更難受了。」

她未曾惺惺作態，露出慚愧內疚之情，而是平平淡淡地把蕙娘帶到正院裡屋栓哥平時起居的屋子裡去坐，這個地方，從前對蕙娘來說，可算是她很少有機會進來的禁地之一了。

「各處都在收拾，也就是這裡東西少，能偷點清靜了。」

蕙娘先在炕邊落坐，大少夫人把栓哥放進搖車裡，為他妥妥善善地蓋了一層薄被，又在炕邊和她對坐著，甚至還給蕙娘倒了一杯茶——到了這會兒，她都還沒有出聲，還是蕙娘先開的頭。

「沒想到龍爭虎鬥都還沒有開始，這就已經要去東北了吧？」她的語氣也很和緩平靜，就好像把大少夫人送去東北的並不是她，而令她差點喪命的也並不是大少夫人一樣，兩人在談的彷彿就只是一局棋的勝負。「就連我也沒有想到，這戰局帷幕才剛剛拉開呢，居然就有了個了結。」

「對妳來說，是才剛剛拉開。」大少夫人喝了一口茶，也許是因為到了臨別時辰，她不再掩飾自己對蕙娘的反感了，雖說還不至於潑婦一般地粗言辱罵，但語氣中的冷淡與戒備也是藏不住的。饒是如此，她也不是沒有感慨，畢竟，蕙娘所說不假，誰能想到兩房之間，能這麼快分出勝負呢？「可對我來說，這一場仗，是打了有十多年了。」她苦澀地一笑。「我輸給妳，不是輸在妳的身世、妳的能力……我是輸給了我的命。」

「命都是天給的。」蕙娘怡然道。「大嫂也不必怨天尤人，到了東北，以妳的手段，不難安身立命，說不準還比在京城過得更舒坦。起碼在那個地方，妳無須為嫡子操心了。」

「妳怎麼知道東北老家就不看重嫡子了？」大少夫人反問了一句。

蕙娘也答得很快。「我不知道，大嫂能夠告訴我，東北那邊是什麼樣子？」

大少夫人一怔，隨即便會意地露出一點笑來。「我也是新媳婦過來的，我知道妳的心思。這個東北老家，神神秘秘的，妳肯定很想知道那裡究竟是什麼樣子？去了東北的人，還有沒有回來的一天？我剛進門的時候，也是想方設法地打聽這個，那時候我沒有弟媳婦，又得到老太太寵愛，行動比妳現在，可要方便得多了。」她語氣一轉，面容也陰冷下來。「可知道歸知道，我又憑什麼要告訴妳呢？別忘了，要不是因為妳，我也不用去那個荒涼寒冷的鬼地方，守著無邊的曠野田地，過著永無止境的無聊日子。」

「大嫂這話有點意思了啊！」蕙娘不怒反笑。「要不是因為妳對我下手，又怎麼會有今日這樣的結果？大嫂，我們打開天窗說亮話，換作是我在妳的位置，只怕也會對這個弟媳婦做一樣的事。大家都是名利中人，有些事也算是不得不為，妳來我往，好似一場比武，只是武林好手比的是拳腳，妳我之間，比的卻是手段心術。妳雖然存了動我性命的心思，但我卻並不怪妳，也沒有指責妳的意思，刀劍無眼，願賭的人，都要服輸。」

這一番話說得通透，大少夫人也無法再矯情下去，她嘆了口氣。「果然是女中豪傑，的確爽快異常……是，我輸得有點冤，可這就是命，命中注定我要往東北去，百寶出盡，還是這麼一個結果。的確，我似乎不該怨妳……」蕙娘唇邊，微笑才露，她又改了口風。「可我不是個很有風度的人，二弟妹，以後要我和妳為難，那是我想也不能了，可要我把妳當個知心好友般，知無不言、言無不盡，那卻也辦不到。妳想知道東北老家的事，我倒可以告訴妳一點——妳如今雖然發達得意了，可要為難到東北老家的我，卻也沒有那麼容易。想要借勢威脅我，那卻不必了。」

「我威脅妳做什麼？」蕙娘不禁失笑。「大嫂，我是來和妳握手言和的，妳怎麼就這麼拒人於千里之外呢？」

「握手言和？」大少夫人一怔，她狐疑地打量著蕙娘。「妳不怪我也就罷了，以後我們天南海北，妳怪不怪我，對我沒有絲毫影響。可要握手言和，也未免太虛情假意了吧？怎麼，難道妳還想在臨別前演一場七擒七縱，讓我扮個被妳感化的孟獲？」

「也有點這意思吧。」蕙娘坦然地道。「總是要顯露出當家主母的胸襟，爹娘心裡才會更重視我。」她微微前傾，按住炕桌，輕聲道：「可還有一點，大嫂妳難道忘了嗎？大哥和相公一母同胞，兩人的關係，自然遠勝其餘兄弟。就為了你們日後在東北的日子著想，如今你們也該盡力襄助二房，以便日後兩邊遙相呼應。我雖然對老家諸事所知不多，但想來京城才是一切事務的中心，將來良國公的一句話，對你們肯定也是有幫助的。」

這話說得的確中肯，大少夫人有些意動。她瞥了蕙娘幾眼，不免也感慨。「真不愧是閣老之後，翻手為雲，覆手為雨。才是生死相搏，轉頭便又握手言和。就連我，怕都沒有這份臉皮！」

蕙娘只當沒聽到，她微微笑，望住大少夫人並不說話。

大少夫人沈吟了片刻，方道：「是，妳說得對，到了東北之後，將來若還想有所作為，肯定需要京城的支援……」她嘆了口氣。「想要知道老家的什麼情況，妳就問吧——倒是先告訴妳，對那邊的事，我知道得也並不太多。」

「這可以以後再慢慢地談。」蕙娘不以為意。「一家人要相互扶助，不時常互相通信，那怎麼行？我想問的還是另一件事……」

蕙娘輕輕地潤了潤唇，雙眸鎖住大少夫人，終究是洩漏出了心中的些許緊張。

「我想問大嫂，在我進門之前，妳是否便已經使出手段，想要阻止這門婚事？這手段裡，又是否有在我們焦家採購的藥材裡混入毒藥這一招？若有，妳直說便是，事到如今，我也不會怪妳的。」

第一百零六章

這個問題，問得就很尖銳了，大少夫人一時並沒有回答，只是若有所思地望著蕙娘，蕙娘也由得她看——畢竟這事，和桃花香露不同，桃花香露終究是無意置人於死地，立心還不算太壞。可要是真的到了混毒的地步，那就無可辯駁，真真切切是想要殺人了。雖說大少夫人手上未必沒有沾過血腥，但這肯定還是她第一次面對一個僥倖逃脫不說，甚至還翻轉了局面的苦主。要真是她，她心底肯定得掂量掂量，這要是說了實話，自己會否翻臉無情，甚至還要更進一步斬草除根地拔除這個生死大敵。在這種時候，她說得太多，反而會增加大少夫人的疑慮，反倒是保持沈默，更能令她從容考慮，進而放下心防。

怎麼說都是場面上的人物，現在雙方正在聚精會神互相觀察的時候，蕙娘不會顯露心中的絲毫情緒，大少夫人又何嘗會把所思所想暴露在外？蕙娘只瞧得出她眼神閃爍，似乎正深思著什麼。

半晌之後，大少夫人才慢慢地說：「為什麼會以為是我？我怎麼說也只是個婦道人家，哪有門路在藥鋪生意上動手腳？妳不疑慮伯紅嗎？」

「大哥這個人，和相公比較像。」蕙娘也不得不稍作解釋。「進府一年多，我留神看來，他雖然要比仲白多了幾分處事手腕，但心慈手軟處，說來其實也都差不多的。對付我的事，他留給妳做，自己並不插手……這樣的做法，和仲白也算是如出一轍。只是仲白比大哥多添了幾分清高，有些事他自己不做，也不許人家做……」

這就牽扯到權仲白不肯來送別兄嫂的事了，大少夫人眼底閃過一絲黯然，但她沒有放鬆氣勢，反而有幾分咄咄逼人。「所以，妳就覺得我像是這樣的人嗎？」

「其實妳也不是頂像。」蕙娘也承認。「下毒的事，太鋌而走險了，而且陰氣十足，和大嫂妳平日裡半陰謀、半陽謀的作風比，多了十分的毒辣。」

她這倒不是給大少夫人開脫，林氏幾次出招，都是擺明了衝著蕙娘來的，手段也都不過分，屬於長輩們可以容許的招數。或許因此，她的手段顯得過分幼稚簡單，但其實給蕙娘添堵的程度卻並不稍減，也算是摸準了她的性格。這種用陰招來體現陽謀的手法，也算是比較正大光明了。並且她每一步都清清楚楚，只針對蕙娘一人。

而下毒人的手法卻和她截然不同……說實話，要不是權季青在當時年紀還小，恐怕沒多少手段摻和進家裡的藥材生意，也沒有時間發展屬於自己的勢力，根本就難以做到混毒入藥，而權夫人又沒有理由先一力促成親事，再一力把她毀掉，她會以為是權季青主謀，權夫人操辦……

不過，沒有憑據，猜測也只能是猜測。

大少夫人很可能出於一些隱密的原因，改變了一貫的作風，又或者她根本就沒有自己想的那樣瞭解這位貴婦，這也都大有可能。畢竟蕙娘也不是神仙，她不可能全知全能。與其背地裡繼續胡思亂想，倒不如把一切都端到檯面上來說清楚。

蕙娘又道：「大嫂也不必過分猜疑，你們即將要到東北去了，我不會憑妳一句話再趕盡殺絕。不然，相公、爹娘會怎麼看我？妳就算是給我做個人情吧，只告訴我，這個要害我的人，是妳不是？」

大少夫人望了她一眼，忽然微微一笑。

「妳看來真的很想知道答案。」她有幾分詭秘，似乎在這場無言的對決中又找回了一點主動。「過門這麼久，我還是第一次看到妳緊張的樣子，患得患失都到面上來了。我就是說一聲是——」

蕙娘心頭一跳，幾乎漏過了她之後的話。

「又或者不是，只憑我空口白話這麼一說，難道妳就會信嗎？」

這明擺著就是在耍弄她了……

即使以蕙娘的城府，亦不禁有幾分氣惱，她沈下臉來。「大嫂，可別敬酒不吃吃罰酒……妳雖要去東北了，可我也不是沒有辦法對付妳。」

空口白話，自然不能唬住大少夫人，蕙娘掃了搖車裡的栓哥一眼，壓低了聲音。「要說胎記遺傳，天下人沒有誰比我們焦家更加精通，個中原因，妳也清楚得很。歷年來憑著這個遺傳胎記，想要冒稱我們焦家後人劫後餘生的騙子，可謂是數不勝數，哪管相公是舉世神醫，可也沒有人比我更明白胎記遺傳。從我們焦家宗譜世世代代的記載，幾年內數省上千人的記錄來看，爹沒有胎記，兒子是絕不會有這麼一個印記的。這東西代代相傳，必須是老子有，兒才能有——」

大少夫人的臉色，到如今才真正地變了，她的視線就像是一條毒蛇，纏繞在蕙娘面上，似乎是想要伺機咬她一口。

蕙娘挑起眉毛，慢慢地把話說完。「這件事，大哥本來也不必知道，可我要告訴他，那也就是一封信的事……東北苦寒，沒有父母的蔭庇，栓哥的日子，恐怕不會太好過吧？」

事實上，大少夫人已經是敬酒不吃吃了罰酒。好聲好氣待她，她不肯說，逼得蕙娘把這事放上來，日後兩房就算還有什麼合作關係，也不可能是精誠合作，只能是建立在這個秘密之上，由一方聽令於另一方的脅從了。

屋內的氣氛，一時緊張到了極點，連栓哥都似乎察覺到了不對，他忽然在搖車裡大哭起來，且哭且咳嗽——七個月大的孩子，都還不會爬，連坐起來都很勉強，咳嗽得小臉通紅，那哭聲撕心裂肺的，一下就把大少夫人的注意力給吸引了過去。

「我兒乖，莫哭、莫哭。」她抱栓哥的動作，要比蕙娘抱兒子熟練得多了。「是尿了，是餓了？」

此時自然有乳母過來接手，大少夫人猶自還顛了栓哥幾下，把栓哥顛得寧靜了不少，這才小心翼翼地把他交到乳母懷裡。她站在當地，看著乳母把栓哥抱出去了，卻還久久都沒有動彈，半晌，才翻過身來，重又落坐。

「妳這是想要聽什麼答案呢？」她沒精打采地問蕙娘。「不是我，我不可能騙妳是，我經不起妳的盤問；是我，我卻可以很輕易地騙妳不是。不論是不是我，妳所能得到的答案必定只有一個『不是』，而妳也一定不會相信這個答案……所以妳問不問我，有意義嗎？」

這話的確是說到點子上了。大少夫人要不這麼說，蕙娘還真會懷疑她的誠意，她平靜地問：「大嫂，妳看我這個人，能力怎麼樣？」

「確實不弱。」大少夫人眼神連閃，回答得卻並不猶豫。「拋開妳的才學、家世來說，最要緊的還是妳的精氣神……任何人要有妳的魂兒，只怕都能在世間有所作為。」

「好。」蕙娘笑了。「妳會這麼想就好……大嫂妳看得不錯，我一生人真正非常緊張在意，必須尋根究柢的問題並不多。我不在乎栓哥究竟是誰的種，也不在乎妳和達家私底下又有怎樣的勾當，可唯獨這個問題，我是一定要找出答案的。大嫂妳以為，我究竟能不能找出來呢？」

大少夫人面色微變，她沒有答話，倒是蕙娘自己悠然續道：「我想妳心裡也明白，這事就算再難查，也終有一分可能，我可以查個水落石出。是妳，現在說了，什麼事都沒有，我把話放在這裡，這件事就這麼算了。可妳現在不說，到我查出來那一天，若真是妳的手筆……」她看了栓哥一眼，沒往下說。

大少夫人臉色再變，她沈吟了片刻，這才有幾分無奈地道：「那妳去查好了。查到是誰就是誰，是我，妳來報復我，我服氣。妳要問我，我始終只能還妳一句不是。」

到這裡逼出來的，應當是真話了。蕙娘沒有掩飾自己的失望，她往後一倒，並不理會大少夫人，而是望著天棚，咬著下唇，逕自便沈思了起來，片晌後便又問：「那以妳看，會如此行事的人，又是誰呢？——別說謊，大嫂，我看得出來的。」

大少夫人處處受制於人，臉色當然不大好看，她也沈默了片刻，似乎正在衡量利弊，片刻後卻並沒有正面回答蕙娘的問題，而是輕聲道：「今日仲白沒來，實在挺可惜的……婆婆把事情原原本本，都告訴我了。」

她的語氣，大有深意。蕙娘眉頭一跳，她不緊不慢地說：「怎麼，大嫂的意思，似乎還想著要翻盤嗎？」

「翻盤？沒什麼好翻的，是我做的就是我做的，栽了就栽了，大不了去東北度日，也沒什麼接受不了的。早在事前，我就已經想好了最壞的結果。」大少夫人又鎮定了下來，她出人意表地說。「甚至妳想給伯紅送信，我也都不在乎了。我現在就可以叫他進來，妳當著我的面把話說給他聽都行……」

蕙娘免不得露出訝色，她說：「大嫂這是要破罐子破摔——」

「我們夫妻風風雨雨，已經一道走了有十多年了。」大少夫人說。「在一起度過了多少波濤險阻，經歷了多少艱難？對外借種，也許會是個檻，但我的出發點始終是為了這個家，伯紅知道我心裡只有他一個人。這個家也許會有一段艱難的時間，但終究，一切會過去的，到末了，還是我和他。」她隱然有些憐憫、有些嘲諷地望著蕙娘。「但仲白就不一樣了……

妳處處都比我強，我處處都不如妳，但其實我總有一點是強得過妳的，我也只要這一點強得過妳。只要妳還是這般作風，在這個家裡，即使妳能贏得了所有人的歡心，也始終都贏不了仲白的青眼。沒有他的全力配合，世子位終究是鏡花水月，妳的大志，也終究只能落空。」

這番話，實在是說到了蕙娘心底最深的隱痛，她臉色丕變，氣勢為之一沈，大少夫人一時竟無法再往下譏刺，但她依然勉強維持著她的風度，抬起頭不屈地望著蕙娘。「妳說得對，遣人送一封信，實在也並不難。我們只是去東北老家，並不是被流配三千里。即使我不能送信，我的娘家也總是能送個消息的……」

兩人寸步不讓地對視了片晌，蕙娘面沈似水，許久都沒有說話，又片晌，她才噗哧一聲，讓笑意如春風一般，吹開了臉上的冰霜。

「好，大嫂不愧是府中長媳！要不是時運不濟，想必我們還能過上幾招的。」她又坐了下來，欣然道：「既然不能壓制，那就再談談該怎麼互相合作吧！日後該如何傳遞消息，我這裡有個章程，大嫂妳看怎麼辦好……」

大少夫人也就跟著露出了笑臉。「前幾年其實都無甚好說，等栓哥七、八歲時，我們應該也站住了腳跟，到那時，若一切順利，二弟應該也獲封世子了吧……」

兩人計議了一番，便定下了日後互通消息的管道、頻率等細務。

蕙娘見天色已晚，便起身告辭。「你們動身那天，恐怕未必能送，先道聲一路平安吧。」

大少夫人作勢要送她去外頭，蕙娘忙道：「不必送了，妳忙，妳忙。」

她從懷裡掏出一個小盒子遞給大少夫人。「這是仲白讓我送來的，到了老家，身上揣點錢防身總是好的。」

大少夫人的面容一下就柔和了下來，她輕輕地嘆息了一聲。「唉，二弟還是心軟……」

她打開盒子，望著裡頭花花綠綠的匯票以及一個專用的提款小章出了一會兒神，忽然又輕聲道：「二弟妹，妳知道我為什麼寧肯和妳再把臉撕破一層，也不願把話往下說嗎？」

蕙娘站住腳，又回過身來，她的呼吸略微急促了起來，可語調還很平常。「卻是為何？」

「因為我討厭妳。」大少夫人坦然說，眼神略含笑意。「妳說得不錯，我和妳其實是一種人，伯紅和仲白又是另一種人。我雖是妳這樣的人，可卻很喜歡、很嚮往伯紅那樣的人，對付妳，我不是沒有更狠的手段，可我知道伯紅不會喜歡……在我們走的這條路上，妳比我走得更遠，也比我更厲害一些，可妳越厲害，我就越討厭妳，就像我有時候也不大喜歡我自己……」

或許是想到了一些不堪的往事，她輕輕地打了個寒顫，又再續道：「可只要妳還是這樣一種人，我們就能繼續把交道給打下去，把交易給做下去。我雖然討厭妳，但卻永遠都不會怕妳。」

「妳怕……」蕙娘若有所悟，她輕輕地說。

「我怕的是另一種人，另一種完全談不得交易的人。」大少夫人的語調，又輕又慢。

「妳可能還不清楚，但看在仲白的分上，聽我一句話——這個家裡，妳不知道的秘密還有很多，步子邁得小一點，不會有什麼壞處的……」

第一百零七章

大房要往東北搬遷，並不是什麼小事，起碼一家子上上下下連主子帶大少夫人的陪嫁、大少爺的心腹小廝等等，就是四、五十口人要遷徙，由此自然也帶來了很多瑣事，比如說這四、五十人的車馬，良國公府還未必能湊全了，誰家也不會費那麼多的事，把家常出行用的清油車千里迢迢地趕到東北，再連著驢馬一起往回趕，所以這就要雇車行了。

雇了大車不能不雇鏢局，國公府不能不派人跟車，跟去的人還要老道一點，畢竟大房這兩口子，往好了說那是回老家休養，往壞了說，誰不知道這一去幾乎就不能再回京城了。誰知道半路上會不會興出什麼么蛾子來？這要是大少爺心情不好，忽然在哪裡「病」了，一住就是幾個月不肯往前走呢？這就非得有一個身分合適又老於世故的下人在一邊勸著不可。還有一路上被攜帶過去的名貴細軟、到了東北幫助小夫妻安置下來、再和老家的親人們傳遞消息等等，這裡頭大事沒有，煩人的瑣事卻很多。權夫人也就老實不客氣，專心忙這些瑣事，把家裡的柴米油鹽，都交給了蕙娘。

這番當家理事，和之前的協理就又不一樣了。之前借著雨娘的婚事，讓蕙娘熟悉家務，她怎麼著都要格外用心，一個是立威，還有一個，也是對上位者展現自己的才能。現在長房離京，在京者權仲白居長，弟弟們又都沒有成親，又有兩重婆婆發話，蕙娘這個家，當得是名正言順，就無須和從前一樣，對些須家常小事，也要親力親為了。

她從小受過的教育中，理家本來就是很重要的一項，身邊的大丫鬟裡，也有許多人是為了日後執掌焦家內務準備的。如今都訂了親，卻還沒有行婚禮，正好以陪嫁丫頭的身分幫著管事兒，不必同一般的管事媳婦一樣，要提拔她們上位，還得衡量背後那錯綜複雜的人事關係。蕙娘讓雄黃上康嬤嬤那裡監督做帳；石英幫著打點家裡所有內務，調配四、五個丫頭，從日常家用採買，到各屋所有瑣事，乃至良國公府後院的維護管理，都由這六個丫頭商議著去辦，她只每天輪番聽其匯總詳說一番；至於綠松，並沒有特別職司，除了在她身邊服侍之外，多半還是冷眼旁觀，審視來往於立雪院的各色人等，私底下和蕙娘商量、議論各管事為人，又為她出主意，令她可稍微施展手段，恩威並施，將幾個刺頭收服。

雖說國公府人脈廣、親戚多，但主子其實並不太多，這些家常瑣事，真是難不倒受了多年培養，正是憋足了勁兒要大展神通的各路丫頭。尤其是這些丫頭之間也要互相攀比——孔雀就私底下抹了好幾次眼淚，問蕙娘要司職，最後還是廖養娘一句話給堵回去了，說「妳姑娘現在但凡是要入口的東西，沒有妳看著怎麼放心？立雪院這哪裡離得開妳？」，她這才自覺面上有了光輝，不再提起此事了——還有什麼事，是她們辦不妥當的？再說，又有兩重長輩的擔保，蕙娘自己的威望——這入門沒有兩年，就把大房給弄到東北去了——不到一個月當口，等大房的車駕，悄無聲息地上路往東北去了以後，權夫人一回頭，竟發覺蕙娘不聲不響、波瀾不驚地，就把家務給接過來了。她再一看帳：制度上的東西，她一點都沒碰，可府裡的支出，倒是比往年的這幾個月整齊了不少，平時有些慣於渾水摸魚，又滑不留手，令人又恨又愛的刺頭兒，竟是服服貼貼的，沒能興起一點貓膩(注)來。

這人不會做事，自然會有千奇百怪的理由，可人要會辦事，那除了一聲好，也就誇不出什麼來了。權夫人手底下是有過別的兒媳婦的，大少夫人也算是當家能手，平時也算是明察秋毫、寬嚴有度，可和焦氏比，那就現出差距來了。大少夫人當這個家，有時候是有點吃力的，也是她自己沒有一個兒子，始終抬不起頭來，和這些千伶百俐的下人們相處，為了維護自己的權威，又不至於出錯生事，有時還得頗費些功夫。臥雲院的燈火，經常到三更都是亮著的，這就成了個死結——要她和男人多相處、多生孩子，就得讓少管點事，可讓她別管那麼多事嘛，她自己心裡又不安……

可焦氏就不一樣了，臨近年關，各地管事回來結帳，雖然沒有後院的事，可前院來了這麼多人，能不要抽點人手接待一下，不要從幾個小廚房借幾個大師傅去款待款待掌櫃們？家裡千頭萬緒這麼多事，她還要處理宜春票號，和她自己那些嫁妝鋪子的帳，人家愣是還那樣安安閒閒的，給兩個婆婆請了安，自己下午看看帳，和丫頭們閒話一刻，其餘的事，自然有人為她處理得妥妥當當的。這還不算，府裡說起管家人，誰不知道那是二少夫人，可沒人唸著她那些丫頭們的名字。

熱鬧人人會看，門道就不是人人都能悟出的了。要不是有個大少夫人在前頭，看她接過

注：貓膩，指事情的馬腳、漏洞或不合常理、不可告人、隱蔽曖昧之事。

家務如此輕鬆自如的樣子，權夫人還真要以為國公府的家務，就是這麼好接呢。

她和太夫人一起挑佛豆的時候，就不禁和她感慨。「往年這個時辰，哪有工夫陪您挑佛豆啊，很快就是臘月了，預備年禮、年菜，忙都忙不過來呢。今年倒好，我在這裡陪您挑這個，她在自己院子裡練字讀書，有時候還打一套拳，這滿府的下人倒是都和擰了發條的西洋小人似的，自己就滿院子亂跑，都不用人支使。」

「一個後院，對她來說自然是輕鬆自如。」太夫人也不能不承認蕙娘的確是遊刃有餘。「要不是為了討我們這些老傢伙的好，雨娘的婚事，她也未必會自己去辦……這一個多月，妳冷眼看著，仲白的情緒怎麼樣？」

真要說起來，權仲白還真是這個家的活寶貝，就連按理應該最受寵的幼金，都比不過他受人關注。大房往東北去，難道良國公心裡就不難受？權伯紅離京之前，整夜整夜地待在前院書房，和父親閉門密談，回來了就被叫到擁晴院和祖母說話，連林氏都有分聽訓。可良國公也好，太夫人也罷，最關心的還不是大房在東北能不能適應的問題，兩個人都叮囑權夫人「仔細他別一怒之下，又跑到外頭去了」。

「倒是還真不錯，」權夫人如今也是漸漸地放下心來了。「畢竟是有妻有子的人了。孩子的第一個冬天是最重要的，他從外頭回來，就進立雪院去看歪哥，半點都沒有靜極思動的樣子。我問了焦氏幾次，也說沒有什麼異動，一切都還和往常一樣，就是心情是要比從前更低落。」

太夫人也不免喟嘆。「這孩子真是像足了生母，心熱得燙人，卻偏偏，選了這最是讓人心冷的行當……」她頓了頓，又問：「達家最近，有和他聯繫嗎？」

「妳也知道，達家的男人們，現在就剩一個侯爺還算是嫡系了，餘下的嫡子、嫡孫們，全都回東北去韜光養晦，侯爺自己又是個提不起來的，他們家夫人似乎也回老家去了。京裡剩的人並不多，他們明面上和仲白來往是不多的，私底下有什麼聯繫，可真的就不知道了。」權夫人有點無奈。「仲白隨常帶在身邊的幾個小廝，嘴巴都嚴得很，親娘也問不出什麼來。不過，他最近忙得很，封家那位大姑娘，病情似乎有些反覆，光是封家就請他過去了幾次。還有宮裡，太子又犯病了……」

「唉，從皇上到東宮，沒一個不是三災八難的病秧子。」太夫人也免不得嘆了口氣，她的注意力轉開了。「也是從母親身體根子上就不好，兩個人都不好，還能生出什麼好兒子來？」她猶豫了一下，便道：「既然府裡的事，焦氏已經都上手了，來年正月，讓她到宮裡請個安吧。婷娘入宮也有半年多了，在宮中究竟怎麼樣，還得看她自己怎麼說了。」

這上位的路，可真不慢。太夫人的意思，以後聯絡宮裡的任務，也要交到焦氏手上了。讓她管後院不夠，這是打算令她逐步開始介入權家在政治上的一些彎彎繞繞了……權夫人自然答應了下來。「哎，這就回去和她商量。正好，正月裡是小公主百日，宮裡是肯定要鋪排宴席的。這一次進去，應該可以見到婷娘了。」

太夫人滿意地點了點頭，又和權夫人商量。「眼看就要過年，叔墨的婚事也該提到日程上來了。他自己眼光高，那不是什麼問題，我們做長輩的多幫著物色物色也就是了。妳這一年出去赴宴，可看著了什麼合適的人選？」

「倒是有一個，老爺覺得不錯。」權夫人說。「最難得他們家似乎也有這個意思，我倒覺得……」

兩個長輩就又商議起了權家三爺的婚事，即使是平素裡最疼愛長孫的太夫人，也似乎已經把遠離京城的長房，給拋到九霄雲外了……

倒是沒等正月，還是十一月裡，蕙娘就有了進宮請安的機會。因小牛美人晉封賢嬪，宮中難免有一番慶典，良國公府自然要出人進宮。太夫人和權夫人都報了病沒去，蕙娘自然當仁不讓，穿戴上三品誥命服飾，進宮朝賀賢嬪。

說來也是耐人尋味，小公主剛出生的那幾天，不論是權仲白，還是來訪的阜陽侯夫人，甚至是權夫人口中帶出的意思，小牛美人這一次晉封妃位，那是沒跑得了，可出了月子，這個妃位就打了折，變成了嬪位。蕙娘剛知道的時候，還笑著和綠松說「這生了女兒，就是不如生個兒子好使。皇上一回過味來，心裡就有點後悔啦」。

這是有點打趣了，從妃位變為嬪位，背後真沒準兒就掩藏了許多勾心鬥角、腥風血雨，可在這冊封典禮上，眾人自然也都是喜氣洋洋的，從皇后到賢嬪，沒有誰臊眉耷眼、快快不樂——這真要有誰這麼沒有心機，她也就不能在這種場合現身了。只是太后、太妃沒有賞臉出面，令蕙娘有點吃驚，她知道太妃這幾年安心教養安王，已經很少參與後宮是非，這麼小小的冊嬪禮，她不來也很正常，可太后怎麼說那也是牛家人，哪有不給自家後輩撐場面的道理？

冊嬪禮中，各誥命夫人自然也都有自己的角色在，阜陽侯夫人一路緊緊帶著蕙娘，雖明知蕙娘深通宮廷禮數，卻還處處提點，又埋怨她。「怎麼都不帶歪哥上門來耍！」

她對蕙娘，是從第一眼見面就喜歡到了現在，永遠是那沒心沒肺、樂呵呵的老長輩形象，可蕙娘卻並不敢小覷這個姨母：長房離京，這麼大的動靜，她就和不知道一樣，半點都沒有過問，若不是對權家內情極為瞭解，這分寸是很難拿捏得當的。

「孩子小，還不敢冒風，得請姨母多勞累勞累，到家裡來看了。」蕙娘笑著說。「已經會爬幾步了，等他能走了，就帶到姨母家裡去玩。」

兩人對視一笑，阜陽侯夫人還要再說什麼，前頭已經請諸位誥命夫人前去赴宴。兩人亦不敢怠慢，忙跟人流過去。

今日人齊，非但妃嬪到得齊，皇子、皇女到得齊，就連外戚們都來得齊，楊閣老太太、牛夫人，這兩個重量級內眷竟都到了，兩人遙遙相對，很有幾分各執牛耳的意思。皇后帶了東宮在首席坐著，左右看看，倒似乎覺得很有趣，唇邊掛著笑，時不時和東宮親暱地說上兩句話，看著哪還有一點長期無眠、精神衰弱的樣子？竟是作養得氣色紅潤、神完氣足，連著太子也是唇紅齒白的，比蕙娘上次見他時，看著康健了不少。

牛淑妃看起來，倒要比皇后憔悴一些，她身邊的二皇子因年紀還小，不如哥哥活潑，但也是眉清目秀，看著十分可人意兒，靠在養娘懷裡，眼睛滴溜溜地轉，時不時要賴到母妃懷裡，摟著她的脖子親暱地說上幾句話，牛淑妃聽得笑瞇了眼睛，又親暱地為他撥了撥腮邊的碎髮。

楊寧妃帶的皇三子，和皇次子是同一年出生，可這孩子就要更稚氣了。今日人多，他似乎很有幾分害怕，把臉藏在養娘懷裡，連臉都不肯露出來。倒是楊寧妃笑吟吟的，似乎絲毫不受自己近半年來的失寵影響，還是那樣，美豔中透了嬌憨，嬌憨中，又透了一絲狡黠。

她和牛賢嬪坐得最近，兩人都有驚心動魄的美麗。牛賢嬪產後晉位，自然容光煥發，她絲毫未受這名分變化的影響，時而和牛淑妃搭一、兩句話，時而又被叫到皇后身邊，含笑恭聽懿旨，可是兩面逢源，透著那樣吃得開……楊寧妃和她相比，就要差一點了，滿座裡沒有誰樂意搭理她的，連皇后娘娘，都很少和她搭話。

蕙娘這一餐飯，吃得挺有意思的，起碼眼睛不無聊，除了這四位重量級人物外，還有好些新晉的美人、才人可看。吃過飯，她趁著眾人魚貫退場的當口，同主管太監打了個招呼，往露華宮去看婷娘。

以婷娘的位分，自然不能執掌一宮，她和幾個美人、才人一起，分住了露華宮的前後偏殿——只看這露華宮的正殿都還空著，便可知道這裡都是不得寵的妃嬪住處。其中最不得寵的一位，蕙娘都沒有在剛才的冊封禮上看到她。好在婷娘雖然無聲無息的，但和宮裡幾個主位的關係都還不錯，剛才在冊封禮上，皇后甚至還笑著和她說了幾句話。

蕙娘留神打量時，見她屋內陳設、身上裝束，雖然並不太好，可也不比同儕差許多，便放下心來，同她對坐著喝了半碗茶，也說些外頭的事給她聽，見氣氛漸漸合適，便笑著道：「宮中寂寞，日子不好過，會否有些思鄉呀？」

後宮生活，清苦寂寞，即使是最得意的妃嬪，聽了這話，真是未語淚先流，再沒有不哭啼啼的。可婷娘畢竟是權家特別挑選出來的，她似乎對此已有足夠的準備，聞聽蕙娘說話，也只是淡然一笑。「世上事，有捨才有得。入宮選秀，是我自己也點過頭的，深宮寂寞，早料到了。」

沒入宮時，只覺得她雖然生得豐腴了一點，但為人處事上都很不錯，算是宮妃的好料子，直到聽了這麼一句話，蕙娘才覺得婷娘畢竟是挺不凡的，她不禁欣賞地一笑，也就不和婷娘廢話，切入了正題。「也是聽人說的，不知準是不準，據說，今年入宮的姊妹裡——」

「嫂子聽說的沒錯。」婷娘也沒讓她把話問完，便笑道。「今年入宮的姊妹裡，唯獨就是我，到現在都尚未承寵。」

說來好笑，可皇上的寵愛，很多時候不但出自本人心情，也有政治上的需要。尤其是婷娘這樣，背後有靠山、有家族的秀女，皇上不說格外寵愛，但起碼也不會故意冷落，選都選進來了，一、兩夜恩寵，那是怎麼都會給的。這不只是滿足他本人的需要，也是讓秀女本人可以在後宮立足。尤其是權仲白又受到如此寵愛、信重，皇上不可能不給婷娘這個面子，哪怕是叫去唱個歌、彈個曲子……那也都是恩寵，連這都沒有，那就有點故意欺負人的意思了。

蕙娘做了個疑問的表情，婷娘也答得很快。「聽皇上的意思，是和二堂兄嘔氣呢……半開玩笑的，就是不喚我過去身邊。頭三、四個月，還算是沒顧上這事，後來幾個月，倒真是有意了。不過，雖我沒能過去，可皇上也時常派小中人來察看我的情況，嫂子也不必太往心裡去，不必為了我，去麻煩堂兄了。」

蕙娘自然不會把這客氣話當真，她有些疑惑，要不是今年南海有事給絆住了，皇上還要帶權仲白去離宮過冬呢！這兩個人，哪像是在嘔氣的樣子？這個權仲白，還說有商有量，自己卻什麼都不和她說，這裡活活就給婷娘耽誤出好幾個月了……

「這我們還真一點都不知道。」不過，蕙娘肯定也不會把話給說死。「我這就回去問問妳二堂哥，怕是其中有什麼誤會在吧，解開了就好了，妳也不要心急。」

本來她也不想說這話的，可婷娘聽談吐也是個剔透人，蕙娘便忍不住提了她一句。「皇上喜歡清瘦些的姑娘，妹妹這模樣雖然已經挺好看的了，可……」

「嫂嫂的意思，我明白的。」婷娘撫著臉，一笑又露出了兩個喜氣的酒窩。「我也在使勁兒呢，這要是能早日懷上皇嗣，是個皇女，或是小皇子，日後再吃得多胖，也都沒人管我了……」

蕙娘禁不住失笑：這個婷娘，談吐也不像是一般閨女那樣無趣，沒準兒就是這通透大膽的性子，能投合了皇上的喜好呢？

也就是因為婷娘討了她的喜歡，蕙娘就更納悶了——這權仲白能怎麼得罪皇上，逼得皇上要這樣委婉曲折地來表達不滿？最近朝中雖然風波動盪，但和良國公府，可沒有太大的關係。倒更多的還是兩位閣老之間的較量，可這兩邊都是權家的親戚，皇上也不會找上權仲白吧？

因為這個月事多，權仲白又經常要出外留宿，兩夫妻聚少離多，這會兒又是三天沒打過照面了。蕙娘還真有點思念權仲白，除了婷娘的事以外，更重要的還有一點：經過長達五個月的強身健體，她總算覺得自己從那場生產中恢復過來了，腰身甚至要比從前更纖細了那麼一、兩分。要不是最近忙，她還真想讓老菜幫子嚐嚐她的厲害……

也因此，進了院子，隔著玻璃窗見到權仲白在炕上盤坐時，蕙娘唇邊便掛上了一縷若有若無的笑意。她不要人服侍，自己掀起簾子快步進了裡屋，半含著嗔怪地道：「你呀，還說什麼事都要和我——」話才說了一半，她的視線就落到了桌頭新出現的一個小瓶子上。

這是個很精緻的小瓶子，在陽光下作五彩之色，內中盛了淡黃色的大半瓶液體，滿打滿算，也就是三、四杯的量。

她屋內的東西，蕙娘心裡都是有數的，她有點吃驚。「這個是你從哪裡淘換來的好東西？我怎麼——」說著，便要去拿。

權仲白忙喝止她。「這東西，妳最好別動！」他語帶深意。「別人動都沒事的，就只有妳，動不得。」

蕙娘面色一凝，心頭那淡淡的喜悅，頓時就潮水般地退了回去。這回，她認真地打量起權仲白來了，見他神色玄妙、似笑非笑，她心裡多少也有數了。

「這瓶桃花露，是達家來的？」她在權仲白對面坐下了。

權仲白抬起眼來看著她，他輕輕說：「是，達家來的。」

在這一瞬間，焦清蕙忽然想到林中頤臨別的那番話，她很好奇，在權仲白寧靜的表相下究竟藏了多少情緒？他又究竟是憤怒、是感慨，又或者有許多他那君子脾氣應有的埋怨在等著她？不過無論如何，看破就是看破，這風險她當時既然算得到，今日也沒什麼承擔不起的。

「想問什麼，你問吧。」她乾脆俐落地說。「能答的，我一定答。」

權仲白眼神一黯，他的第一句話，也就問到了點子上。「栽贓給達家的事，妳是什麼時候安排上的？」沒等蕙娘答話，他就又盯著問了一聲。「是在妳醒來之後，我讓妳服藥排毒，出去迴避的那一小段空當兒裡，妳吩咐綠松去安排的？」

一個人沒有心機，不代表他看不破心機。蕙娘微微一笑，坦然道：「自然，不是那個時候，還有什麼時候？」

第一百零八章

敢做敢當，焦清蕙就有千般不是，她也始終都是一個很有擔當的人。權仲白見慣了事發前耀武揚威、春風得意，事發後砌詞狡辯、遮遮掩掩的貴人，縱使心情再沈重，對清蕙的作風，始終還是有三分欣賞的。

「這麼小半瓶香露，滴到一罈子湯裡，喝得出一點香露的苦澀味道，倒是不難。」他一面也是整理自己的思緒，一面也是看看清蕙的反應。「但要從被稀釋成這個樣子的湯水裡，喝出香露品種上的不同，那舌頭的靈敏，已經是近於通玄了。我一生嚐過了多少藥材，品嚐這兩種香湯，也只能嚐出都是添了香露不錯，品種上的差別，是一點都分辨不出來。」

就和每一次遭遇他的挑釁、他的打擊時一樣，焦清蕙的脊背挺得很直，唇邊掛著若有若無的笑意，她顯得這樣的從容、這樣的胸有成竹，似乎他的所有籌碼，都盡在她的掌握之中。

「我對我的舌頭，還是有點自信的。」權仲白繼續說。「想來妳那丫頭就算是飲食上有幾分造詣，也不能登峰造極到這等地步。這個說法一入耳，我就覺得透著幾分假，請來的十多名老饕裡，除了梁公公以外，亦無人可以分辨個中區別，可為什麼梁公公可以嚐出來，並且嚐得這麼準呢？要知道，人越老，舌頭也就越遲鈍，梁公公今年將近八十了，一般的古稀老人，五官都有退化，連我都分不出的區別，他卻能分得出來？」

焦清蕙的唇角，勾起了一點神秘的笑意。十八歲入門，一轉眼，過年也就要二十歲了，她正進入一生中最好的一段年華，精緻的眉眼，漸漸雕琢出了婦人的嫵媚與風華，僅僅是這麼隨意裝束在炕邊盤坐，都像是一尊剛雕成的寶石像，陽光裡隱爍七彩光芒。她沒有說話，可態度卻分明在引誘權仲白往下講，去探尋她的奧秘、她的心機。在平日裡輕言淺笑、薄嗔風流背後，這個真正的焦清蕙，寶石一樣光彩奪目、冰冷堅硬的剪影，到底還是慢慢地被他給「看」出來了。

權仲白也就繼續往下說。「可在這件事上要動手腳，也不是那麼簡單的。第一，香露是大嫂下的，這一點毋庸置疑；第二，這品嚐湯汁的工作，第一回是在妳高燒病危時完成的，妳根本就無法左右請來品嚐湯汁的人選；第三，即使買通了梁公公，他如果自己真品嚐不出來區別，勢必也很難取信於人。也就是因為這三點，雖然由頭至尾，只有一個梁公公肯定了石墨的猜測，可爹娘乃至祖母，都對妳的說詞深信不疑，先就認了達家有罪。畢竟如果真是達家搞鬼，即使我們設法索要桃花香露，達家也多半是托詞回絕，或者察覺出破綻，在市面上隨意買一、兩瓶敷衍。要在這件事上兩邊攤開來對質，也沒有任何意義，達家是絕不會承認，而我們家又絕不會相信他們的言辭。事情到此，已經成了死案，達家在絲毫不知情的情況下，就已經被目為同盟凶手，也給了爹娘一個發怒的藉口，由此以後，兩家漸行漸遠，也就是很自然的事了。」

「人總是很願意相信自己想相信的事。」清蕙淡淡地道。「如果爹娘不是早有擺脫達家的心思，就憑這麼幾句話，他們又怎會輕易定罪呢？」

權仲白亦不禁點頭。「這話說得不錯，本身事理上很說得通，又投合了爹娘的需要，他們自然對這一番解釋深信不疑了。每個人辦事都有自己的風格，妳就是愛走陽謀，就算我明知其中恐怕有詐，但在抓到真憑實據之前，也不能憑空指責妳什麼。」他頓了頓，又道：「其實就是抓到了真憑實據，又能如何？依然沒法指責妳什麼，妳的安排，隱藏得太深了。」

清蕙又再神秘地一笑，她怡然道：「我說，封綾的病情怎麼忽然又出現反覆，原來你這個月常跑封家，就是為了起梁公公的底。」

權仲白不置可否。「梁公公是御膳房出身，嗣後在宮中得居高位，執掌的也都是吃、喝、玩、樂諸事，可說是京城最大的講究家，和各大豪門世族多少都有些往來。不過，要不是連公公提起，我還真不知道，二十年前，他和你們家還有一段淵源。」他點了點清蕙，慢慢地說：「更不知道，梁公公當時在宮裡就管著精製各色花露香料的御用監。你們焦家用的秘製香露，提純辦法，還是來自宮廷，工藝和民間不同，僅從香露顏色，就能分辨出來。」

見清蕙神色變化，他已經明白自己是走對了路子。「也只有自己研製出的香露，才能輕易嚐出不同了。我的舌頭再靈敏，比不上親手研發這香露的大師，倒也是人之常情。不過，我的確還是沒想明白，妳在立雪院內是怎麼就能安排好一切？在那時候，妳可還不知道梁公公的確能分辨出兩種香露的細微區別。」

他沈默下來，把棒子交給了焦清蕙。到目前為止，他所說的也只是一些可有可無的事實，就算傳揚出去，聯想或許有，可要推翻權家上層對這件事的結論，始終還是證據不足。清蕙說與不說，都在兩可之間，會把這件事揭穿到哪一層，也就是看她自己的心意了。

焦清蕙晶瑩的眉眼間，流轉過了一絲笑意。「嚐是嚐不出什麼不同的，味道這麼淡，就是兩瓶放著現嚐，又哪裡嚐得出來？」

她乾脆俐落地給權仲白揭開了骰盅。「可宮廷秘法，蒸出來的特純花露，氣蘊芬芳、留香特久，也不是市面上售賣的貨色可以隨意比較的。兩瓶香露，不同點就在於蒸製辦法，其實和品種沒有太大的關係。宮廷蒸製的這一種，只要鼻子稍微敏銳一點兒，就可以在熱湯香氣中輕易地辨別出來它的香味，即使混在湯裡，像我這樣的人，一聞到味兒也都要連打幾個噴嚏。可市面上售賣的那一種，被湯味兒一沖，我聞著就沒有什麼反應了。」

權仲白頓時明白了過來。「梁公公雖然也許嚐不出來不同，但只要一聞熱氣，那就什麼都明白了。可其餘吃家，卻不像梁公公，除了精緻美食之外，還是調香的行家……」

這個錯綜複雜、牽連甚廣，不由分說就是一個黑鍋扣上去，幾乎無法分辨清白的手法，就是他也要稍微理一理因果關係。「我想，妳在喝下第一口湯時，就已經吃出了不對吧？」

「我從前也喝過摻了桃花露的湯，」清蕙淡淡地說。「文娘年紀小，和我鬧了彆扭，便想法子作弄我……當時不察，喝了兩碗，咳嗽嘔吐了半天，也微微發了一點燒。倒是累得她被關了三個多月，抄金剛經。你也知道，兩種香露的味兒其實都差不多，我當然還記得從前的味道。當時我打的是什麼主意，你應該也猜出來了吧？」

「是想把這事鬧大吧？」權仲白現在多少也瞭解了她的行事作風了。「妳不舒服，自然請的是妳慣用的醫生，我人在宮裡，妳的病勢如何，還不是由著那位大夫說？」

清蕙眼底的笑意更濃了。「可不是？只要說成是想要了我的命，這事不鬧大都得鬧大。付出少少代價，順藤摸瓜下去，起碼能抓住一個想害我的人……我就是沒有想到，生子後體質變化得如此劇烈，竟然真的差一點就沒有命了。」她輕輕地啜了一口茶。「可見世間事，變化多端，不論是誰，都不可能將所有變數都掌控在手心。大多數時候，也只能立定了方針，隨機應變地去做。大獲全勝和搬石砸腳之間，有時候也就是一線的距離。」

餘下的事，倒也很清楚了，權仲白為她說完。「這一次弄巧成拙、險死還生，自然不能白白地經歷了一番生死，妳也要敵手付出相應的代價。恐怕原來沒有打算扯達家進來的，發現事情鬧得這麼大之後，妳便靈光一閃，匆匆佈置下去，一石二鳥，把他們家也給扯了進來。」

「扯達家，那倒是一喝湯就有想著了這事。」清蕙耐心地說。「那些下人，是否能審訊出個所以然來，終究是兩說的事。我本來就打算從達家的桃花香露入手，以西域異種為線，穿起他們和長房之間一向存在的親密連繫，到時候懷疑的眼神投向長房，再著意調查之下，真相水落石出，也是早晚的事。屆時長房自己自顧不暇，就算分辯自己是家常隨便買的桃花露，那又如何？線索清晰俱在，任何人恐怕都更願意相信探幽尋秘、英明斷案的狄仁傑，而不是剛對我下過毒手的行凶者吧？更何況，長房怕也無心為達家開脫了，爹娘又已經反感達家處處依靠你的做法，一來二去，這件事就這麼定下來的可能性，我看是十有八九。

「這解釋起來複雜，其實佈置起來也就是幾句話的事，讓綠松給石墨帶句話，由養娘私底下安排人手溝通祖父，給梁先生送個信……梁先生和我們家也是老交情了，稍微歪曲話意就有大筆銀子入帳，又是不用他擔負一點責任，宮廷出身，慣了陰謀詭計，如此淨賺的好事，他為什麼不做？我只需安心養病，別的功夫，自然有別人為我做。」

即使說來簡單，謀算似乎也不複雜，但這一計就勝在算準了人心。府中女眷不多，達家人從前上門的時候，多半是大少夫人招待，一來二去，交情就這麼建立起來了，尤其在他還沒有續弦的時候，大少夫人代替他和達家女眷聯絡感情，那是名正言順地籠絡這個親弟弟。要說達家在府內最可能和誰合謀，這個人當然只有大少夫人。順著這條線索，有目的地拷問、盤查之下，總是會有蛛絲馬跡洩漏出來的，到那時，誰還會懷疑這最初的證據？當然，會演變到如今這個結果，也是因為焦清蕙的大意，她疏忽了自己體質的變化，但除此之外，這引蛇出洞之計，大巧若拙，看似粗糙蠢笨，可前後都有伏筆，在大少夫人下藥的那一刻，她已經入局，所差者，無非是能不能多捕獵一個達家而已。

「那妳又如何能夠肯定，一定是大嫂給妳下藥？」權仲白問。「萬一是別人動手，妳豈非白費功夫，浪費了好一番算計？」

「除了她還會有誰？」焦清蕙嗤之以鼻。「她可以不在乎管家權一時間的得失，又或是長輩的歡心所在，可……」她看了權仲白一眼，美眸波光一陣流轉，卻沒有把話說完。「總之，她已經被我逼到牆角，我也已經把她嚇得魂不附體，只有放手一搏了。一個母親為了孩子，還有什麼不肯做的？這時候只要露出任何一個破綻，她都會餓虎撲食般地飛身而上的，我只是沒想到，這第一個機會來得居然這麼快，而她也真的完全沒有錯過。」

這麼說，甚至連大少夫人的出手，都是被她有意逼出來的了。這麼一個才快二十歲的少婦，把比她大了十多歲的嫂子耍得團團轉，這邊才剛從暈迷裡醒來，那邊就能吩咐手下從容佈置，將潛在的可能敵人捆綁著，一弄就弄倒兩個，權仲白還能再說什麼？他輕輕地嘆了口氣。「大嫂遇到妳，也算是栽得無話可說了。」

他還有些疑問，譬如為何清蕙這麼肯定一有機會，大少夫人就會把她弄倒？畢竟以大少夫人的一貫作風來說，似乎不該如此著急，可清蕙既然不說，他似乎也不必問。

權仲白道：「我就還有一個疑問，不管怎麼說，大嫂設計害妳，妳們又有爭鬥，妳對付她，也算是妳不仁我不義，沒什麼好說的。可達家又是哪裡犯到妳了，妳要從他們家入手，一箭雙鵰，讓他們家被我們家疏遠？妳難道不知道，老爺子一退下來，你們焦家也一樣即將失勢嗎？到時候，難道妳想家裡人像對達家一樣對妳家裡？」

「達家人哪裡犯到我？」清蕙的表情有了一點變化，她很是不屑。「他們要是沒有安心害我，就不會把達貞寶打發過來了。這個寶姑娘安的是什麼心，你難道還要假裝不知道嗎？」

「這世上有些事誅心，有些事誅行。」權仲白穩穩當當地說。「自從毛家慘事後，她雖然還逗留京城沒有回去老家，可似乎一向深居簡出，和我從未有過任何聯繫，妳說她有別的心思，總得給我一點憑據吧？我們碰面的時候，她是對我眉來眼去，我沒有發現，還是私底下想著施展什麼招數，我也沒有察覺，卻被妳發覺了？」

焦清蕙的表情，總算起了一點漣漪。對達家的懷疑，和對大少夫人的懷疑還不一樣，大少夫人和她的矛盾是明明白白擺在這裡的，可達家如沒有別的心思，其實和焦家確實就沒有一點矛盾，焦清蕙要對付達家，對付了也就對付了，可要占著理兒，那卻是有點難。

「其實無非也就是順手。」他幫焦清蕙說完。「達家的行為，不論居心如何，都招惹了妳的忌諱。反正現成的藉口，能推一把就推一把。不論如何，占據了主動再說。我看，妳是這樣想的吧？」

「你是要教我，這麼做不對？」焦清蕙的唇邊泛起了一絲笑意，這笑意裡似乎帶了一絲嘲諷。

權仲白自家人知自家事，他也笑了。「對錯與否，妳自己已經有了認定，我再說什麼又有什麼用？再說，我也不是吃飽了撐著沒事，活像村裡的老頭，動不動就拄著枴在村口罵人。」他嘆了口氣，還是有點感慨。「只是想到了妳在娘家時候的事……妳弟弟的生母，也是因為招惹了妳的忌諱，因此就這樣被妳除去的？」

這句話，終於戳穿了焦清蕙的面具，她面上的冷靜為之一收，有一點慌亂出來了，可這慌亂也只是一瞬。「麻家的事，你不是不過問的嗎？」

「本來是不過問的，可不是要查一查妳為人暗害下毒的事嗎？」權仲白慢慢地說。「就妳和我的說辭，麻家出事的時間，和妳被人暗害的時間幾乎完全重合，我自然以為麻家在此事中，也扮演了不光彩的角色。只是若真是如此，以老太爺的作風，死的怕不只那位姨娘，連麻家全家都要跟著遭殃吧，哪裡能和如今這樣，遷徙到外地安家了事？按妳的手法來看，也是一石二鳥，藉著被害不成的機會，隨手就除掉了招惹妳忌諱的敵人嘍？」

這話裡，究竟有了一絲淡淡的不屑，焦清蕙自然也聽出來了，她潔白的貝齒，輕輕地咬住了下唇，別開眼看向一邊，低沈地承認。「是……她犯了我的忌諱，自己屁股也不乾淨，私下收藏砒霜，不知意欲何為。本來無事的，可因我出了事，她禁不住查，最後便沒了性命。怎麼，你看不起我的作為嗎？」

她抬高了下巴，眼底閃過了極複雜的意緒，可權仲白沒能看得清楚——現在的焦清蕙，已經被他激出了提防的狀態，他所能見到的只有一個玲瓏剔透的石美人。

「我沒有看不起妳的意思。」他說。「人怎麼活是自己選的，妳要選擇這樣處處占盡先機，那也是妳的事……妳我雖結為夫妻，可我也不能強求妳照著我的意思去做。就是蒼蠅還不抱無縫的蛋，妳對付的人，總是自己有一些錯處，才會為妳對付。」他不禁嘲諷地一笑。「就算沒有錯處，這『招妳忌諱』四個字，在妳來看，恐怕也實在就是他們的錯處了。」

焦清蕙的脊背挺得又更直了一點，嘴角繃成一條細線。

權仲白忽然興起一陣深深的疲憊，他長長地嘆了口氣。「我沒有對妳妄加批評的意思，可我同妳，實在是太不合適了。妳怎麼活，是妳自己選的，我怎麼活，也是我自己選的。我看，我們還是和離吧？」

這一問，問得焦清蕙都愣然了，她怔怔地望著權仲白，像是不明白他的意思——畢竟，和離在他們這樣的豪門世族，簡直是天方夜譚之事。

權仲白又嘆了口氣，他實在是不喜歡把話說得如此直白。「妳一直告訴我，妳沒有選擇，其實在我來看，選擇一直都有，只是妳不願去選……今日，想必妳不願選擇和離，也還是有很好的理由。的確，離開權家，妳是很難保有妳所擁有的權勢，與妳很看重的榮華富貴。就為了這個，妳一直在把我往前推，盼著糊弄我接過世子之位。這想法當然沒什麼問題，可惜若我對世子位有意，這位置，哪還輪得到妳來推，根本早就是我的囊中之物了。」

他伸出手，為焦清蕙合攏了微張的紅唇。「妳是個很出色的人，出色的人往往都很固執，壞就壞在我也一樣固執。我想要詩酒風流，妳想要翻雲覆雨，這其實都沒有錯，可這世道最討人厭的一點，就是妳的渴望，必須通過我去實現。這一點，就恕我無法妥協了……

「不願和離，也好，橫豎我這輩子也沒打算再和他人有什麼感情上的牽扯。」多少天來，他終於感到了一陣發自內心的暢快，儘管與之相隨而來的，還有隱隱的失落與痛楚。「現在兒子也有了，長房也去東北了，不論將來是誰做了世子，如果沒有別人適任，我不能不承位也好，妳都有了足夠的籌碼，去推行妳要完成的事，我看我們這段夫妻路，對外雖然要一直走下去，但對內，卻可以分道揚鑣了。」

見焦清蕙恍若泥雕木塑，半晌都沒有回話，權仲白不免又嘆了口氣。以她驕傲的性子，這是自己給她的第二次奇恥大辱了。若是換個男人，若不是和她志同道合，怕也會輕易為她折服，將她捧在手心疼足一世。忽然間他很心疼焦清蕙，她實在是可以碰到一個比他更適合的人。

「這是那人用來害妳的藥方。」他從炕桌下取出一本小冊子，遞給焦清蕙。「問題就出在冬蟲夏草上，這一批冬蟲夏草，被人用馬錢子、斷腸草、川烏頭等藥汁浸泡薰蒸過，雖然深染毒性，但外表是看不出有什麼不對的，直到入口，才會覺出別樣的苦澀。這種加工手法，非行家所不能為。天下事，凡是做過，沒有不留下痕跡的。這些毒藥也不是隨處可得，要提煉到如此濃度，使得經過薰蒸的藥物也具備毒性，非得有特別手法不可。黑道上慣使毒的幾個堂口，一些資料記載，我都給妳從燕雲衛裡弄了出來。以後該怎麼查案，這就看妳自己了。」

要從餘下那一點點藥渣裡查出這麼許多事，也不是什麼輕省活計，可惜餘量不足，能推測出的藥材，也就只有這麼多了。

權仲白猶豫了一下，又道：「還有，我南下的時候……」三言兩語，交代了李紉秋的事。「也許你們兩人被害，內中是有些關聯的。」見焦清蕙神色一動，他補充。「不過他現在已經被我治好，人沒事了。想來日後事業有成，也許會回到京城來吧。到時候，我們之間的情況，妳可以和他說明，也許到了那一天，妳家裡人就用不著妳的庇護了，到了那一天，妳也能真正追求妳想要的生活吧。」

他衝焦清蕙輕輕點了點頭，徵詢地道：「那……妳看，我們倆，就這麼著了？」

焦清蕙久久都沒有答話，權仲白知道她也需要時間去考慮，便站起身道：「那妳先想想，究竟是要和離，還是就這麼貌合神離，都隨妳吧。我就在前院，想好了，妳可以——」話沒說完，焦清蕙「啪」地一拍桌子，她高高地抬起了下巴，神色中的高傲，勝過真正的公主。

「什麼和離、什麼貌合神離？」她隨手拿起炕桌上的鎮紙，像是拿著一把劍一般指著他。「你還真是夠會自說自話的！你不是很喜歡同人說道理嗎？好，我今日就和你說說道理！權仲白，我就告訴你，我為什麼一直都看不起你，告訴你這個世界，究竟是怎麼一回事！」

第一百零九章

兩人到了圖窮匕見，坐下來談分手的時候，反倒是都沒有太多表情了。權仲白覺得焦清蕙像是一尊寶石雕像，焦清蕙又何嘗不覺得權仲白像是藏在一朵雲裡。他的態度雖然還是一貫的溫文，但神色淡然，多少情緒都藏在了慣常的魏晉風流後頭，談和離，好像在說別人家的事……

只要一想到「和離」這兩個字，蕙娘就禁不住噌噌地往上冒火兒，她不假思索，心裡話就一句接著一句往外冒。「是，我是愛錢、愛權，這兩樣東西能讓我活得比別人滋潤，過著仙境一般的日子，我為什麼不愛？這世上有人不愛錢、不愛權的嗎？你倒是找一個給我看看！我就是要追名逐利、力爭上游，這沒什麼見不得人的，豪門世族要沒有這樣的心氣勁兒，早晚為人取而代之！你以為所謂的詩書傳家、忠厚傳家，真是用仁義道德把下一代給培育出來的？」

沒等權仲白回話，她就不屑地啐了一口。「屁話！仁義道德教出來的，不是只會讀死書的廢物，就是鄉間的小地主，連大地主都尚且當不成。這世道就是這麼冷酷無情，你都三十歲的人了，怎麼還看不清楚？就拿你權子殷來說，沒有國公府在後頭頂著，你能這麼瀟灑自在，說一聲去哪兒就去哪兒，連王公大臣都要和你賠笑臉？說聲不舒服，你就能衝著皇上發脾氣？你見過一般的御醫沒有？見了你爹國公爺的面，他們是要深揖到地的，見了皇上就更別說了，三跪九叩可免，少說也要磕個頭吧？你要不姓權，歐陽家能傳你醫術，能和你處得如此和睦？人家世世代代把持了半邊太醫院，這十多年來鋒頭都被你給搶光了，你要不姓權，怕連活都不能活到現在了！」

見權仲白想要開口，蕙娘從心底冷笑起來。「是，我知道你不稀罕給皇上治病，可那又有什麼用？你要出身一般人家，盛名剛起，只怕京裡的徵調令就來了。那是由得你一聲不進就能了事的嗎？軟硬兼施，鎖也要把你給鎖去了！權仲白，你到底明不明白，這世上從沒有桃源淨土，也沒有辟谷仙人，除非你一無是處、庸碌終生，否則你總是局中人。古往今來多少英雄，誰能跳出這個檻？只以你醫道而論，秦越人、華青囊，其之所以知名，豈非也因為他們終究也為權貴服務，不然，你知道他們是誰？你苦苦追尋的自在如意，也不過是一場虛妄而已，你倒是自在了、如意了，可你有為家人想過沒有？

「是，我是有許多選擇，你當我就沒有過嚮往？我又不是傻的，該怎麼把日子過得愜意，我難道會不知道？可我曉得世上還有『責任』兩個字。你的出生，是父母血脈的延續，也是家族興旺的希望，你的才能雖是天賦，可沒有家族培養，沒有父母的關愛，你會有今天這一身的本事？可你想想，你的名師、你的超然是哪裡來的？恰恰是你最看不慣的，把子女當籌碼看待的政治聯姻、檯面下的利益交換及權錢勾當換來的！我可以把話給你放在這裡，市面上的錢，一千億銀子裡，九百九十九億都帶了血！你哪來的臉面反對雲娘、雨娘的婚事？我把話說得難聽一點，就是你也不過是因為這樣的籌碼交換而出生的！抱著莫須有的仁義道德，對這種事指手畫腳的，你讓人說你什麼好？」

蕙娘這一席話，說得一屋子都靜了下來，權仲白周身的那飄然仙氣，似乎都散逸了開來，他端坐在蕙娘對面，對她的激動似乎是視而不見，垂眉斂目，彷彿老僧入定。

蕙娘越看越火，直想把鎮紙給砸過去。「你是有本事的人，逃不開這個名利局。也是有家的人，這一家一族的命運，你能袖手旁觀？沒人要你為這個家鞠躬盡瘁，操碎最後一點心血，可你也不能憑著你自己的好惡，連最基本的責任都給放下了。你說我有選擇，我是有好多選擇，可我是個有擔當的人，我肩頭的擔子，在交付給子喬之前，別的路我一條都不會走，我就會順著這條路往下走去！你以為誰不是這條路走出來的？大嫂雖然敗了，可我還是欣賞她的，她起碼知道要去爭。任何人在朝堂裡，都是逆水行舟，不進則退，你不去爭，新的權貴出來，就會擠壓你有的那些權勢、錢。如果任何人都和你一樣，想著光風霽月，不要五十年，這個國公府是連底子都要盡上來了。將來權家的掌門人，也要懂得為權家去爭，我和大嫂爭，不是為了私怨，就是為了誰的男人能代表權家在朝堂中爭鬥……」

她不禁自失地一笑。「現在看來，大哥不能，你也不能，倒是季青還有一點希望。可惜，他要上位，我們就得打包袱回東北去，我的宜春票號勢將易主，我也就完不成我的責任。所以你說的也對，你想要什麼，我本來也不該管你，只可惜這世道就是這樣，我的理想，必須通過你來完成，我是不想迫你都要迫你！」

權仲白低沈地道：「但我是不會為人逼迫的。」

相較於她的憤懣和激動，他簡直冷靜得像一塊冰過的石頭。「我的最初一切，的確都來自這個家的贈與，我也對家裡盡了我能盡的力量，我盡了我的責任。我曉得妳的意思，沒有妳這樣的人居中支持，也就沒有我這樣的人在外逍遙。若妳說的是這樣的道理，爹已經和我說過許多次了。」他嘆了口氣。「這個家生了我一次，我也保了這個家一次。我的確不會為了『家族』二字泯滅自我，我也不知道家族能供給我的金錢與地位，離開家族後，我是否還能獲取，可我倒是有幾分把握去試一試的……不敢放開手的人，並不是我，這一點，妳應當很清楚才對。」

「我也沒有指責你的意思，我知道你的本事……這些話，只是叫你知道，我也不是什麼怪物。」蕙娘漸漸地冷靜下來，她慢慢地說。「這世上追名逐利的人很多，詩書禮儀不過是他們的一層遮羞布，我也算是其中的一個，只是我不用那些冠冕堂皇的話語，我之所以要爭，就是為了有朝一日能在這個家族的頂端話事。你說得對，我就是要處處都占盡先機，這一生我再不會把我的生死交到別人手上，我的命要我自己作主。而想來你也心知肚明，要做到這一點，除了站在這個家的最高處，也沒有第二條路好走了。要我對他人言聽計從，淪為他們手中的棋子，將自己的將來寄託在他們身上……」她搖了搖頭，發自肺腑地道：「在我出嫁之後，這樣的日子，再不會有了。」

「只怕這一條路沒走到頭，妳已經在半路隕落了。」權仲白低沈地說。「妳是不是把自己的能力，也想得太高了一點？焦清蕙，妳的雄心壯志，也太……」他沒往下說，可神色是有幾分玄妙的。

蕙娘這時也沒那麼氣了，她坦然道：「我知道我自己的材料，除了我姨娘生給我的美貌，我爹生給我的一點聰明之外，我也就是個很尋常的人，甚至連生母，都不能喊上一聲娘，圍繞著我的那些誇獎和讚許，有多少是因為我，有多少是因為焦家的滔天權勢、敵國財富，我自己心裡清楚。我現有的一切學識本事，都是我拚盡了一切去學、去練，甚至是用我的血肉、我的命去換回來的。唯其如此，我才曉得一個人最重要的不是他現有多少本事，而是他有多大的決心。這一次我差點栽在我的計謀上，要不是你，我就真的去了，可就這麼去了，我也沒什麼好後悔的。這條路我要走到黑，即使是死在半道，那也是我自己作主。」

她換了口氣。「你有你的追逐，我有我的追逐，你若以為我只是茫然地逢高踩低、向上鑽營，只為了虛榮與虛名耗費心機，那你就錯了。權仲白，你有你的夢，我也有我的夢，你覺得自己遺世而獨立，望著這些汲汲營營的芸芸眾生，有時候打從心底覺得悲憫嗎？正巧，我也和你一樣。我們都是知道自己要什麼，並且很努力地去做的人，你大可不必看不起我——」

「妳也大可不必看不起我。」權仲白往後一靠，他真正地來了一點興趣了。

蕙娘能從他的眼角眉梢裡看出來這麼一種微妙的變化，眼下，他終於真正又在看她，在看著焦清蕙本人了。

「……是，你說得對，我欠你一聲對不住。我是不該看不起你，我雖不覺得你追求的物事有任何意義，但你也的確是個勇於去追逐的人。」蕙娘立刻承認，她站起身來給權仲白行了一禮。「真對不住……」

緊跟著，焦家的十三姑奶奶、權家的二少夫人，又做了一件她早想做了許久的事——

她大步向前，脆聲就打了權仲白一記耳光！

「啪」的一聲脆響，打得權公子一時竟忘了反應，捂著臉訝然望著焦清蕙。蕙娘刻意等了一會兒，等他訝異褪去，憤怒浮起時，這才插著腰，傲然地道：「剛才把我們兩個人，在為人處事上的事兒給說完了，現在來說說夫妻上的事。這一巴掌，你該我的！你說和離就和離，你說貌合神離就貌合神離，你和我商量過嗎？」

她很有再給權仲白幾記耳光的衝動，但終於勉強忍住。「這世上任何一對夫妻，除非似你和達家姊姊，否則誰不是盲婚啞嫁，這日子得慢慢商量著過起來？大嫂是怎麼和我說的，她說哪管她做出再對不起大哥的事，這個家會有一段艱難的日子，可終究一切會過去的。連大嫂都看得出來，你是不能接受我們之間的分歧，我如果不能全盤按你的意思為人，就永遠都不能得到你的青眼，這才是我最看不起你的地方。權仲白，你實在是太自私了！」

權仲白訝然撫著臉頰，他的憤怒漸漸地消退了，過了半晌，才輕聲道：「妳年紀還小，妳不明白。清蕙，有時候，與其相濡以沫，不如相忘於江湖。我們二人都不是會為了情字放棄理想的人，道不同不相為謀，不和離也沒什麼大不了的，現在和妳分道揚鑣，不過是為了避免日後更大的傷害和分歧。再者，這怎麼能叫自私？難道如今的我，很得妳的青眼嗎？妳還不是一樣看不起我？甚至我想，妳是有幾分恨我的。妳我這樣糾纏著走下去，雙方不能調和，恨意只會越來越深，終究有一天，不是妳就是我，也許會做出一些過激的事，這樣的事，我也不是沒有見過……」

難道如今的我，很得妳的青眼嗎……

蕙娘禁不住苦澀地一笑，她哼了一聲。「是嗎？那就恨吧！再難堪、再醜惡，我們也得一起走過去。這個家缺了誰都不行，我少了你，這條路還怎麼能往下走？你少了我，誰來養育歪哥？誰來護住你的後院，不被那些居心叵測的人下手？別忘了，如今世子之位，最有可能是你來承接，誰要動你的繼位權，最方便的已經不是害我或是害你了，直接害了歪哥，不比什麼都強？」

「妳這還是在扭曲事實，把我往牆角裡逼。」權仲白慢吞吞地說。「要少了妳，我會把歪哥帶走，我的兒子，我自然是能護得住的……」沒等蕙娘再出機杼，他微微露出苦笑，若有所思。「可看妳為人，如果我執意要拋開一切往廣州去，追逐我的大道，恐怕妳會用最刁鑽的辦法來打擊我，作為我破壞了妳的夢想、妳的追逐的報復……」

「你知道就好！」蕙娘又哼了一聲。「既然當時你沒有挺住，把我給娶進來了，日後就是死，我們都得抱著死。我們兩人所追逐的大道，也肯定會發生碰撞與磨擦，逃避能解決什麼問題？貌合神離，不過是一時之計，事實上夫妻一體，你我二人最終能走的路，也只有一條而已。你想要不戰而降，那是你的事，我卻要為了我的大道繼續向前，算計你、利用你，我不會有一點虧心，你就是我現在最大的敵人、最好用的籌碼，你不想按我的活法過的話，就來勉強我、壓制我吧，這不也是你追逐大道的磨難嗎？連你的枕邊人都壓不住，你還想什麼超然物外、閒雲野鶴？你爹、你繼母、你祖母，哪個不是人精子裡的人精子？逃得了我，你逃得了他們嗎？」

最後這一番話，終於說得權仲白神情數變，他凝視著蕙娘，露出了沈吟之色，久久，才自失地笑道：「在我心裡，互存情分、互不搭理、互相算計，這是三個層次，原來在妳心裡，互存情分之餘，也可以互相算計——還是原本妳對我，也就沒有多少情分，只是想要一個歪哥？」

蕙娘不回答他，只等著他的下文，權仲白默然片刻，才又道：「妳想必也看出來了，這玩弄心機，我不是不會，只是不喜歡。要把妳的大道征服為我的大道，也有很多辦法，只是我一貫認為性靈之重，重於其他。就算妳是我的枕邊人，我也不願用我的路來碾壓妳的路，看來，妳倒是因此，反而瞧不起我了。」

這話倒是說到了蕙娘心裡，她露出一抹不屑的笑意，輕聲道：「不錯，我倒是很想看看，你嚷嚷著的手段，又是何等手段，竟如此珍重。快兩年了，你還——」

話沒有說完，在一聲驚呼之中，她已為權仲白壓倒，他粗暴而不耐地壓住了她的唇，極為突兀地把爭吵的氣氛，立時便轉化為另一重激烈的衝突。

第一百一十章

才吵到一半，蕙娘哪來的心思和權仲白來什麼你儂我儂、唇齒相交？她又是好氣又是好笑，運勁才一掙扎，便覺得權仲白的身子又重又硬實，好像一塊石頭，壓得她喘不上氣來。她張口想要說話時，他的舌頭已經闖了進來，毫不客氣地大肆掠奪，從貝齒到舌尖都不肯放過，卻偏偏也不是一般莽漢那毫無章法的索取，這個中手法她甚至很難形容，可卻極有效果，她很快就被壓得有點迷糊了。一個也是被壓得喘不上氣，還有一個，蕙娘並不羞於承認，半年沒有那什麼了，正是當齡的女兒家，她也是有點想……

久曠之身，本來就耐不得撩撥，又被壓住了無法反抗，蕙娘連一半的本事都使不出來，她的掙扎漸漸地緩了下來，檀口淺淺地呼著氣，雖然時不時還扭動一會兒，可在權仲白強硬的壓迫下，這也不過是徒增摩擦而已。

權神醫根本就不理會這個，他的重量和力道足以全面壓制住蕙娘了，他只是持續地欺負著她的嘴兒，是的，這算是欺負了。往常他吻她的時候，總是情濃意洽，雙方心思浮動之時，他的吻溫柔而從容，有時也帶了男性的占有和得意，可總的說來，卻是以吻傳情。蕙娘不得不承認，他一直是很尊重她的，在任何時候，都以照料她的需求為第一考量。可這會兒，權仲白變了，他顧不上她淺淺的胸悶，也不去管她的掙扎，而是在她身上汲取著快感——這且不說，還以征服她，從她身上壓榨出那些她也無法克制的反應為樂。他依然激烈而粗魯地吻著她，用他的胸膛壓著她的身板，隔著薄薄的緞衫蹭著她的乳尖，腰身下自不必說，早已經微微擺動……她是話說不出，懷抱掙不開，舌頭咬不到，要想裝石頭不給反應，不好意思，權神醫的種種舉動，都恰恰能激起她的反應。這個自視甚高，連閨房中都心心念念要壓人一頭的大小姐，還真是這麼簡單，就被全面壓制住了。

蕙娘頗有幾分惱意，她又再使勁地扭動了起來，伸手扣著權仲白的肩膀要往外推——說起來，她也不是什麼善男信女，每日練拳不輟，是很有幾分氣力的。可男女差距擺在那裡，這掙扎還幫了權仲白一把，借著這股勁兒，他滑進了蕙娘腿間，那不安分的大東西，正頂著蕙娘的那裡，輕輕地摩擦呢……

多管齊下，蕙娘終於投降了，這條路走不通，只好去走另外一條。權仲白解她衣紐的時候，都只是半推半就地嚶嚀了幾聲，並不曾掙扎得過火，等權仲白修長的食指，開始擰她的乳尖時，寶石美人已經化為了一灘五彩的水，她的腿兒分開了，在權仲白忽然間停下來的時候，甚至還盤到了他腰間，無言地催促他快些使強——不過，到了這分上，也不能算是使強了，很明顯，另一方也是很情願的，這頂多只能算是閨房裡的一點情趣。

可到了這個地步，權某人忽然又不急著再進一步了，他總算是鬆開了蕙娘的小口，令她有一點餘地能夠呼吸。

她也趕忙抓住這個機會，大口大口地喘著氣，過了一會兒，神志清醒過來了，見權仲白不再動作，她還輕輕地扭了扭腰。「幹麼，這就是你醞釀已久的本事嗎？我可看不出有什麼特別的地方在——」

「都說閨房之樂、床笫之歡，是上不得檯面的東西。」權仲白慢吞吞地說。「尤其是女子，更忌諱在此事上流露出享樂、沈醉的態度。可我卻覺得，人生在世很重要的一部分，就是陰陽交融、魚水相和。尤其是男女之間，只要這件事能夠和諧，別的事，沒什麼不能商量的。」

蕙娘才想說話，權仲白就補了一句。「對一般的男女來說，是如此……當然，這件事用得好了，也是極有力的武器。古往今來，很多人都用一個『色』字，改變了自己的命運。」他神色莫測。「我說過，這玩弄心計，不是我的所好。可既然妳要我展露些手段，那也只好恭敬不如從命了。從前我總惦記著妳年紀小，而且不比我多年修行，底子深厚，這種事，我以妳的滿足為主，自己並不刻意追求饜足，樂而有節，也就夠了。」

他垂下頭來，在清蕙耳邊輕聲說：「妳也知道，要讓我滿足一次，妳自己得先小死上三次、四次，女子和男子不同，一旦泄身，則可以頻繁地獲取樂趣，越到後來，陰精大開，妳快活的次數也會更頻密、更快。若是一夜之間我來上三次、四次，妳就有一身的本事，第二天還能起得了床去圖謀妳的大計嗎？」

蕙娘心底不禁一突：她早懷疑權仲白從沒有真正地被她榨乾過身子，可也實在沒想過他居然一夜能夠三次、四次……按他的持久來說，那豈非一整夜都能——而且江嬤嬤也說了，一般的男子，第二次往往要比第一次更持久一點，這麼一推論下來，權仲白的說話，絕非虛言。

「我們都是正當年的時候，這麼頻密地歡好，三年抱兩，不是什麼空話。」權仲白又續道。「自家人知自家事，也許下次有妊時，妳的情緒波動不會再這麼大了，可妳的血旺之症不是那麼容易治癒的，整個孕期都不能多用心機，妳還談什麼利用我、算計我？妳有這份閒心嗎？」

他翻開身子讓蕙娘起來。「繼母生了四個，我娘生了兩個，祖母生了有五個男丁，女兒不算。妳要做主母，少說也得生上三個兒子，就算妳運氣好，連中三元，前前後後四年時間，妳就是個廢人。四年時間，朝堂風雲反覆，老爺子是肯定要退下去了，到時候，三弟有了軍功，再說個家世顯赫的三弟妹，甚至還有四弟、四弟妹，我再同家裡一說，立刻分家出去，哪裡還消用什麼心計？我的心思，不是用在和妳內耗上的，要對付妳，也根本就不用我出什麼計謀，只這麼按部就班地生兒育女、傳承後代，也就夠了。」

這一招……這根本就算不上一招了。如權仲白所說，生兒育女、繁衍後代，實在是很自然，也的確是兩人需要去做的一件事。蕙娘心裡，想的是先在這一段日子裡把世子位給定下來，自己再見縫插針地，好歹把第二個兒子生出來，對老太爺也算有個交代。可這種事，除非權仲白配合，否則哪那麼容易做？他不已經向她證明了，只要他要，自己根本就沒有說不的能力，甚至連誣衊他用強都沒有臉皮……而一般的避子湯，她又不敢亂喝，萬一以後都生不了，那可怎麼辦？

「為什麼你每次要壓制我，總會用你身為男兒天然就有的那些優勢來說話？」她真覺得挺有意思的。「除了用夫主的身分來壓人，你就不會別的招數了嗎？」

「妳以為我屢次容讓妳，不是因為妳的姑娘家身分？」權仲白的詞鋒在必要時候，總是很銳利的。「天下哪有那麼美的事，妳又要碾壓我的大道，又要我哄著妳、讓著妳？兩軍相爭，從來都是不擇手段，能有一條這麼簡單的路走，我何必去想別的招數？」

「那你從前怎麼就不用這種招數？」蕙娘一點都不著慌，她一手托腮，笑咪咪地問。

「這畢竟是挺欺負人了。」權仲白搖了搖頭。「妳看我像是會這麼做的人嗎？」

「我看著你不像。」蕙娘老實說。「這種事，你現在還是做不出來吧？」

這擺明了就是在欺負權仲白是個君子，頗有得了便宜還賣乖的嫌疑。權神醫被她激得有點不高興，他瞪了她一眼，想了想，自己卻也嘆了口氣。「說來也是奇怪，一般總是男人有慾無情，女人有情無慾，可這種事對我來說，是情濃之時自然而然。帶有目的地去做，我肯定是做不到的。」

蕙娘這時候倒覺得有點不舒服了，權仲白所提的分手幾策，她自然是全盤不予認可，可辯得過權仲白，卻不代表她能把他的感情給扭轉過來。這個老菜幫子，心思深沈處，她是連一、兩分都無法看透……

「既然做不到，你威嚇我做什麼？」她哼了一聲，把心思又集中到了眼前的對抗上來。

「難道，你是好久沒有……所以才藉機生事，在我身上占點便宜？」

權仲白根本不理會她的調笑，只是笑著看了她一眼，這一眼，便令蕙娘心頭火起，有磨牙的衝動。

他淡淡地道：「從前是做不出，現在也不想做，但妳總歸就喜歡逼我。往後一段日子，三弟要說親了，妳肯定不希望有身孕，總是想好好表現表現，最好能在三弟的新婦進門之前，把局勢給定下來……」

不要說讓她懷孕，只要他肆意地和她尋歡作樂，蕙娘就根本無暇他顧了……她面色一白，也不敢再擺架子了。「那你是什麼意思？會說出這樣的話，必定是有所求了，你想用這一招來交換什麼利益？」

「沒什麼利益，這就是告誡妳，」權仲白說。「以後辦事，不把我的情緒考慮進去、不和我商量，指望我全盤接受妳的決定，那麼……」

這一招，其實甚至比什麼和離都還好使，蕙娘立刻回到了談生意的情緒裡，她想了想。「其實往後除了查案，也暫時沒有什麼檯面下的事情要做了。我和別人不同，我大部分時候，還是更喜歡陽謀……」

兩人已經分了開來，蕙娘一邊說，一邊去攏雲鬢，又慢條斯理地扣上了被解開的扣子……見權仲白木無反應，甚至都沒有多看她幾眼，她遺憾地嘆了口氣，又道：「對了，我還有事要和你說呢，都被你給鬧忘了。」

她便將婷娘的說話給告訴了出來，似笑非笑。「她不就是個可憐人？同雨娘一樣，也是因為家裡一句話，就被送進了那個吃人的地方。你要和你說的一樣悲天憫人，倒正好，就隨手幫她一把吧。」

「說到這事。」權仲白作恍然狀。「倒也還是因為你們家的事，皇上指望我居中說和幾句，讓老人家就這麼算了，給楊閣老留幾分面子。按老人家的意思，我一直挺著沒有答應。」

他指著蕙娘，也是似笑非笑。「在從前，這也不算什麼事兒，可現在不一樣了，老人家肯定也把佈置都和妳說了，這一次，妳又欠了我一回。我該讓妳做個什麼事回報呢？我想想……」

蕙娘抿了抿唇，待要找出她為權仲白做的幾件事作為回擊，可細加思索之下，竟大生老鼠拉龜，無處下手之感。權仲白的生活，在她之前已經幾乎圓滿，他這個人無慾無求，也沒有別的愛好、別的需求，自從過門以來，除了為他添置了幾件衣服之外，生活起居，倒是他遷就她居多……

「這是你和老爺子的事，」她悻悻然地和權仲白討價還價。「要做什麼事，你得和老爺子說去。我為你爹娘做了那許多事，不也沒有和你表過什麼功嗎？」

權仲白笑笑地看著她。「政事和家事，不好混為一談吧？難道我沒有為妳家人做過事？」

這個人精起來，確實也是難以糊弄，蕙娘覺得有點不妙了，見步行步走到這裡，她基本上都是隨機應變，還沒有時間從容地想想日後對付權仲白的路子，現在他要和她較真兒了，雙方什麼都攤開來說，爽快倒是挺爽快的，可以後她對他的態度，也的確是該變一變了。

「噢，我想著了。」還真給權仲白想著了一件事。「接下來幾個月，我會非常忙碌，家裡有些事我沒工夫管，爹娘問起來的時候，妳得幫著遮掩遮掩……這幾個月裡，妳也不要給我生出事來了。」

如此簡單的要求，蕙娘有什麼好不答應的？她點了點頭。「成啊……」靈機一動，又道：「說起來，這也不是要求，不過，你不是覺得達家栽得有點冤嗎？他們家的做法，是有許多可議之處，可我也的確沒有真憑實據——想不想探探達家的底？想的話，我這倒也有個很簡單的辦法，也用不著你多出一點力氣、多花費一點心機。」

第一百一十一章

權仲白所言不虛，他最近的確很忙，和蕙娘深談一夜之後，第二天一大早就出京去了，連權夫人都不知道他去了哪裡，還要來問蕙娘。

「是跟著皇上去離宮了？」

眼看要過年了，皇上肯定不會大張旗鼓地去離宮度冬，但這一位九五之尊，要比先帝好動得多，時常招呼也不打一聲，就到城外離宮去住上三五七天的，高門大戶心裡也都明白：看皇上究竟看重不看重哪個臣子，就得看他往離宮去的時候，能帶上此人不能。像從前的平國公府許家世子爺、通奉大夫鄭家的大少爺，還有桂家偏房的大少爺，都是被皇上隨身攜帶，走到哪裡帶到哪裡的貼身護衛，如今自然也都有一番去處。權仲白雖然不入仕途，但年年冬天只要在京裡，皇上去避寒的時候準得把他給帶上，聖眷之深，可見一斑了。

「這我也不清楚。」蕙娘如實說。「最近相公忙得很，昨兒從宮中回來，稍微談了談婷娘的事，也沒顧得上問，今兒一早還沒醒呢，他就又出去了，也不知是出去做什麼，什麼時候回來。」

以小夫妻情濃的程度來看，權仲白出門不給妻子打個招呼，是有點奇怪了。權夫人微微一怔，卻並沒有糾纏這個問題，她還是更關心婷娘。「怎麼，婷娘說什麼了？妳回來也不先到我這裡來請個安，我還當她在宮中一切都好……」

儘管這事，瞞著權夫人比告訴她強，但一家人要面臨的問題很多了，老這麼報喜不報憂的，肯定也不是長久之計，蕙娘便起來給權夫人賠罪，道：「回來和仲白說了好多話，就給混忘了……」

再這麼一提，權夫人有點明白了，小夫妻這是鬧矛盾了，昨兒沒顧得上過來請安，肯定是在立雪院裡絆住了兩個人吵架……她沒有先提這一茬，聽蕙娘把婷娘的話給帶回來了，沈吟了一番，才道：「仲白和皇上有什麼事能疙瘩到這樣呢？我有點不懂了。」

「是祖父的事兒。」蕙娘乖巧地說。「皇上想讓仲白居中說和，讓祖父退上一步，別再逼迫楊家了，可仲白沒有答應。皇上估計心裡也是憋著氣，就越發冷落婷娘了，有點和仲白較勁鬥氣的意思在吧。」

權仲白行事，比較變化莫測，有些事和家裡人說，有些事卻絕口不提。就蕙娘來看，他自己是有一套說不清的標準在的，起碼這個事，他回來應該得和家裡提過一嘴，權夫人是有點故意裝糊塗。

果然，聽她這麼一說破，權夫人露出滿意之色。「這件事，妳怎麼看的？仲白該開這個口不該？」

「皇上都發話了，也不是什麼大事，口是要開的，可祖父怎麼說怎麼辦，那也不能強求。」蕙娘斟酌著道。「就是要花腔，也得要給皇上看看唄。仲白在這件事上，有點不通情理了……」

「我們也都是這個意思，雖說我們家是勳戚，沒有干涉文官紛爭的道理，」權夫人神色更寬和了。「可兩邊都是親戚，也的確是有身分說幾句話的。仲白只是開開口而已，在楊家、皇上跟前都落了人情，老爺子和他彼此心照不宣，也不會有什麼埋怨，這是兩利的好事，並無不為之理。可我們說話，這小子不聽……妳也說他幾句，就是看在婷娘的分上，讓他把這事給圓了吧。」

為什麼說貌合神離行不通，權家長輩對她最著緊的一點，就是因為權仲白到底還是比較吃她那一套的。他們需要她來籠住權仲白這匹野馬，真要貌合神離，各行其是了，往世子位的道路，必定更加荊棘滿布、困難重重。

可想到權仲白那個百折不撓，硬是要奔著他那天人合一、道法自然的路子去的決心……蕙娘都不用做作，自然而然就嘆了口氣，露出了為難之色。

權夫人看在眼裡，神色一動。「也是，妳這個身分，的確不好開口。」

「這倒和身分無關了，都出了門子，那肯定要以自家為主。」表忠心的話又不要錢，蕙娘當然是怎麼甜怎麼說。「就是……就是才和相公拌了嘴，恐怕我一開口，他故意要和我擰著幹呢……」

權夫人大為關心。「這是怎麼了？妳這大病初癒的，他也不知道體諒妳，還要和妳吵？肯定是他不好！」

——一樣，這好聽話又不要錢，權夫人當然是對她鼎力支持。對權仲白，權家上層是哄著拍著都來不及，儘管表示出支持態度，可要權夫人為她斥責權仲白幾句，那估計是比登天還難……不過，蕙娘的目的當然也不在這裡，她頗有幾分委屈地說：「還不是因為達家……他嘴上不說，心裡怕是不大高興。這幾天達家可能私底下有找他訴苦了，他心裡不得勁呢，說、說我們沒有真憑實據就冤枉了達家，說我是處心積慮，要把達家給甩掉。還說寶姑娘壓根兒就沒有什麼進門做妾的念頭，是我們把人家看得齷齪了……勁兒上來了，還說要和我和離呢。」

這話半點都沒有摻假，她說得自然是情真意切，並且非常符合權仲白平時為人處事的作風。

權夫人聽得也動感情。「什麼？和離的話都出口了？這小子，都多大的人了，嘴上還沒個把門的！多麼天方夜譚的話，虧他說得出口！妳也別往心裡去，他就是這樣的性子，一時火氣上來了，什麼話都敢說。他衝他父親的時候，妳也不是沒有看到，其實心底多看重他爹，長輩們心裡都是清楚的……」作好作歹地勸了一陣子，方才把蕙娘給哄住了。

她苦澀地嘆了口氣。「娘您別說了，他就是那樣，我都習慣了。好，對我也是真好，就是因為這麼重情，所以對前頭姊姊一家，也是有點放不下吧……」又反過來叮囑權夫人。「這事，您就別和祖母、爹說了，免得又惹來一場生氣，到末了，我還落得個裡外不是人的，他又要埋怨我一有事兒，就同長輩告狀。」

權夫人自然滿口答應，又好生撫慰了蕙娘一番。「我知道他的性子，情緒上來了，當時拉不下臉，其實心底也是後悔的，事後必定會給妳賠小心。妳也不要太硬了，仲白那孩子，吃軟不吃硬，妳抹點眼淚，比衝他一萬句都強呢。好孩子，可別氣著了，妳只看在歪哥分上，都對他寬些兒，這家裡還有好些事都得指著妳呢！」

又拿幾件家務事和蕙娘說了，挖空了心思誇她的好，蕙娘也很給面子，被權夫人給逗得連連失笑，忸忸怩怩的，到底還是回過勁來，不那麼委屈了。

權夫人又道：「是了，季青昨日和我說，問妳何時有空，該合一合裡外兩本帳了。我想昨晚和妳說來著，妳又沒有過來，回頭妳打發人往他院子裡問一句去。往年這事都是康嬤嬤幫著辦的，有什麼不懂的，妳問她就行了。」

每年內院在外院關了多少銀子，到了年終肯定要稍微對一下，把裡頭的總帳歸攏到外頭的帳本裡。從前這事，應該是大少爺在做，現在大少爺去東北了，差事便落到權季青頭上，他要和她打交道，也是很自然的事。

可換句話說，自己這裡才和權夫人說了吵架的事，緊接著權夫人就把權季青給支過來了……這是想趁他們夫妻有矛盾時，權季青可以乘虛而入，為自己的世子位之爭添籌碼吧？

蕙娘不動聲色，笑道：「好，我回去就給四弟送信。」她起身告辭。「還得去擁晴院那兒給祖母請個安，說說婷娘的事……」

「這件事的確有點棘手。」權夫人說。「皇上也是瞎胡鬧，怎麼能把內事、外事混為一談呢？我看，最終還是得妳出面和他說道說道的，不過妳也不必著急，婷娘還小，等上一、兩個月，也不算什麼。」

這還是在給她肩上壓擔子，並且還給添了個時限……蕙娘衝著權夫人，心領神會、微微一笑。「我知道這事著急，也就是和您委屈委屈。您就放心吧，我不是相公，不會動不動就撂挑子的。」

這話倒是把權夫人說得有點沒意思了，她訕訕然地。「唉，這人就是這樣，一旦太有本事，就容易不服管。仲白就是太有自己的想法了，不比妳，有本事沒脾氣，能者多勞，也只能多辛苦妳了。」

雖說自己已經向長輩們挑明了性子，什麼事都喜歡明著來，可多年來養成的習慣，恐怕還讓兩重婆婆把自己當作一個可堪考察的物件，她們想的還是不斷地考驗她的本事，讓她為家裡賣命……

這個家以後都是她的，賣命當然要賣，可怎麼賣才見情，這就有講究了。現在目的達到，蕙娘也沒有太拿喬，又和權夫人好來好去了幾句，便去擁晴院給太夫人請了安，也談了幾句婷娘，太夫人免不得也要給她壓壓擔子，近午飯時分，蕙娘才回了立雪院。

她托著腮，靠在炕桌上沈思了許久，一隻手沾了茶水，若有所思地在炕桌上打著圈圈，在幾個圈圈之間胡亂地拉著線條，過了一會兒，又從匣子暗格裡取出了一本小冊子，伏在案頭，慢慢地往上添字。

權季青的動作很快，蕙娘這裡才給他送了信，半下午他就帶著幾大本帳冊過來了。

「我們家一年算帳，是從九月起算，每年臘月裡要把前一年的帳理出來。」他清晰而簡潔地給蕙娘介紹規矩。「外院的帳怎麼算的，嫂子日後自然知道。內院這裡要拿兩種數字出來，一個是每月從外院關來的總錢數，還有一個就是每月花銷出去的款子，有過百兩的都得列出明細。兩邊現場合帳，免得數目有所出入，還要再扯皮。」

「從前是大哥、大嫂管這個，合過的帳還要給爹娘看的。」權季青笑著衝蕙娘吐了吐舌頭。「今年我和二嫂都是剛接手，想來爹娘也免不得到時候再查驗一番，我想，我們還得用心合一合，別合出不對來，倒讓長輩們看笑話了。」

當著一屋子下人的面，權季青的言談舉止自然非常規矩，他的不規矩，全在眼神裡。蕙娘被他看得有點惱怒，她勉強壓下了火氣，和聲道：「這是自然，可不能讓長輩們失望了。」

說著，便衝雄黃一擺下巴。「妳可得仔細一點，別讓四少爺笑話咱們這兒連個像樣的帳房都沒有了。」

以雄黃的本事，管這麼一點帳，那算得了什麼？當下就和康嬤嬤坐下來，兩人同權季青對起全年大帳，每個月內院收入支出清楚分明，幾乎挑不出任何毛病——不過，內院帳做得好，外院就未必如此了。兩邊很快就有款項對不上，數目還不小，不多不少，正好是一百零八兩。

這就得去查底帳了，康嬤嬤從蕙娘手裡請了對牌，親自去跑這一趟，還有其餘來回事的管事嬤嬤們，此時多半也都領命離去，屋內只剩蕙娘和她的陪嫁丫頭了。

權季青頓時就活躍起來，他指著茶杯，衝綠松輕輕一笑。

綠松眉頭一皺，望了蕙娘一眼，便打發香花。「去給四少爺沏壺新茶吧。」

蕙娘也明白綠松的意思：這種事，知道的人越多，對她的威脅也就越大。權季青是個瘋子，她焦清蕙身嬌肉貴，不可能和他一起瘋。

她無奈地嘆了口氣，讓雄黃。「看了這半日，妳也下去休息休息，歇歇眼吧。」

雄黃才站起身來呢，權季青便衝蕙娘道：「聽說二哥今早又出門了，還帶了個大包袱，二嫂知道是去哪兒了？」

蕙娘就是知道都不會告訴他，只是微笑搖頭。「你也知道你二哥，野馬一樣的，愛去哪兒去哪兒，我可不管他。」

權季青笑了笑，忽然語出驚人。「二嫂妳是錯不該扯上達家，要不然，二哥恐怕還不會這麼上火……他昨兒回來，我正好尋他說話，二哥雖然面上無事，可我看得出來，心裡有火呢！他是不發火則已，一發火驚天動地的人。這回，可是鬧大了吧？」

有沒有這麼靈，自己才和權夫人露了口風，權季青就跑她這兒發議論來了……他這是唯恐自己不知道權夫人不可信呢，還是的確從側面推論出了自己和權仲白近日準要爭吵，在這兒試探來了？蕙娘心中漫想，口中卻道：「是嗎？你和你二哥感情看來還真挺不錯的。我早就說他，他這個人什麼都好，就是不帶眼識人，誰忠誰奸，他總是看不明白。」

「我看他挺明白的呀！」權季青好似根本就聽不懂她的言外之意，他笑咪咪地說。「他要是不明白，也就不會同妳生氣了不是？」

這是一口咬死了蕙娘栽贓達家，權季青連試探都不曾有，似乎就認定了此事是她居中做的手腳。蕙娘終於被他勾起了興趣，她望了權季青一眼，半真半假地道：「你倒是什麼都清楚。怎麼，難道大嫂竟是比竇娥還冤，平白給人揹了黑鍋，害我的人，其實是你？」

權季青也就半真半假地應了下來。「可不就是我嘍？」

別說綠松、孔雀，就是蕙娘，都不禁吃驚地瞪大了眼睛。

權季青哈哈大笑。「二嫂平時泰山崩於前而色不變，想不到吃驚起來，居然還挺逗人的。我這和妳說笑呢！其實這個手法也不難看破，我就是這麼猜一猜，二嫂，妳可是被我詐出底來嘍！」他又衝蕙娘佻達（注）地眨了眨眼睛。「妳也真是夠輕信的了，二嫂也不想想，就算任何人都會害妳，我會嗎？」

蕙娘臉色一沈，她生硬地說：「這可是說不準的事，在你身上，哪還有任何一點常理可言呢？」

忽然間，她想到了大少夫人的話——

注：佻達，音ㄊㄧㄠ ㄊㄚˋ，意指輕薄放蕩。

我怕的是另一種人，另一種完全談不得交易的人。

這天下，有什麼人不可以和他做交易？就是皇上，被逼到焦頭爛額、走投無路的時候，也還要拿權瑞婷來和權仲白做交易呢！唯獨有一種人不可以交易，那也是因為，這種人已經無法用正常的人倫天理來推斷……

對國公位有野心，在權家不算是什麼見不得人的事，可想要把自己從國公府二少夫人逼成他的私室禁臠，這想法就很瘋狂了。更瘋狂的是，他還不憚於把這想法告訴給她知道——權季青豈不就很有瘋子的潛質？他豈不就是個危險得不得了的小瘋子？

權季青卻沒有注意到她的怔然，他又是語不驚人死不休。「既然真是二嫂的手筆——二嫂真是好手腕——又為二哥看破……我想，二哥起碼都要同妳提個和離。要我說，二嫂妳還不如就和他離了算了。妳和他，那是大道朝天各走一邊，只有分的理，沒有合的理。」

蕙娘眼仁一縮，她似笑非笑。「聽你的口氣，你倒像是你二哥肚子裡的蛔蟲呢！怎麼，和離這麼驚世駭俗的事，你就這麼肯定你二哥能說得出口？」

提到權仲白，權季青倒是一反他和蕙娘說話時總帶了三分輕佻的語氣，他肅然道：「那是自然，二哥的性子，我自然是很瞭解的。他實在是個志存高遠的人，所求者與我們這些名利之輩迥然有異。人世間的種種規矩，對他來說只是累贅與牽絆，固然這一生他也許都同高官厚祿無緣，但在我們這一輩人中，若說有誰能留名青史，為後人銘記，此人當會是他，卻不會是我或者二嫂。」

蕙娘罕見地無話可回了，對權季青，她有點老鼠拉龜、無處下手的感覺。他這不是還想勾搭她這個二嫂嗎？怎麼聽這話，他仰慕的人，反倒更像是權仲白……

「不過，可惜的是，」權季青的惋惜之情，起碼看來頗為真摯。「人無完人。二哥一生若說有什麼缺點，也就是他實在是太絕情了，卻又不能真正絕情到底，想要兩全，卻終究不能兩全。再者，他又擋在了我的路上，將來也許有一天，我會被迫要將他除去……如果二嫂妳願和離，那麼倒好，我想要的兩個東西，都不再會為他所占據，兄弟鬩牆的慘劇，自然也就能消弭於無形。二嫂妳不妨好好考慮考慮，看我這話，說得有沒有道理？要知道，有些人就是再好，也得有消受他的福氣才好，二嫂妳和我倒是志同道合，本質殊無不同。我明白得很，像我們這樣的人，和二哥是肯定處不長久的，與其一輩子都不夠開心，倒不如換一條路走，沒準兒能走通呢？」

綠松和孔雀再難抑制，均都目瞪口呆，蕙娘掃了兩個丫頭一眼，心知她們吃驚的，恐怕除了權季青的大膽言論之外，還有自己竟然沒有斷然否認「權仲白提出和離」一事。

她突然有點疲憊，雖說任何一個權貴之家，都不會如表面一樣熙和，可權家也實在是太妖孽了吧？這到底是什麼臭規矩，竟養出了這麼一群荒腔走板、離經叛道的人精子？從太婆婆到幼弟，就沒一個省心的貨。做丈夫的敢提和離也就算了，這小叔子不但猜出來了，還明目張膽地唆使她同意和離，這樣他就可以不再謀害二哥，可以心安理得地全心扳倒自己的同母三哥，登上世子位——說不定還能同她暗通款曲，享盡人間的豔福……

「你二哥臭毛病是多，」她到底還是吐了一口氣，強壓下了心底的波濤，直視權季青，道：「我們兩個是有些磕磕碰碰的，這也沒什麼好瞞著人的，可男子漢大丈夫，在世間總得有自己的一番事業，有自己的一番追求。你二哥就有千般不是，他也是舉世無雙的再世神醫，唯有本事最高強的那個人，才能有資格挑挑揀揀。我是寧為鳳尾不做雞頭，寧可為他挑揀，也不願同一個只會嘴上厲害，實則一事無成的人在一處。四弟，你口氣不小，可建樹上，別說不好同你哥哥比了，連我你怕都比不過。以後，還是少說多做，別老惦記著窩裡鬥了，起碼幹點實事出來再說吧！檯面下的陰謀詭計玩得再好，沒有檯面上的實力支撐，你想要歸想要，終究也只能想想不是？」

這麼幾次交鋒，權季青終於被蕙娘激起了情緒，他白淨的面上閃過一線殷紅，緊咬著細白的牙齒，一字一句地道：「二嫂，妳這就有所不知了——」

話猶未已，院子裡一陣響動喧囂，康嬤嬤抱著一大疊帳冊進了廊下。

權季青隔著窗子一望，立刻收斂態度，又浮現出那無害而溫文的笑意，他親切地說：「二嫂，外帳還有幾處講究，得說給妳知道……」

接手家務這麼久，蕙娘還是第一次痛恨自己的賣力。這些下人，實在是被她管得太好了，半路上連一點都不敢拖延，這才離開多久，就巴巴地趕回來了，哪怕是在帳房裡坐著喝一盞茶也好哇……

她掃了綠松和孔雀一眼，見兩個大丫頭也都遮掩了面上驚容，垂首望著地面，瞧著並無不妥，便也就翻了一頁帳本，道：「喔，這個舍齋費，我先也看到了……」

待康嬤嬤並雄黃一行人進屋時，房內氣氛，儼然又是和樂一片，雖是冬日，卻也春意融融。

第一百一十二章

功行圓滿，丹田一片暖洽，權仲白徐徐睜開雙眼，解開打坐姿勢，他愜意地伸展雙腳，衝對面床上一樣盤腿而坐、雙目深垂、呼吸悠長的封錦笑道：「子繡，功夫做完了就不必老盤著腿了，終究氣血受姿勢阻礙，老這麼坐著，雙腿容易發麻。」

長而翹的睫毛微微一顫，封子繡緩緩抬起眼來，解頤衝權仲白一笑，他和聲道：「這一套養生吐納法，的確是好，腦中千頭萬緒那許多事，做完功課，似乎也都有了條理。恨不得一天能做三、五次才好，可惜，平時忙成那樣，也就只有這會兒能有點時間，忙裡偷閒打打坐了。」

有這兩位美男子在，真是鄉間蓬舍，都豪奢起來，在這小小的荒野客棧中，屋內不過一盞孤燈如豆，兩人隔著昏暗的燈光對坐，居然也都怡然自得。

權仲白沒接封錦的話，眼神在室內游離了片刻，又放得遠了點。

過了一會兒，倒是封錦先開口了。「子殷，千金之子，坐不垂堂。什麼事，你打聲招呼讓底下人去辦也就是了，真要親身涉險？」

「我哪算什麼千金之子？」權仲白笑了。「賤命一條，等天收呢！」見封錦還要再勸，他又道：「不要緊，昔日往西域一行，歷經艱難險阻，也算是見識過一番場面，今日就算是刀光劍影，料也傷不到我的。倒是你，撥幾個手下給我也就是了，真要親身涉險？你要是碰破了一點油皮，我這受的壓力也就大了。」

這擺明了是在打趣封錦和那一位的曖昧關係——權仲白畢竟是御用神醫，皇家的陰私事兒，再沒有誰知道得比他更多了。朝野間的傳言千奇百怪，可皇上同封錦到底是什麼關係，恐怕也就只有他同其餘寥寥數人清楚了。

封錦星辰一般的雙眼，似乎都要被權仲白這句話點亮，他坦然而從容地面對權仲白的打趣。「子殷你這就有點促狹了，我還沒有問你呢，家有嬌妻幼子，隆冬臘月的，你非要親身涉險嗎？就不怕回過頭去，遭了那位焦小姐的埋怨，大冷天的，還要吃閉門羹？」

想到焦清蕙，權仲白就是一陣頭痛，他輕輕地嘆了口氣，搖頭並不答話。

封錦在名利場裡打滾的人，哪能看不出眼色？他也不再開口，室內一時又冷清了下來。半彎的月，被白雪映得透亮，從紙窗裡映進來，倒是要比燈火更亮得多了。

偶然一陣風過，颳得屋舍窣窣作響，封錦輕輕地打了個顫，嚷道：「好冷！」他緊了緊身上的貂裘，又將火爐子給撥得旺了一點，注視著那躍動的火苗，慢慢地嘆了一口氣。

權仲白忽然有感而發，他居然也就問出口了。「子繡，這麼多年，每逢佳節總是如此孤淒，可曾後悔過？」

「做皇帝的，不論什麼時候都是孤家寡人。」封錦搖了搖頭。「就算身邊有萬人圍繞，他也是一樣孤獨。人生本就是一個人的旅途，孤淒亦是常態而已，所差者，只有習慣與否，說到後悔，倒不曾有過。」

「是啊……」權仲白喃喃地道。「天地者，萬物之逆旅，此身亦不過是苦海中的一葉孤舟，風吹浪急，又有誰能相伴始終呢？」

「此等無情語，我能發，你不能發。」封錦倒笑了。「你是有妻有子的人，若夫妻不諧那也就罷了，上回嫂夫人有事，我看你也一樣著急，這時候再說這種話，有點飽漢不知餓漢饑啊！」

「你才是飽漢不知餓漢饑！」權仲白賞他兩顆大白眼。「你同他兩情相洽，雖不能日日都在一處，可也算是長相廝守，人生能有如此際遇，已經令多少人羨慕不已。茫茫人海，你當知心人是那樣好找的嗎？」

封錦的眉頭，不禁微微蹙起，他柔聲道：「子殷，還忘不了她？」

當初達貞珠去世時，權仲白和家裡鬧得極不愉快，這些事是瞞不過封錦的，他會有此一問，也屬自然。在此孤燈冷月、陋室獨處之時，似乎白日裡那極為分明的界線，此時也都消失不見，任何話也可以自然出口，犯不著擔心對方會有異樣的猜疑、解讀。

權仲白反問封錦。「子繡你說，情之一事，究竟都含了什麼呢？」

封子繡微微一怔，他沈吟著沒有說話，半晌，才自失地一笑。「要說都含了什麼，真不知道，總之是一種感覺吧。相知相惜，為相守可以不惜一切，這在我而言，也就算是真情了。」

「所謂相知相惜，無非是志同道合。」權仲白說。「世上和他志同道合的人並不少，唯獨同你有情，必定也是以色為媒。昔日陌巷初見，他可謂是一眼鍾情，那時已經知道相知相惜了嗎？怕也未必吧……在我看，兩情相悅，兩人總要外貌上相互吸引，心靈上可以唱和。可話又說回來，你我也算是很能說得上話，外貌上也能相互欣賞，可我們之間或有友誼，卻絕無熱愛相戀……要說你和他有多志同道合，恐怕也未必全真——」

封錦眉宇一黯，他驀地站起身來，踱到窗前仰首眺望月色，半晌方道：「所以元好問要問，世間情為何物……這種事玄之又玄，只講一種感覺，其實外貌、心靈有時都能不論，只是兩人相對時氣機牽引的一種感應吧。唉，為這麼一種感覺，能付出多少，真是說不清楚的……」

「能付出，有時已經是幸事啦……」權仲白想到一人，數種滋味，忽然都泛上了心頭，他百般悵惘地嘆了一口氣，低聲道：「有時萬般都合適，卻偏偏無此動心之感，有時呢，什麼都太不同了，就真有感覺，可……」

封錦有點被鬧迷糊了，他失笑道：「子殷，以你的性子，但凡是想要的東西，有什麼時候不去爭取？你該不會是……瞧上有夫之婦了吧？想你平時出入宮廷內幃——」

「別瞎說了！」權仲白也笑了。「就那些困在深宅，成天面上三從四德，私底下勾心鬥角的太太、奶奶們？我可還沒那麼不挑剔！」

「那也就是說——」

封錦一句話才起了頭，權仲白神色一動，他搖了搖頭，急促地壓低了聲音。「聽見外面馬聲沒有？他們來了！」

封錦登時就顯示出了燕雲衛統領應有的質素，他沒有輕舉妄動，而是若無其事地伸了個懶腰，大大地打了個呵欠，又弄出些漱口、放尿的響動來，接著才坐回床上，將身形掩藏在被褥之中，活脫脫就是個起夜的旅人。

雪夜裡月色本來就特別分明，雖說屋內燈火不怎麼亮，但影子可以映出老遠去。權仲白極用心地聽著，聽得那本來躊躇不前的馬蹄聲，漸漸地又都起來了，慢慢靠近了客棧，他心頭才一放鬆，忽然不知何處傳來一聲響動，有人粗著嗓子低聲而含混地喊道——

「風緊，扯！（注）」

緊跟著，蹄聲便轉了向！

封錦從床上翻身出來，面上又驚又怒，三步併作兩步推開了窗子，一揚手就是一個東西出去，雪地上空登時就綻出了一朵淒美發白的煙花。

客棧外頭頓時好一陣熱鬧，無數黑衣人自客棧中、雪原暗處冒了出來，卻並不出聲，甚至連被追殺的那一夥人都沒有一點聲音，只聽得場地裡箭矢帶出的風聲、放火銃時那沈悶的轟聲，還有慘哼聲、哀嚎聲……

注：風緊，扯，本是綠林人使用的行話，「風緊」就是「情況不好」，「扯」就是「快走、快跑」，「風緊，扯」就是「危險，快跑」。

權仲白想要下去，可被封錦扣住了肩頭，他隨手拿起佩劍敲了敲板壁，不多時，兩個黑衣人推門而入，手中均握了繡春刀，在門口作戒備狀。

封錦衝權仲白露齒一笑，和聲道：「子殷兄，都說了，千金之子，坐不垂堂。你要是出了半點差錯，就不說國公府，單單是舍妹那裡，我就交代不過去了。」

權仲白本也不以拳腳功夫見長，聽見封錦此言，也就罷了。

過了約一盞茶工夫，底下便有人來報——

「回稟首領，人都已經拿下了。」他面有慚色。「不過，對手比較凶狠，我們也沒能活捉，只留了一、兩個活口，到後來見無望取勝，均都飲刃自盡。」

封錦略微不悅，權仲白卻截入道：「我們自己弟兄折損了幾個？可有人受傷沒有？」

「因對方一意逃跑，」那人給權仲白行了一禮。「我等開始時又以弓箭、火銃為主，只有少許幾個兄弟受了輕傷。後來白刃拚鬥倒是折了兩個弟兄，均是一刀斃命，沒受什麼苦楚。」

權仲白凝眉長嘆了一聲，向封錦道：「子繡……」

「子殷兄不必多說了。」封錦擺了擺手。「一應後續，全包在我身上，你再多開口，反而是矯情了。」

話說到這分上了，權仲白還可多說什麼？也只得點頭道：「那我承了子繡你這個情。」

說著，便親自下到雪地裡去，同一群下屬分派道：「這一行人必定是為運送什麼東西而來，大家從他們身上搜到的東西，全都集中給我，有石狀物尤其絕不能錯過。」

一行人自然在一片鮮血中翻翻找找，權仲白也自己翻檢屍首，察看其尚且還有沒有餘氣，順帶扯下面罩，驗看他們的面容。可惜除了一些散碎銀兩，並一點粗劣的信物之外，並無絲毫所獲。這群人全都面目平常、氣質普通，即使曾經打過照面，再認出的可能性也實在並不太高。

權仲白越看越是灰心，不禁眉頭緊鎖。翻查了半日都一無所獲，他直起身來正要和封錦說話，忽然聽得遠處一陣騷動，又有火銃噴發之聲。

那兩個黑衣護衛立刻將權仲白同封錦護在身後，一人厲聲道：「甲一到甲十三，循聲支援！甲十四到甲三十，布開陣法，對方可能還有後援！」

他口中命令不斷發布下去，這冰天雪地之間，人員立時就行動了起來，封錦和權仲白已被團團護在了人陣當中。

封錦面色端凝，手按腰間，不知在沈吟什麼。權仲白遊目四顧，心頭思緒輪番侵襲，一時竟連寒意都未曾覺得，只陷入到了自己的情緒海中去。

過不得一會兒，前方發來信號，卻是喜訊：原來這一批人馬乃是前哨，真正的車隊還在後頭，還有十多個好手護衛著，為探子發現時，這群人還正在準備安排人馬撤退呢！奈何車重路滑，走得極慢，這就為人發現，雙方經過激烈交火，現在那邊場子也清出來了，正組織人把車往這邊趕呢！

大冷天的，雖說對最終目的還是迷迷糊糊，可誰也不想無功而返。眾人精神都是一振，於是重新將客棧打掃出來，這一次各屋都點起爐火，還有人送上熱湯水並金創藥等物，供眾人休整。

權仲白等待了小半個時辰，便見到三輛黑乎乎的大馬車被緩緩推進了場院裡，燕雲衛來和封錦報告：馬車上送的都是一袋袋的私鹽，從官鹽價值來論，這一車貨物，也是頗為值錢的，更可以解釋其為什麼由這許多人護送，並且其都持有兵器。

封錦看了權仲白一眼。

權仲白道：「都搬空了？鹽全拆出來倒在地上，再看看馬車有沒有夾層？大冷天，這麼多好手，這樣走路，送私鹽絕不是這個送法。」

這一次，他的語氣已是信心十足，眾人自然也都領命去做。

封錦倒背雙手，站在權仲白身邊，雙眼神光閃閃，不知在沈吟什麼。他問權仲白。「子殷兄，不再去查查那些人的面孔嗎？」

有他一句話，底下人自然把那十多個好手並車伕都扯了過來，還有兩、三人苟延殘喘的，卻也是出氣多、進氣少。

權仲白察看了一番，見都是自己割斷了脖子，又或是刀戳胸口，此時無非還是最後一口氣沒嚥而已，便道：「也不要拖延了，送他們上路吧。」

他逐個翻看這群半死的人，一路翻都沒見到一張熟臉，此時還剩最後一人，他才伸手去翻時，只聽得遠處有人喊道——

「是有夾層！呀——是、是火器——」

即使是以權仲白的定力，亦不由得立刻翻身！他才喊了一句「所有人立刻逃開，有多遠是多遠——」，正是此時，那最後一人驀地翻過身子，手中寒光一閃，向他刺來！

那邊車內嗶啵之聲漸起，漸漸地，聲響越來越大，終於化作轟然一聲巨響，頓時有火光沖霄而起，將業已結冰的血泊，重又燙得融了……

「啪」地一聲，似是重物墜地，在這萬籟俱靜的夜裡，本不該有的這麼一聲，立刻將蕙娘從夢中驚醒。她彈身坐起，茫然四望，只覺得心跳得很快，似乎才剛作了一個噩夢，卻又想不起來了。此時醒來，才覺得周身都是冷汗。

她稍微擦了擦額前冷汗，從床上翻身下來時，才覺得一陣冷意侵襲而來——立雪院雖然燒了炕，可卻比不得沖粹園、自雨堂裡的水暖，這裡的冬天，她始終無法適應。

披上衣服，倒了半杯水徐徐地嚥了，蕙娘始終還是介意那不知其來的聲音。她遊目四顧，見四周萬籟俱靜，並無不妥，這才漸漸地安下了心來，又徐徐踱到窗邊，習慣性地去撫弄焦尾琴的尾巴，順便掀起簾子，心想道：今晚該不會又下雪了吧？

這才掀起簾子，她的眸光忽然一頓，手中瓷杯，驚訝之下竟差點沒有拿穩……

外頭冷，雙層玻璃窗上結了冰晶，這冰晶不知何時卻為人給抹得化了，一個清晰的血手印，就正正地拍在炕前窗上，淡紅色的血水正點點滴滴地往下淌，淌到一半又結了冰。在另一扇窗子上，還有一團血跡，像是有個血乎拉絲的重物被擲到了窗戶上，又被撞到了地上去。

蕙娘踮起腳尖，小心翼翼地往外一看——

果不其然，一個圓乎乎的東西，正靜靜地躺在窗下的陽溝裡，只稍一細看，便能看出，那果然是個人頭！

第一百一十三章

寒冬臘月，忽然來了這麼一齣，整個立雪院自然都被驚動了起來。儘管也沒有幾個人真正目睹了那顆圓得有點不像話的禮物，可不安的氣氛到底還是在立雪院裡流轉了開來。大丫頭、小丫頭、沒上夜的管事婆子，都揉著眼睛從床上翻身下地，吹亮了燈火，在簾子後頭窺視著主屋的動靜，彼此交換著擔憂的低語：二爺出門去了，好幾天都沒有回來，現在院子裡又出了這事兒，叫人心裡不敲小鼓都難……

就是綠松這個頂梁柱一樣的大丫頭，這回也的確冷靜不起來了。她捂著嘴，小心翼翼地瞧著腳跟前的那一小塊地方，就是這樣，一聞到那新鮮的血味兒，也還是一陣一陣地從胃裡往上泛酸水。石英、孔雀也沒比她好到哪裡去。

倒是螢石最為鎮定，還能同主子對話。「已經使人往前頭報信去了，按您的吩咐，沒驚動擁晴院，直接給歇芳院送了信兒。還有歪哥也給抱到偏廂去了，現在廖嬤嬤懷裡抱著呢，她請您放心，只要不是家裡出大事了，歪哥都不會出一點差池的。」

主子就是主子，這麼深更半夜地如此驚魂，要說她不嚇、不怕嗎？綠松覺得倒也未必，可不論什麼時候，二少夫人的架子都從來不會坍。

蕙娘的聲音鎮定而清涼。「知道了。進來的路給標出來了吧？」

「現在幾個膽大的婆子在院子裡守著給打燈籠呢。」綠松雖仍不敢抬頭，可也不能不出聲說話了——這事就是她在主辦。「不過，我剛才在外頭站了那麼一會兒，也沒能瞧見什麼痕跡……」

「能讓妳看到的痕跡，那就不是痕跡了。」蕙娘不以為然。「武林好手，高來高去，妳說要留一行腳印，那肯定是沒有的事，可畢竟人來過……肯定是會留下一點東西的。」

她在屋內來回踱了幾步，忽又煩躁地嘆了口氣，低聲道：「這都走了三、四天了，還沒見人影，連一點消息都沒有……」

這句話，實在是戳中了綠松的最大擔憂！她鼓足勇氣，勉強抬起頭來，首次認真地打量那駭人的物事：先模糊看了一眼，只知道是個成年男子的頭顱，根本就沒看清眉眼，萬一，萬一這是姑爺……視線落到首級面部時，她這才半是放鬆、半是遺憾地嘆了口氣。正要說話時，院子裡一陣喧囂，權夫人來了！

這麼大的事，自然要報到外院良國公那裡，不過夜深人靜，二門已經落鎖，蕙娘沒有輕舉妄動，是權夫人前來察看過後，這才使人拿鑰匙開門報信的。正好良國公也正和人議事未眠，不過一時半刻，就已經趕到了立雪院裡，在一群從人的簇擁下，倒背著雙手，面色陰沈地審視著院落中的白雪——蕙娘已經讓人圈出了一條從院中進門的道路，最大限度地把事發地給保存了下來。就算經過這麼一段時間，血手印已經逐漸凍實了，那麼淡紅的一個掌印拍在窗子上，看著也真是怪嚇人的，令這位儀表堂堂的中年貴族，神色又晦黯了幾分。

「嚇著妳了吧？」良國公平時真是很少直接和蕙娘接觸，此時的關懷也是有點不尷不尬的。他本人一貫是大家長的那一套，現在對小輩表達關心慰問，自己先就放不下身段不說，再者和蕙娘也真說不上熟悉，可要無所表示那就更不好了，索性全賴在權仲白身上。「這個浪蕩子，又跑到哪裡去了！好幾天沒有一點音信——」

他徵詢地看了蕙娘一眼，見蕙娘神色端凝沈肅，束手站在當地，比起身邊面色蒼白、頻頻按摩心口的權夫人，不知冷靜了多少，心底亦不由得暗自讚許：就是一般男兒，養在深閨錦繡地，乍然見到一枚頭顱，當場嚇出病來都有可能。焦氏這個人，果然是靠得住的。

「並沒有說去哪裡了。」焦氏也接收到了良國公的疑問，她搖了搖頭。「只說會忙上一段日子，可能一、兩天不回來。誰知道一走就不見人影，連小廝兒都沒打發回來報信。」

良國公心頭一突，立刻就要去看那枚首級，焦氏顯然是看出了他心底的擔憂，她又續道——

「不過這個人頭，那當然不是相公的。雖說此人面目被炸毀了大半，餘下一點，根本就不足以辨認出來面容。可相公的鼻梁骨顯然是要比他高一點兒的，前庭也沒那樣寬闊，從骨相上來看，一點兒都不像。」

這個擔心，大家心裡都有，可卻都不敢說破，被蕙娘這一說，一屋子人都鬆了一口氣。

權夫人不禁道：「妳膽子也太大了吧！這東西多大的凶氣、冤氣，妳把它帶進屋裡也就罷了，居然還仔細看過了？妳就不怕怨氣反沖——」

婦道人家，膽子是小了點。良國公皺眉望了妻子一眼。「這種巫蠱魘鎮的講究，全是唬弄鄉野愚夫的，妳怎麼也會當真？焦氏能看明白就好，不然，我肯定也是要找人回來辨認的。」

他先安頓焦氏。「立雪院妳不要再住了……先到妳祖母那裡去安身吧，這裡稍後會有六扇門中人過來，女眷們還是都不要待在左近為好。還有，於氏妳也不要再待在這兒了，妳膽子小，回去又要發噩夢。歪哥呢？小孩子受了沖犯，最容易發高燒，事關孩子，有些事不能不多做講究。焦氏妳居中主持一下，作法事也好，燒點紙錢也罷，總之先盡盡心意吧。」

一般母親，一旦提到孩子，沒有不立刻愀然動容的，焦氏卻毫無兒女之態，她答應了一聲，立刻就衝丫頭們使了一個眼色，幾個大丫頭頓時是開門、開櫃子，開始搬動屋內的貴重物事。

焦氏這裡則給他介紹情況。「發覺此事之後，我敲磬喚了人來，先把屋裡搜了一遍，確實沒藏人，幾處偏門也都落了鎖。那人應該是沒有進來，只是扔了東西就走。」她又拿出一張麻紙來遞給良國公。「當時手印才摁上去，不像現在一通亂流，指上紋路已經模糊。趁著還新鮮，我拓了一份，您瞧著如對六扇門的捕快公爺們有用，那也就不算白費心機了。」

的確，因屋內暖和，血手印是反覆融化凝結，這會兒紋路已經有點模糊了。良國公深深地看了兒媳婦一眼，淡淡地道：「好，妳做得很好。現在快收拾收拾，壓壓驚好好休息吧。

對仲白的去向，妳有什麼想法，隨時就和我們說，這麻煩，沒準兒就是他浪蕩無行，在外頭惹來的禍事！」

焦氏不置可否，見良國公示意他帶來的小廝前去炕頭再描摹一份指紋，便微微一笑，衝兩個長輩都行了禮，回過神簡短吩咐了幾個丫頭幾句，又留下她的大丫頭綠松和螢石。「妳們在這裡看看家，等天亮了再來人替換妳們回去歇息。」

說著，便毫無留戀地出了立雪院，在從人的護送下，逶迤往擁晴院去了。一行燈火彎彎繞繞，走了老遠，才化為黑夜中的幾處紅點。

良國公站在窗前，目送著燈火消失在黑夜之中，久久都沒有說話，半晌，才慢慢轉過身來，猛地一掌落在桌上，哼道：「真是千防萬防，家賊難防！我們在外辛辛苦苦的，為了這個家旰食宵衣，自己家裡人，倒是很熱衷給自己家裡人使絆子！我不管是誰安排的手段，一旦為我查出來，他這輩子都別想再踏進京城一步！」

權夫人有點困惑，她都顧不上害怕那枚人頭了。「老爺這是怎麼了？您的意思……這事，是家裡人做的？」

「妳也不用裝糊塗了，家外養了多少護院，妳心裡也不是沒數的。有哪個道上高手，可以毫不驚動這些人，高來高去地闖進來，卻只是扔了一顆人頭就走？」良國公看來是動了真怒。「這擺明了就是家賊作怪，衝著他們小倆口來的！」

見權夫人一臉茫然，貨真價實，良國公心底一鬆：看來，不論是哪個人在作怪，起碼老妻本人是不知情的。

「妳還不知道吧，」他又解釋了一句。「就是昨夜四更時候，密雲那邊出了大事。炸起來了，死了許多人，泰半是連面容都被炸得模糊不清了！就是今早天亮前的事，才幾個時辰，消息根本就沒有傳開。焦氏這是膽大異常，眼神又好，自己就鎮定住了，要是被嚇得六神無主，等到明天、後天，消息傳到耳朵裡了，稍一聯想，恐怕自己都能把自己給嚇死。」

權夫人嚇得倒抽了一口涼氣，她這會兒也顧不得害怕了，連忙仔仔細細地打量著那人頭，越打量越慌。「老爺……她說這不是仲白，那就不是仲白了？你也不是不知道那孩子，和楊家那個火藥瘋子往來得很好——」

「放心吧。」良國公沈著臉說。「焦氏說得對，三庭五眼都對不上，絕不是他！妳那個逆子，肯定還活得好好的呢！沒把他老子膈應死（注），他能放心撒手人世？」他越說越氣。「我就是氣焦氏！都說她最難得是能把仲白給羈縻住了，怎麼仲白出門幾天，她居然還不知他的去向——」

「這倒是情有可原。」權夫人為蕙娘辯解了幾句。「仲白走之前，和她拌嘴來著……」

良國公聽了原委，倒是面色稍霽，口吻卻依然沒有放鬆。「我也不管是誰做的，此人最令我失望的一點，是腦子愚笨，手法幼稚到了極點！他要是衝著世子位，要給他二哥、二嫂扯後腿，那也就罷了，無非是各顯本事的事。可這算是怎麼回事？不論是仲白還是焦氏，像是會被這種事嚇住的人嗎？焦氏非但沒被嚇住，而且一下子就捉住了這個機會……這要真的是我兒子幹出來的事，他還真是蠢笨得不配當我權世安的兒子！」

權夫人的面色頓時一白，她這才體會到了良國公和焦氏方才那一番對話裡的潛臺詞。對於良國公話裡藏的話，她一時沒有回應，而是謹慎地道：「這份指紋，她該不會——」

「這麼大的事，能和達家一體處理嗎？她識得分寸，肯定不會作假的。再說，倉促間往哪裡搞來指印？」良國公望了權夫人一眼，語氣大有深意。「留這一份拓印給我們，一個是方便我們辦案，還有一個，那是為了告訴我們，她手裡肯定不止這一份拓本。妳是嚇糊塗了吧，還沒明白過來嗎？焦氏非但很肯定是家賊所為，甚至可能都有了懷疑的物件，她這是要防著我們法外容情，把這案子給含糊了結，推著我們認真地把這一案辦透！」

按良國公推測，此事似乎完全應該是家賊所為，現在府裡剩下的少爺，除了年幼不知人事的幼金之外，也就只有權叔墨和權季青了……權夫人立刻就有點尷尬，再不復從前處理桃花露一案的超然。她咬了咬牙。「身正不怕影子斜。老爺，這事我看也是要大辦，不論是誰做的，這歪風邪氣都不能助長，不然以後這日子還怎麼過下去？」

「我看娘也會是這個意思。」良國公也不禁嘆了口氣。「往衙門那裡打個招呼，把這個怪事說一說，人頭交上去，好歹也把姿態做一做。內宅就交給妳，外宅我來安排，把府門給封了吧！現在府內所有十歲以上的小廝、丫頭，往上到管事，全都得留了右手印才能出府，

注：膈應死，有「讓……感覺難受」、「讓……感覺不痛快」之意。膈應，乃北方部分地區常用的方言，雖有差別，但基本意思是討厭、不舒服、令人噁心。

連主子們也不例外。」他捲起袖子，隨手從炕桌上取過一封印泥，親自就將自己的手印，給印在了白絹上。「這第一個手印，就從我留起。」

看來，老爺這是動了真怒，務必要把此案辦個水落石出了……

權夫人心底念頭急轉，面上卻絲毫不露聲色，她也學著權老爺，在白絹上留了個秀氣的手印。「事不宜遲，眼看天就要亮了，我這就著人去辦吧！」

紙包不住火，雖說主人們竭力控制事態，可這人頭就像是一塊石子，到底還是在良國公府激起了一圈圈的漣漪，有些流言也慢慢地在水底下傳開了：據說這個人頭，就屬於前幾天一出門就沒回來的二少爺，二少爺一貫出入宮廷，這到底還是招惹了當權者的忌諱，這次出去，就遭逢不幸，以身罹難了。只留下一個人頭被送回權家，這也是道上的規矩……

謠言這東西，一向是當家人越忌諱，私底下就傳得越歡。因此良國公對此話是處之泰然，連權夫人都不以為然，從太夫人到蕙娘，誰都是如常度日，沒有特別的反應。可這謠言卻沒有因此而平息下去，而是越傳越歡，隨著密雲那場爆炸案的消息，漸漸擴散到了京城，竟又自行演繹出了許多版本，譬如說：二少爺其實是死於此案，他是陪楊家少爺去試射火藥的，沒想到卻發生如此慘案；更有甚者，還有人說這個爆炸，根本就是為了除去二少爺而安排佈置的云云，如此種種不一而足。

因權仲白始終都沒有消息，更沒有露面，三、四天來，府裡是人心浮動，連綠松、石英這樣的大丫頭，都有些浮躁同擔憂。倒是蕙娘氣定神閒，依然照常起居，這一日更是按著早就和娘家說好的行程，同長輩們報備過了，往焦家去看望文娘：文娘的婚禮就在正月，她這個做姊姊的，也很該回去給她過個生日。

因權仲白不在，良國公便派權叔墨護送嫂子回焦家去，也算是表示權家對這個兒媳婦的看重。才吃過早飯，權叔墨就備得了車馬，在前頭遙遙引路，將蕙娘送到了閣老府，他自己便告辭離去，還是回軍營裡去摔打筋骨。

蕙娘也很佩服這個三弟，不管府內如何風雲變幻，他永遠同往常一樣，總是這麼雷打不動地沈浸在自己的軍事裡，甚至都不曾踴躍向家裡要求，安排他入軍服役出征。單單是這份數年如一日的韌勁，就不是一般人可以做得到的了。

幾個月沒回娘家，此番相見，四太太、三姨娘等人自然喜悅，雙方廝見過了，蕙娘便要去花月山房看望文娘，不想卻為四太太止住：老太爺雖然入宮未回，可卻給蕙娘留了話，讓她在小書房等候，他一下朝，就要見到孫女兒說話。

得啦，祖父的意思，自然大過一切。蕙娘便又上了轎，往小書房過去，可女轎娘們才走了一半，卻又拐進了一條長長的甬道之內，直進了老太爺平日裡修道打坐，時常在此靜心誦經的別院。

她自不是愚笨之人，見底下人如此行事，心頭早有了模糊預感。落轎後，也不等下人上前，自己掀簾而去，三步併作兩步就進了裡屋——

雖說是早就有這一番猜測了，可才一見到權仲白那熟悉的身影，蕙娘身上那股勁兒，忽然一下子好像被誰給抽走了似的。她險險沒跌坐在地，扶著門沿緩了好半晌，才半是嗔怪、半是埋怨地道：「這麼重的傷！你是有兒子的人了！權仲白，你不顧我可以，難道連歪哥都——」

話說到這裡，她才忽然發覺：幾乎是破天荒頭一回，她的聲音裡飽含了濃得難以忽視的心疼、脆弱和慌亂……

第一百一十四章

權仲白真不愧是天生下來膈應他爹、他媳婦的天魔星，蕙娘都這樣了，他卻還是那淡定逾恆的死樣子，即使一條腿被吊在半空之中，面上、身上星星點點，全是剛結的血痂，看著也依然還是那樣仙姿飄飄、風流外溢。他衝蕙娘微微一笑，語氣畢竟是比上回兩人說話時緩和了一點。「沒什麼大事，再過十幾天就能下地了。」

有些事，不到發生的時候，真是沒辦法去預料自己的反應。蕙娘有那麼多話要說，那麼多帳要和權仲白好好算一算——三十多歲的人了，就算有再好的理由，也不能閒來無事就拿命去賭！她更想知道權仲白究竟是失蹤去了何方？和密雲那場爆炸又有沒有關係？——可到了這時候，她忽然發覺，這些問題都可以擱到一邊，在這一刻真的都不算什麼了。

「再過十幾天才能下地？」她現在最關心的就是這件事了。「你要是折了腿，那傷筋動骨一百天……」

權仲白瞅了她幾眼，神色也有點奧妙，也許他也沒想到她會是這個表現，他的語氣又緩和得多了。「沒有折，就是從山坡上往下滾的時候崴（注）了腳罷了，十幾天後就能恢復自如，只是有兩、三個月不能騎馬了。會吊起來，也是因為那處有瘀血，這樣好得快。」

注：崴，即扭傷。

蕙娘勉強鬆了一口氣，她已經走到權仲白身邊坐下。雖說在最初的驚詫過後，這會兒她也算是緩過勁來了，可仍然禁不住有將權仲白細細翻檢、查驗傷處的衝動——只是想到權仲白上回同她的對峙，她雖然強力否決了和離又或者是貌合神離的提議，但聽他的意思，似乎是不置可否，大有自此以後依然橋歸橋、路歸路的意思，這手伸出來，便不知道該不該放到權仲白身上去了。

兩人目光相觸，權仲白神色含蓄，令她看不出情緒。她覺得他是明白了她的猶豫，可礙於頭前喊分手的態度那麼堅決，就算有所軟化，以他的性子，也是絕不會表露出來的……

好好的兩夫妻，為什麼非得要走到現在這樣？兩個人堅持得都辛苦，夫妻對峙，甚至比腥風血雨的外部鬥爭還要更疲憊、更傷人……蕙娘忽然有些意興闌珊，她自己心裡也清楚：這幾天，事太多了，衝擊一浪接著一浪的，情緒實在是太容易亂了。

「這怎麼鬧的？」伸出來的手，到底還是沒放到權仲白身上，她若無其事地為權仲白掖了掖被角，語氣也冷了下來。「你是有妻有子的人了，怎麼行事還這麼不小心？千金之子，坐不垂堂。不管你做什麼，如此以身犯險，就是不對。」

兩個人回到對峙的老路子上來，倒似乎都安心了。權仲白沒有動氣，一句話就把蕙娘給堵回去了。「這句話妳自己也應該好好聽聽，千金之子，坐不垂堂。妳也是有兒子、有相公的人了，不管想做什麼，如此以身犯險，就是不對。」

蕙娘臉上一紅，難得被權仲白抓住了痛腳。「我那不是不知道體質變化，反應會那麼大嘛……」

「我出事之前，不也根本就不知道會出事嗎？」權仲白閉上眼，有幾分倦怠地嘆了口氣，他吩咐蕙娘。「把那邊溫著的湯拿來。」

屋內雖有一個小鬟服侍，可蕙娘還記得權仲白在她起不來床的時候，都是怎麼陪護她的，兩人就有再多矛盾，她也不是那等不知回報的人。她讓小鬟出去後，親自到火上，用白布墊著手，把一罈子濃濃的大骨湯給逼出了一小碗，又把權仲白給扶著坐起來。「你別動了……這隻手不是還包著嗎？」

她從來沒伺候過人，動作自然有幾分生疏，見那湯還冒了白煙，便自己淺嚐一口，覺得還能下嚥，這才把調羹塞到權仲白唇邊，白瓷勺上一泓淡黃色湯水，上印了淺淺的胭脂印……

權仲白又瞅了她一眼，他慢慢張開口，就著那淺紅色的胭脂印，將湯水給嚥了下去。

屋內一時雖無人說話，可氣氛卻很有幾分旖旎寧馨。蕙娘服侍著權仲白喝了一碗湯後，將空碗擱到一邊去了，又從袖子裡扯出一條手絹來，給他擦拭唇邊的汁水——勁兒究竟是大了一點，牽動權仲白唇角一側一個傷口，他皺著眉頭「嘶」了一聲，蕙娘忙移開手，可這手一印上去，就真挪不開了，她輕輕撫了撫權仲白傷損的臉頰，也不願去看他的表情，只細細審視著這一個個細碎鮮紅的痂面，看著看著，便情不自禁，越湊越近，睫毛似乎都要搧到權仲白的臉頰上了……

都到這分上了，權仲白也不可能不明白她的意思，他要是再不明白，兩人也就真的很難再走下去了——他輕輕地嘆了口氣，把蕙娘撐在床上的那隻手給拿掉了，蕙娘就勢輕輕地跌落下去，倒在權仲白胸前，她眼睛忽然有點潮熱，只盼著這靜謐的一刻能再持續下去，覺得權仲白吸了一口氣，似乎是要說話，便摸索著伸出手，蓋住了他的嘴巴。

權仲白也就不說話了，他用那隻好手拿下了蕙娘的手，輕輕地拍了拍蕙娘的肩膀，就像是在拍一隻貓。

蕙娘的眼淚不知為何，就被他給拍出來了。她一邊哭，一邊倒是想說話了，抽抽噎噎地道：「權仲白，我恨你……我恨死你了……」

兩人間的愛恨情仇，真是講都講不清楚，這番話內蘊含了多少情緒，又曝露了她的多少弱點，蕙娘已經懶得再去在意了，她甚至不想再去猜度權仲白的心意。前後兩輩子，她也算是見多識廣，從宜春票號的喬門冬、李總櫃，到她自己的親祖父帝國首輔，不能說她沒有和一等一的人精子打過交道，甚至就是現在，她還在暗暗推動著良國公按她的思路去走，敲打、試探權夫人的立場，可說是以一人之力和權家三位長輩博弈……可這些人中龍鳳，沒有一個人能像權仲白這樣令她如此挫敗、如此痛恨，如此、如此……

權仲白按住她的肩膀，低聲道：「那妳殺了我算了……唉，別哭啦。」

他的聲調中亦飽含了難言的情感，愛不像，恨不像，複雜至極處。蕙娘心底，真是五味俱全，委屈、心痛到了頂點，她一邊抹著眼淚，一邊抬起頭來，狠狠地瞪了權仲白一眼，這才主動傾前，咬住了他的下唇，力道之大，甚至令權仲白模模糊糊地痛呼了一聲。

脣齒相接，多少情緒都在這簡單的動作中得到慰藉、得到釋放，吻得半日，蕙娘慢慢欲要分開時，卻被權仲白摁住了後腦，又將她按了下去。

薄霧濃雲愁永晝，瑞腦銷金獸。屋角的金猊玉兔香燃得盡了，只有金獅銀兔還在爐中作相搏狀，餘下一縷香煙慢慢騰起，在屋樑左近徘徊不去，似乎已成了這靜謐屋內唯一的活氣……

良久良久，樑下床間才有了響動，權仲白低低地道：「外頭是怎麼傳說密雲那事的？妳說給我聽聽。」

「說是附近村民當晚就聽到一陣陣的巨響，」蕙娘的聲音裡透了淡淡的嬌媚。「白日裡過去一看，山坳裡頭有好些零碎屍塊，並七、八輛大馬車，死的人什麼樣的都有，衣衫多半都被炸破爛了，大多都是屍首無全，也無從辨認身分。現在都傳說是京中人雪夜試炮，又出事故了，還有人誇說這回畢竟是學聰明了，知道在城外試，免得和從前一樣釀出大禍。」

她還靠在權仲白胸前，本來並不想起，還惦記著翻翻他身上，看看還有什麼傷處，也許被他瞞下了，可又害怕自己太沈，壓著了權仲白，到底還是坐起身來，一邊去綰鬢髮，一邊問：「你這一身傷，真是因為密雲那場爆炸來的嗎？」

「沒想到會炸。」權仲白抽了抽嘴角，也撫了撫被吊起來的左腿。「我根本就不是衝著火器去的，另有目標。不然，不會只帶這麼一點人的。」

他沒等蕙娘盤問，自己就略作交代。「本來只想問封子繡借一些人手，沒想到他那樣熱心，自己也跟著去了。事發時，還要多得他貼身那兩個好手，把我撲在地上，撲棱棱就滾下雪坡，正好雪被震倒，我們跌入坑裡，被淺淺埋了一層，倒是逃過之後數場爆炸餘波。別人就無此幸運了，除了封子繡被拚死護住，連油皮都沒蹭破一點之外，餘下在馬車附近的人手，不論敵我，幾乎全被炸死。此事大有蹊蹺，我們沒有驚動別人，是趁夜秘密回京的。」

權仲白頓了頓，神色有點微妙。「我不想住在封家，索性就讓他們把我送這兒來了。老人家居然一句話都沒有多問，連面都沒露。我知道妳今天會來，也沒往家裡送信……唉，老人家不愧是老人家，人老成精，什麼事不能沾手，他心裡真是比任何人都要清楚……」

「這到底是為了什麼去的？不是火器，那是什麼？你怎麼不願意住在封家？」蕙娘眉頭不禁一皺。「燕雲衛的人都借了，難道還有什麼好忌諱的？聽你意思，是有一群人私底下運輸火器？這麼險的事，老人家當然不會沾手……這件事既然過了燕雲衛的手，他們肯定是要尋根究柢的。你怎麼搞的，這麼麻煩的事都惹上身來？你又怎麼會知道那時候有人會從那個地方經過，運送你想要的東西？——你又到底是為了什麼東西去的？」

這連珠炮一樣的問題，問得權仲白要回答都不知從什麼地方答起，他提了一口氣，又無奈地吐了出來。

「不是和妳說了嗎，根本就不知道那是火器……」他讓蕙娘。「妳把床頭櫃子打開，裡頭那個小鐵盒拿出來。」

蕙娘依言拿過鐵盒遞給權仲白，權仲白打開一條縫讓她看。「我為的就是這種石頭……這車隊在我想來，應該只是運送這種石頭而已，沒想到卻還搭邊送了火器——不要小看它，它雖然可能只能配出七、八方藥，但可比那幾車火器要值錢得多了。火器這東西，民間終究是可以造出來的，可這藥，沒有這石頭可配不出來。」

蕙娘只從小縫裡看了一眼，見那石頭流光溢彩，在天光下隱隱居然有螢光閃爍，只是一小粒，居然要用這麼大的盒子來收藏。她有點好奇。「這能配什麼藥？你又是怎麼知道的？這藥賣得這麼貴，我們焦家怎麼從未收到過一點消息？」

權仲白望著她笑。「你們家人口簡單，用不上這個……可妳恐怕也聽說過它的名頭——神仙難救，我和妳提過一次的。據說是數十年前從南洋帶回來的藥，吹得天花亂墜的，說是只要一服下去，就是連神仙都再難救了，一個月內必死無疑，並且死狀看著和病死一樣，沒有什麼特別，就是死後驗屍，也都很難發覺有異。這一帖藥拿到外頭去，輕輕鬆鬆，一、兩萬兩銀子就換回來了，各府且都還爭著要買呢……就是一時不用，手裡有一帖這種藥握著，心裡也安穩不是？」

蕙娘聽說這毒藥的名稱來頭，不禁駭然色變。

權仲白又補充說：「不過，這種藥有很強烈的氣味，嚐起來也非常苦，除非被人硬灌，不然一般人也吃不到一帖的量。但如果不是一帖全吃下去，只是定期服食一點，那就又未必致命了……又貴又少，多半是被權貴人家的女眷用在敵手身上，倒很少有人用來對付政敵，而且也不是就難以治癒了。李紉秋中的就是這種毒……其實只要祛毒及時，調養一段日子之後，也是能將養過來的。」

焦勳中毒的事，蕙娘壓根兒都來不及細問，權仲白就已經出門辦事。再次見面時，她又被權仲白身上的傷處給鬧得心煩意亂的，一時竟將此事拋諸腦後，直到權仲白提起他來，她才記起此事，要問，又覺得不是時候，猶豫了片刻，見權仲白目光炯炯地望著自己，便道：「你的意思，是有人買了這帖藥，特地來害了他？可這藥這麼貴，卻又是何必呢？花點錢買了他的命，應該更容易吧？」

「他一路被宜春票號照料著呢，」權仲白慢慢地說。「要動手也沒那麼簡單……這藥，可能也不是別人買來的。」他衝那小鐵盒意味深長地輕輕點了點下巴，不說話了。

蕙娘自然是吃驚的，她疑惑地望著權仲白，半晌才道：「那你，又是怎麼知道的呢？」權仲白的眼神，在蕙娘臉上來回掃視了片刻，他又左右一看，蕙娘曉得他的意思，站起身闔上門。「放心吧，這屋子是祖父起居的地方，門一闔，裡頭說什麼話，外頭都聽不見的。」

也許是對她已經失去信任，也許是要出口的話，的確關係重大，權仲白很少有這麼猶豫、這麼黏糊的時候。他又沈吟了片刻，才似乎下定了決心，低聲道：「妳只知道自己被害，可能是權家人出手，為的是防妳過門，鼓動我謀奪世子之位。可不知妳想過沒有，不論是大哥還是三弟、四弟，對我都足夠瞭解，我無意世子位的事，他們自然心中有數。」

他頓了頓，又道：「我是個什麼樣的人，他們肯定是更明白的。會不會因為娶了老婆就放棄遨遊宇內的理想，我看只要熟悉我的人，也都能很輕鬆就得出答案。這人實在也沒有太大的必要，冒著風險來防患於未然。當然就是安排，以我對家人的熟悉，也能很輕鬆地預料到他們會採用的手法。三弟、四弟不說了，只說大哥、大嫂，要害妳的命，未必，安排什麼事壞了妳的名節，倒是大有可能。」

大少夫人在人命上的確是比較軟，自己似乎一般是不動手的。蕙娘不禁輕輕地點了點頭，她已經完全投入到權仲白的思緒裡了。「你那時問我，害我的藥，是不是神仙難救——」

「如果是神仙難救，一切就都說得通了。」權仲白輕輕地出了一口氣。「宜春票號對一般人來說，只代表驚天的財富，可妳想過沒有，這麼一個全國上千家分號、富可敵國的大票號，對於我們大秦來說意味著什麼？事到如今，也無須諱言，宜春號幾乎是一手就拿捏住了大秦的一條命脈，少了它，全國的金錢流都要停擺，它的能量，大得妳可能都想像不到。匹夫無罪，懷璧其罪。對妳來說，那是錢生錢的錢櫃子，可對別人來說，那就全不一樣了。我想，他們可能就是盯上了你們焦家的票號股份，有了宜春號做後盾，他們距離所圖之物，自然又更近了一步。」

蕙娘的眉頭擰起來了。「他們？」

「是啊，他們。」權仲白慢悠悠地說。「運送火器、私造毒藥，甚至連當年西北大戰，羅春背後似乎都有『他們』的身影。妳猜猜看，他們的大計，計的是什麼？所圖，圖的又是什麼？」

火器、毒藥、錢莊、北戎……蕙娘的呼吸聲一下子就抽得緊了，忽然間，她懷疑的對象也從權季青變作了那無形無影的「他們」。原本以為，密雲的爆炸是權季青一手安排，針對權仲白而來，這人頭既是個惡作劇，也算是對她質疑的回答：如果一切順利，權仲白這會兒已經不可能再擋著他的路了，就算一切不順利，他權季青也不僅僅是一個只會說大話的小瘋子。

可現在，她的想法卻發生了變化，那一枚人頭，只怕是來自「他們」。姑且不論自己被害，是不是「他們」的手筆，只說這密雲爆炸的事，按權仲白剛才細細述說的過程來看，在敵人潰退之前，他一直沒有露臉，始終在暗處行事，這枚人頭，很可能就是在告訴權仲白：

我們已經盯上你了，收斂一點吧！

對一個私底下運送火藥，很可能和異族暗通款曲，又不斷在蒐集原料、私造毒藥的幫派堂口來說，即使是權仲白這樣的神醫，恐怕也不是不能拔除吧？倒是她自己，平時幽居不出，相形之下，可能還稍微安全一點……

心念電轉之間，她已明白了權仲白不肯回家的原因。「依你看，國公府裡——」

「不要說國公府，只怕是你們焦家都不乾淨。」權仲白淡淡地說。「當然，沒有真憑實據，一切只是空談。甚至害妳的毒藥都不是神仙難救，也是令人詫異……不過想來，如果妳身邊有他們的臥底在，妳舌頭特刁的事，自然也會被傳遞出去。神仙難救的苦味非常特別，妳不可能嚐不出來的，也許就是因此，他們才用了一帖新藥……卻也是製作精良考究，非行家所不能為。」

「那你給我的冊子——」蕙娘又有問題了。「等等，你明知我們家也許也不安全，可為什麼還來？你能耐那麼大，朋友那麼多——」話說到一半，她猛地明白過來，卻是再也說不下去了，只能怔怔地望著權仲白。

反倒是權仲白若無其事，淡淡地道：「給妳的冊子，寫的倒也都是真的，京裡有能力配出這種藥方的師傅都在上面……畢竟懷疑只是懷疑，沒有真憑實據之前，自然是要把網子撒出去，明面上的沙子由妳來篩，底下的功夫，我自然會做。」

蕙娘輕輕地閉上眼，她使勁地嚥了嚥乾澀的喉嚨。「你告訴我，這次出去，你是不是得到消息，知道他們要送原石上京，因此問燕雲衛借人，想要生擒幾人拷打審問，找出新藥的線索？」見權仲白默然不答，她又艱難地續道：「受傷後反來焦家，是不是想以身作餌，把焦家的內線給釣出來？」她死死地瞪著權仲白，大有不得到答案，絕不干休的意思。

權仲白又沈默了片刻，才微微一笑，輕描淡寫地道：「妳想多啦，我做很多事，都有自己的理由。當然，能一舉多得，那是最好，可要說都為了妳，那也是沒有的事。」

居然是把送上門放到口邊的人情，一舉又給推得遠遠的，壓根兒就不屑討她的好……

蕙娘輕輕搖了搖頭，只覺得心亂到了極處。她想問權仲白：你都肯為我做到這樣，為何還要同我和離？

又想問自己……她想問自己……

她想要自問的那句話，實在太過銳利，銳利得她實在不敢碰觸，連想也不能想起來。忽然間，她再不能面對權仲白，只得心慌意亂地站起身來，連場面話都摞不出來了，披風也顧不得披，竟是奪門而出，站在門口才稍微一回顧，才看見權仲白，便覺得雙眼刺痛，只好猛地將門一甩，把吃驚的權仲白，給關在了門後……

第一百一十五章

如今東南亂事初平，朝中事務繁多，又恰逢年後京察，很多事年前總要鋪墊一番，在臘月封印之前，焦閣老從來都是忙得分身乏術。蕙娘和權仲白說了半日的話，老人家居然還沒從宮中回來，她心緒煩亂，又因不便在娘家過夜，時間有限，便索性進了內院去看文娘。正好，文娘也從花月山房出來，正和四太太、三姨娘說話呢。

訂親到現在也有大半年，像文娘這個年紀的姑娘，氣質變化也就是幾個月的事。她看起來不再是那個嬌滴滴的相府千金了，起碼粗粗看去，也有了幾分溫良恭儉，甚至是穿戴打扮，都不復從前做姑娘時的處處出挑講究，恨不得連一個耳墜子都是有來頭的。蕙娘將她細細打量了一遍，見她身上也就是一個珍珠項圈，說得上舉世難尋，還有從前的氣派，其餘衣飾，只得「得體富貴」四個字，心裡就先安了一點：現在王辰、王時兄弟都在京裡，肯定也住在一處，焦家給文娘的嫁妝再多，也比不上渠家的那位姑奶奶，與其從過門時起就擺出一副誇豪鬥富的架勢，倒不如現在自己就改了性子，在這種事上爭，是最沒有意思的。

「正月就要出門子，這幾個月也學了不少本事吧？」就算心裡再亂，在嫡母、生母和妹妹跟前，蕙娘自也不會露出一分一毫。她端正著臉色考問文娘。「帳本會看不會？內院那些瑣事，心裡有數了沒有？這一陣子都上什麼課了？逐一說給我聽聽，若被我發覺妳偷懶耍滑，我是要罰妳的。」

文娘就算有所長進，在姊姊跟前也還是那樣，又不甘心，又很聽話，她撇著唇，望著自己的腳尖，不情不願地細聲說：「每天早上起來，先上算學課，認蘇州碼子、看帳本、做四則運算，還有雞兔同籠，物不知其數……下了算學課，跟著娘發落家務，也幫著管事，從採買、廚房到灑掃庭除，一個月學一件事，娘還讓管事嬤嬤們教我外頭那些壞掌櫃們的手段。下午刺一個時辰的嫁妝，午睡一會兒，起來學……學閨房的事……」

從前四太太慈和，文娘實在是被寵大的，從小到大，那是深通文理，琴棋書畫無一不精，得了閒不是吟風頌月，就是吃喝玩樂、打扮修飾，雖說深通文理，一手工筆花草連名家都要讚許，可對居家過日子，她是一竅不通，無非是跟著蕙娘混學些皮毛而已，這半年突擊下來，總算知道世間疾苦，為人處事雖不說大見改觀，可那招人煩的傲氣是收斂了幾分了。說起閨房之事，更是紅透了一張小臉，瞧著憑地可人意兒。

四太太和四姨娘對視一眼，都微微地笑，四太太道：「妳姊姊今兒來給妳添箱的，妳也不看看她帶來的好東西，就只顧著在這兒害羞。」

文娘從前多計較這些首飾玩物？現在倒是都不在意了，牽著蕙娘的衣角，低聲道：「那個晚上看吧，我想和姊多說一會兒話。」

這是想要小姊妹說私話的意思，長輩們自然成全。因防著老太爺回府，沒讓兩姊妹進後花園，四太太把她們打發到東廂去說話。「妳們愛說多久就說多久。」

文娘就是這個樣子，面上不說，其實心底不知多依戀姊姊，門才一闔攏，她就投入蕙娘懷裡，滿是委屈地低喚了一聲。「姊……」

「幹麼？」不要說權仲白，就是蕙娘，其實也都喜歡這樣小鳥依人、楚楚可憐的妹妹，勝過爭強好勝的她許多許多。她籠著妹妹的後腦勺，放軟了語氣。「都是這箭在弦上的時辰了，妳別告訴我，妳又反悔了，再不想嫁了吧？」

「那倒沒有……」也許是因為知道時間不多，蕙娘隨時要被傳喚到前頭去，文娘只忸怩了片刻，便坦然道：「最近他上門幾次，我在後頭看著，倒也覺得人還算不錯，起碼談吐還挺文雅的。我就是想，聽說他和從前那個，兩人感情一直都不錯……」

原來是討教這個來了——這個也只能衝蕙娘討教了，畢竟文娘的情況，又更棘手了一點。達貞珠再怎麼樣，那是進門就過世了，等到蕙娘成親時，去世幾乎已有十年之久；可王辰那個元配，也就是幾年前才剛過身，而且兩個人是實實在在地做了好幾年夫妻。文娘心裡有所顧慮，不知如何處理和元配娘家之間的關係，也是很正常的事。別的不說，蕙娘心裡有數的：王辰身邊那幾個通房，雖說沒有姨娘的名分，可幾乎全是元配身邊陪嫁丫頭給抬舉起來的。文娘在公婆、妯娌跟前可能不大能吃虧，可在自己小院裡，卻絕非沒有敵手。不要小看通房丫頭，雖說在身分上，她們永遠無法和主母匹配，可男人的心在不在妳這一邊，這差得就多了。

會怕，總是比不會怕強。文娘究竟還是成熟了一點，不那樣令人懸心了。

「對前頭的元配姊姊，肯定是要尊重、恭敬的。」蕙娘點撥妹妹。「在明在暗，都別說她一句不是，就是妳弟妹挑著妳抱怨數落，也絕不能上鉤。她娘家的不是，人人都能說，唯獨就妳不能，王辰要是個明白人，自然懂得做事。不過，以他元配娘家的身分地位來說，就算將來祖父過身，他們家也和我們家不能相比，頂多就是依附著王家在福建老家開枝散葉，多置辦產業，為下一代鋪鋪晉身的道路，要說有什麼別的想法，那也是沒有的事，妳和他們家發生矛盾的機會也不是很大。總之妳越是關心前頭，就越顯得自己宅心仁厚。妳是長子嫡媳嘛，不必同誰去爭，有時候，吃虧是福。」

想到達家那個令她隱隱有幾分忌憚的達貞寶，她不禁在心底嘆了口氣，這才又振作精神，告訴了文娘幾句經驗之談，見文娘仔細聽了，細白側臉全神貫注，長長的睫毛略微垂著，小嘴一嘟一嘟的，好似默記著自己所說的每一句話，心頭不禁又是一陣近乎疼痛的感觸：這麼個嬌嬌嫩嫩的瓷娃娃，到底也到了出門子的時候了，從此後世間的風霜雪雨，也要獨自承受，家裡人再關懷，能幫的終究也是有限……

文娘自己倒沒覺得多麼不捨、害怕，也許是因為婚期近在咫尺，她終究是做好了準備，從姊姊這裡聽了一席話去，態度又再安定了一分，伏在姊姊懷裡，先撒了一通嬌。「沒事也不多回來看看我，我還以為七夕妳能回來呢，偏是毫無音信。這次回門，也不把歪哥帶來，姊夫更是不見人影……」

提到權仲白，蕙娘立刻就是一陣煩躁，這煩躁甚至無法壓制、掩藏。她把文娘推開，輕輕地擺了擺手。「別提他啦。」說著，也不禁重重地嘆了口氣，想說什麼，又是什麼都說不出口。

文娘可能還是頭回見到姊姊這副模樣，哪能不驚奇萬分？她坐直身子，愣然瞪了姊姊半晌。「怎麼，姊，妳和他拌嘴了？」

「沒有。」蕙娘只胡亂搪塞，見文娘顯然不信，她甚至都有些語無倫次。「唉，就稍微拌了幾句……妳別管啦，等妳出嫁以後就明白了，夫妻間肯定都是磕磕碰碰的……」

文娘又打量了姊姊幾眼，面色忽然一沈，跳下椅子就往外走！

這一齣來得突然，蕙娘都吃驚了。「上哪兒去呢？」

「撒謊！什麼磕磕碰碰，能讓妳這麼上臉呀？妳都這樣了……肯定不是小事！」文娘氣哼哼的。「我知道妳，妳不想讓娘、三姨娘擔心……肯定也沒臉和祖父訴苦。妳不用說，我說！我告祖父去！他權仲白有什麼了不起的，還給妳氣受？呸！虧我素日裡還看著他好呢，原來也是個壞蛋！」

蕙娘真不知自己面上是何等神色，居然讓文娘輕易地就調轉了陣腳——從前還因為自己說了權仲白，又哭又鬧地說「我哪裡不如妳」，現在就是「他權仲白有什麼了不起」。這胡攪蠻纏，變臉如翻書的一面，她倒是半點沒改……她又是好氣、又是好笑。

「妳得了吧妳，還告祖父呢，妳有本事自己收拾他呀！自己的事還顧不過來呢，就會瞎操心。」文娘雖說不大懂事，可也不是傻子，不是幾句話就能糊弄過去的，因此她到底還是略作解釋。「我和妳姊夫沒什麼大事，就是前陣子家裡變動大，他心情不好，這一陣子都比較消沈。妳還不知道我啊，我見著這作樣子就煩，恨不得幾耳光抽上去——可惜，他不是妳，是妳呀，就真抽了。」蕙娘一邊說，一邊不禁輕輕拍了拍妹妹的臉頰，自己笑了起來。

文娘半信半疑地瞅了她好幾眼，才勉強道：「誰說我瞎操心了？妳是我姊，我能不管妳嗎？妳不知道，妳剛才那樣，別提多可憐了……」她扳著姊姊的脖子，語氣認真起來。「我知道，妳心裡話不愛和別人說，我也是泥菩薩過江，自己且還管不過來呢，妳要和我說了，我也只能為妳著急上火，確實幫不了妳什麼。可有些事妳不能一個人扛著，我就幫不了什麼，陪妳說道說道、著急著急也好哇！姊，權家的事我也都聽娘說了，姊夫因為親哥回老家去，和妳鬧彆扭了？」

文娘平時總是想方設法地給她添亂，真難得如此貼心，字字句句，都說得蕙娘心底熨貼，她撫了撫妹妹的臉頰。「真是長大了……放心吧，真沒有什麼大事，就是妳姊夫性子左了點，再過一段日子也就好了。」文娘卻仍不放心，再三逼問。蕙娘被她煩不過，只得搪塞她。「我不告訴妳，我和祖父細說去！這事說了妳也不明白。」

「我回頭可是要問祖父的！」文娘難得把姊姊逼到這個地步，她嘴兒一翹，也有點得意。「要是妳沒說，祖父少不得又要把妳給請回來，到時候，免不得又是一番折騰，妳要挨祖父的數落，我可不管了！」

蕙娘恨得去擰文娘的手背。「人大了是吧？不服管了是吧？我還沒捏妳呢，妳倒是捏起我來了！算學學得如何了？說會看帳，能看懂四柱帳了沒有？我這都不說借貸帳了，龍門帳、三柱帳有什麼不同，能告訴我不能？」

兩姊妹說說笑笑、打打鬧鬧，很快就到了午飯時分。文娘因還有幾樣見面禮沒趕出來，只得依依不捨地先回花月山房去做針線了。

按焦閣老平日裡的起居來看，再過一、兩個時辰無論如何也都回府了，四太太想安排她到小書房等候，可蕙娘自知此時心亂如麻，連文娘都能看出不妥，她實在不想用這種面貌去和祖父說話，再三猶豫、再三思量之下，倒是遊蕩到了南岩軒裡去探三姨娘。

現在焦家人口更少，兩個姨娘都可以自行居住一處了，只是三姨娘、四姨娘素來和睦，多年作伴已經養成習慣，依然還是分住在南岩軒兩側，此時也正坐在一起說話，見到蕙娘進來，都有幾分詫異。

三姨娘問：「不是要去小書房等妳祖父嗎？」

正說著，四姨娘已經隨指一事出門去了。

蕙娘隨口道：「我心裡不大爽快，過來您這裡坐會兒。」

三姨娘更為詫異，卻並不大驚小怪地多加盤問，只道：「那也好，許久沒和妳這麼坐著說話了，心裡想得慌呢！」

說著，便和蕙娘在窗前對坐著說些家常瑣事，安安閒閒地叨咕著南岩軒裡的幾棵樹——今年葉子發得晚，花開得早，到了夏日裡，後院的葡萄藤上結出了紫葡萄，居然還是甜的，子喬自己爬著摘了，吃了好幾嘟嚕，倒比外頭貢的更覺得新鮮……

說著說著，蕙娘有點坐不住了，她竟和文娘一樣，慢慢地就滾到了三姨娘懷裡，把頭伏在她膝蓋上，半閉著眼睛似聽非聽的，竟似乎是有了睡意。

自從被焦四爺接到身邊教養之後，蕙娘就很少這樣和生母撒嬌，她從小性子強，也不是那等要人抱、要人哄的性子，在這一次之前，三姨娘幾乎都有七、八年沒有抱過女兒了。她慢慢地住了口，卻依然並不發問，只是輕輕地撫著蕙娘的肩背，好似在哄她入睡一般，力道輕柔而從容。

過了一會兒，蕙娘開腔了。「姨娘……」她的聲音悶在三姨娘腿上，嗡聲嗡氣的。「我心裡煩得厲害。」

「嗯。」三姨娘說。「是因為姑爺吧？」

蕙娘一下子又沈默了下來，過了許久，她才輕輕地、嘆息一樣地說：「是因為他……」

「姑爺待妳不好？」三姨娘問。

「他待我挺好的……」蕙娘立刻就否認了她的說法，她反覆地說：「他待我很好……是我自己貪心，他待我越好，我就、我就越想要更多……我總覺得不夠，我不安心，我……我難受得很……我倒寧願他待我壞些，別待我這麼好……」

三姨娘又是好笑、又是感慨，她捏著女兒僵硬的肩背，柔聲道：「這又是為什麼？姑爺待妳好，難道還做錯了不成？」

蕙娘烏鴉鴉的頭顱輕輕地搖了搖，她斷斷續續地道：「他待我太好了，是我……是我待他很壞。可我沒有辦法，我……我沒有辦法……姨娘，我又壞、又貪心、又惡毒，我、我……」她忽然輕輕地抽泣起來，再說不下去了，只是反覆地道：「姨娘，我好怕、我好怕……」

三姨娘極盡溫柔地摟著女兒的肩膀，她說：「好、好，哭出來就沒事了。不怕、不怕……」

這個素日裡沈默而溫順的婦人，慢慢地直起了脊背，她滿是慈愛地望著女兒的頭頂心，旋即，又將眼神調向天棚，若有所思地沈吟了起來。

第一百一十六章

焦閣老今天在廷內耽擱得的確是比較久，幾乎日暮西山時才回了小書房，他還帶回了一個意想不到的客人，就是蕙娘，也還是頭回見到這個在京城已是聞名遐邇的人物——雖說，兩家之間曲曲折折，還算是扯得上親戚的。

「這就是老首輔視若掌上明珠的女公子吧？」楊閣老一手撫鬚，欣然道：「快請起，大家都是親戚，寒舍受子殷恩惠頗多，也可說是他的老病號了。我常和善久說，這一代這麼多親戚，唯獨他二姊夫同子殷這個大舅子，那是一定要常來常往的，能學到幾成本事，都算是他的福氣了。就是他七姊夫，比起這兩位來，都有所不如呢。」

楊善久的七姊夫，那就是下一代平國公，剛受封的鎮海將軍許鳳佳。二姊夫孫立泉已經繼承了侯位，現在領著上萬人的船隊，權仲白一個醫生居然能壓住一個，和另一個相提並論，不要說蕙娘，連焦閣老都笑道：「樂都，你是見外了，仲白說來也是你的晚輩，哪談得上什麼恩惠呢。」

楊閣老大號楊海東，字為樂都。不過，以他的身分，如今會用名、字來稱呼他的人，也並不多了。入閣之後，多半都以閣老呼之，即使有人喚他表字，起碼也要加個先生——可在焦閣老跟前，他卻顯得極為謙遜。「您也是見外了，平時在朝中，彼此以職位相稱也就罷了，這私底下還不叫我一聲海東？您是和先泰山一輩兒的，這一聲樂都，簡直就是在罵我嘛！」

除非很親近的關係，不然，一般來說，大名那都是長輩用來叫晚輩的。楊閣老這麼說，是在表明自己的後進身分。

焦閣老呵呵笑，從善如流。「海東你這是在提醒我年紀啊！的確，人生七十古來稀呢，這都八十多歲了，老了老了，精力是真的跟不上啦！」

焦閣老最近也的確是在鬧著要乞骸骨（注），鬧來鬧去，皇上就是不許：東南大亂，朝廷裡不能有大的變動了。他這致仕鬧的，倒是把楊閣老越鬧越被動。隨著東南軍費猛增，朝廷銀庫見緊，這個地丁合一的事，看來似乎又要被擱置了。要知道，凡是改革，就沒有不花錢的，即使地丁合一是開源節流的好事，可這事嚴重地觸犯了各階層的利益，一旦實行下去，民間很可能會起動亂，起碼那些地方豪強，沒幾個願意繳納如此暴增的賦稅。沒有錢，怎麼勞軍？不勞軍，誰來鎮壓這起刁民？

蕙娘雖然幽居府內，但一直很關心朝廷局勢，對楊閣老的處境，她心裡有數：在他們這個高度，成敗那也就是一翻手的事，要不是楊閣老被逼得有點不安定了，他未必會對祖父這麼客氣……在權力頂峰，什麼先學後進、長幼有序的空話，可是半點都不頂用。

「您可多心了。」楊閣老果然有點不安，忙給焦閣老順鬍鬚。「您這是老當益壯、老而彌辣，後生們可離不得您的指點，少了您，別說我們了，皇上都吃不香、睡不著哪——」

「沒有的事，」焦閣老一指牆角，蕙娘便會意地挪步過去，將小廝遣退，親自在紅泥小火爐上烹熱了一壺水，端過來淋杯、暖壺……給兩位絕對的朝中大老沏一道繁複的茶。「也就是放不下後人，這才又硬撐了幾年。這不是，眼看著要往下退了，還惦記著讓她來認認人呢。往後我們家要有事請海東照拂，少不得是她上門來求了。」

「這是哪裡話。」楊閣老立刻表態。「大家都是親戚，有什麼事您派人送句話就行了，至於這麼客氣嗎？您這麼說，我連坐都坐不穩了！」

兩人免不得虛情假意地客氣一番，楊閣老又拍著胸脯，把「日後有任何事情，只需一句話，不論看在誰的分上，這忙都是非幫不可的，但凡皺一皺眉頭，我就不姓楊」這麼一個意思，用文謅謅的言語給蕙娘表達了出來，老太爺這才笑道：「好啦，時間也不早，我知道海東家還有許多人要去見——我這裡又何嘗不是？來年就是京察了，好些學生心裡也是不安定得很……咱們還是先談談正事吧。孫侯那邊，你可有收到什麼消息？」

楊閣老面上閃過一線擔憂，字斟句酌。「按說這時候，應該也已經往回走了。從前朝來看，三寶太監走得最遠的那一次，來回也不過就是兩年多……」

孫侯出海，也已經有三年多了。雖然消息傳遞不便，很可能他已經就在大秦左近，報信的船隊卻還沒能靠岸，可按東南一帶海盜肆虐的情況來看，這一支兩萬多人的船隊，起碼還沒有回到呂宋附近，不然，海寇是腹背受敵、兩面夾擊，這一起烏合之眾，哪裡受得住幾萬

注：乞骸骨，舊稱大臣辭職，言使骸骨得歸葬鄉土。

人的壓力？

什麼事，都是先算敗再算勝。皇上可以不願去想，軍隊們可以只顧練兵，但這兩個帝國的大管家，不能不為萬一做準備。萬一孫侯全軍覆沒，沒有回來，東南局勢立刻糜爛不說，皇家私庫血本無歸，往後未必不會向朝廷開口。在這兩件事上，內閣必須先拿出一個態度來，畢竟派系之爭歸派系之爭，在此等國家大事上，閣老們如不能攜手共進，則你進我退之間，不數年，皇上的權威越漲，臣子們的處境，也就越艱難了。

焦閣老喟然長嘆。「三年多了，他這是走到哪裡去了？昔日出海時，去處也說得不清不楚的，曾聽說或者會往泰西之地走一遭去，又像是只準備在南洋一帶打轉……」

楊閣老瞅了焦閣老一眼，又瞟了瞟蕙娘，見焦閣老木無反應，並不遣出蕙娘，略略沈思了片刻，也就心事重重地微微一笑，略帶詭秘地說：「您老人家明鑑，他去哪裡，這不由得他作決定，甚至連皇上都不清楚。不過，從東南情況來看，他或者是發覺線索，一路往遠處追去，才給了那群紅毛洋番機會，讓他們糾結倭寇、安南水匪並琉球一帶的流寇，妄想向我們水軍施加壓力，把澳門、臺灣兩地再吐出來。」

「按皇上的意思，休說回吐，只怕日後不把他們驅趕到千里之外，他是絕不肯干休的。」焦閣老蹙眉長嘆。「心是好的，現在北戎分裂了，東北女真人早消停了，雲南一帶鬧不起來的，再將東南一帶邊患平定，將來只要能從遠洋帶回一點商機，東南這一帶就更加繁華了……可南富北窮，不是長久之計，昔年明亡就是因此。海東你聽我一句話，地丁合一要搞不假，可商稅卻不能再這麼輕了。藏富於民不是這麼藏的，商人太富了，對國家來說也不是什麼好事。」

「現在老百姓的日子，還是太苦了。」楊閣老也是眉頭大皺，作憂急狀。「真是朱門酒肉臭，路有凍死骨。就是東南形勝之地，也經不起幾年的歉收，更別說西北、西南，將近十年了，元氣這才慢慢地恢復了過來。學生是一想到這兒，心裡就難受得很……」

要掌管一個國家，只會內鬥不會辦事，那是不成的。能把下頭人管好，只是入門本事，一雙眼要能看到這個國家十年、二十年後的樣子，甚至是為百年後的將來作出部署，才是一個真正的首輔。焦閣老緩緩地道：「從祖龍（注）以降，兩、三千年了，就是開國至今，也有一百多年，往往這立國一百多年時，都是要出中興之主的，我們大秦也就出了皇上。似乎長天久日，有些事是永遠都不會變的，可海東你別笑話我，這七、八年來，我每常細思，總覺得有幾分懼怕，開海不是頭一回，可開海由皇家牽頭做生意，確實從未聽聞。聽說東南百姓，十戶裡有九戶都在織場做活，產出來的絲綢，天下哪裡消化得了？還不都是暗地裡和洋人做了交易。這入貢互市從來都是教化妙招，我總覺得，也許就在這幾十年內，宇內也許將有一場翻天覆地的變化，也是說不定的事……我也許是看不到，可你還能看到。」

他把手放到楊閣老手上，注視著他，沈重而肅穆地道：「若真有這麼一天，你可要對得起先皇，對得起列祖列宗，對得起大秦天下萬萬千千的百姓。士農工商，工商業太繁榮，固

注：祖龍，秦始皇的別稱。

然我們手裡活錢多，可國以民為本，民以食為本，衣食以農桑為本，萬勿傷農扶商，那是飲鴆止渴。」

楊閣老神色再動，他也不是會錯過機會的人，當下便沈聲道：「正是因此，學生才願以一身之力，力推地丁合一。和您說聲心裡話，為了這事，即使是身敗名裂我也在所不惜，老師您既作此想……」

蕙娘心底是門兒清：老太爺今日把他給帶回來，一反常態地推心置腹，說了這許多話，其實是已經把一個預備下臺的姿態給做出來了，恐怕這一次在宮中，楊閣老不知是又拋出了哪一招，竟又扭轉了他的被動局面，令保守派重新處於劣勢。老人家見時機已經成熟，是真的準備退下來了。

這一齣戲，是假意裡摻了真情。楊閣老或有自白明志的意思，但更多的還是接住老太爺拋來的玉帛，也給老太爺一個化解恩怨的機會，畢竟是要下臺的前任，不想鬧得魚死網破、趕盡殺絕的話，雙方總是要講和的。

「這是我的想法。」焦閣老略帶狡黠地笑了。「我們家沒有地，甚至商號都不多。海東，這世上大部分人都是俗人，對俗人，你要求不能太高了。」他一下子又有點感傷。「大家心裡有數，你我二人雖然看似八面威風、一呼百應，其實也還是為身後這股力量簇擁著往前走。你還年輕，這股力氣你還駕馭得住，我是老了，底下人，我壓不住啦！可我一貫反對輕言地丁合一，也不是沒有自己的考慮。」見楊閣老似要解釋，他抬起一手。「你先喝茶……佩蘭，妳和妳楊世伯說道說道這裡頭的道理。」

「誒。」蕙娘給楊閣老斟了一杯茶。「地丁合一，其實就是為了給老百姓們喘喘氣，從皇上到百官，其實心裡都是明白的。現在的地主莊戶們，凡是有個功名在身上的，幾乎都不用納稅納賦，這是二、三成的人，占了七、八成的地，卻還繳著二、三成的銀錢。長此以往，窮的越發窮，富的越發富，肯定是要出事的。攤丁入畝，實為救國救民的良策，這話放在這裡，誰能駁倒，可說誰就是居心不純。」

她頓了頓，又道：「可地丁合一攤牌下去以後，丁銀不用納了，畝銀相應增加，對於赤貧無地的那一成而言，自然是天大的好消息，但對中小田戶來說，倒可謂是雪上加霜了。我們大秦徭役不少，一般田戶現下也都是折銀，楊世伯不知算過沒有，我昔年在城東郊外也是買過幾畝田地的，當時屈指一算，與其自立門戶，一年看天吃飯，還要付出這許多賦稅，即使有佃戶為我勞作，一年風調雨順，我落到手裡的銀子卻也還不多。倒不如使些銀子，將田地靠在宅心仁厚的舉人、進士老爺名下，一年我白給些銀子呢，卻能少納這許多賦稅不說，有個什麼事，又抬出這名頭來，豈非兩便三贏？要攤丁入畝，就必須把這讀書人免賦稅的規矩給抹了，就不全抹，起碼也得按著立國時的祖宗規矩來辦。如今朝中慣例，一個進士能免十幾頃良田的稅賦，稍微一有官職，那就更沒數了。此等規矩不廢，攤丁入畝固然可以讓那等無地的人歡欣鼓舞，但到了末了，卻終究只能令這些稍稍有些田地的小戶，最終也失去自己的田土。」

她聲音清冷淡雅，說起此事，可謂條理分明，楊閣老一時竟聽得怔了，望著蕙娘好半晌沒有說話：蕙娘是出嫁的閨女，自然不可能再日日侍奉在老太爺身邊。對這個話題如此熟悉，可見老太爺很可能在幾年前，就已經看破了攤丁入畝中可能存在的種種弊病……

「以世伯的大能，自然是衡量過其中得失的。」蕙娘又徐徐道，見楊閣老默認，也實在毫不吃驚：這等計算能力要都沒有，所謂的地丁合一，最終也只能和北宋熙寧變法一樣，終究只是空折騰。「您怕是覺得，這起人白身出去，也不會帶來多少動亂。一則東南賦稅最重，可織造業實在過分發達，沒有地，可以謀生的手段還有很多；在西北，地廣人稀，以遊牧為主，丁畝的矛盾其實也並不太尖銳。可這就又回到了祖父最擔心的問題，士農工商，這是把農戶硬生生地往工戶驅趕，長此以往，恐有動搖國本的嫌疑。就中委屈擔憂，世伯稍微一想，也就能勾勒出來了。」

楊閣老面露沈吟之色，許久都沒有開腔，這個儒雅而俊秀的中年男子，自然已經修練出了絕佳的養氣功夫，單從他的眉眼，是很難看出他現在的心境的——可不論如何，他的確受到震動，這兩祖孫也都能看得出來。至於這震動，是意識到自己深信的救國之策還有紕漏，正苦思完善辦法呢，還是想著將如何能說服老首輔，把焦家爭取過來，則非外人所能蠡測了。

「地丁合一，遲早還是要往下推的。」焦閣老也休息夠了，他用了一口茶。「今日讓你過來，一個是商量船隊的事，還有就是這句話：海東，我退下去以後，不過一年半載工夫，皇上肯定會把你跟前的石頭搬開。位居首輔，和一般閣老不同，治大國若烹小鮮，步子該小時，千萬謹慎，該大時，也不要害怕殺人。」他似笑非笑。「你既然已經立定決心，不在乎是罵名還是美譽，這得罪人的事，想來也是不怕去做的。今日看你這一番表現，我才是真正地放下心來。」

反正都是要作對，得罪一部分讀書人同得罪所有讀書人，似乎也沒有太多的不同。可楊閣老到底也是老狐狸了，他哪會被一、兩句話套住？微微一笑，便打起了太極拳。「您實在太看得起我了，這日後的事，還是日後再說吧，先把眼前的危難設法應付過去再說。依學生淺見，還和舊年一樣，我們二人聯手，請連太監出面同燕雲衛打聲招呼，派出一組人往南邊走走，神不知鬼不覺，先瞞住皇上探清船隊情況，不論是好是壞，也都算是有個先手，您看如何？」

「我看能成。」老太爺不動聲色。「船隊也未必就出了事，若是去找人的，三寶太監當年還找了十多年呢……可能是銜住老大的尾巴了，這才沒能及時回來，也是有的事。」

昔年皇帝還是太子的時候，他的位置，並不是穩若泰山。曾經魯王一系，連著母妃達家都極為當紅受寵，對東宮虎視眈眈，即使後來奪嫡失敗以後紛紛沈寂，但魯王卻始終下落不明。對外說是謀反不成已經自盡，實際上孫侯這一支規模盛大的船隊，找的究竟是誰，在場三人心中都是有數的，焦閣老剛才的話實際也說得很明白了。

楊閣老搖了搖頭，似乎要舒盡胸中的抑鬱之氣，哈哈一笑道：「天子一怒，流血漂櫓。

皇上就是皇上，喜怒哀樂，牽動的都是金山銀海，我們還能多說什麼呢？」

時涉昔年奪嫡舊事，焦閣老沒有多加評論，他又和楊閣老商議了幾句細節，楊閣老便也起身辭去。

老太爺起身將他送到階下，又命蕙娘代自己將他送到了轎子前，又是一番折騰，兩祖孫這才回來屋內說話。

「王光進年後要進京了。」焦閣老一句廢話都沒有多說，就扔下了這麼一個重磅消息。「今日在宮裡，皇上親自擬定了旨意，待到元宵節後，恐怕調令也就要下來了。」

王光進是王辰的父親、文娘的公公……他也算是大器晚成，比楊閣老小不了幾歲，現在卻還在奮起直追呢！楊閣老眼看都要往首輔狂奔而去了，他才剛剛回京。

布政使回京，肯定是要入部的。老太爺一路把楊閣老逼到現在這個地步，其實也就是為了給後人鋪鋪路，不是入部，他哪肯提退休的事？蕙娘也沒有廢話，她直接問：「皇上意思，給他安排在哪一部呢？」

老太爺唇角逸出一絲笑意，他淡淡地道：「我走之後，吏部尚書秦氏估計要入閣，也是給楊海東添個助力。就看皇上心裡，是想把王光進擺在吏部，還是禮部了。」

擺在吏部，那也就是簡簡單單的置換關係而已，若要把王光進挪到禮部去，禮部尚書就要動一動，很有可能，是動到吏部去。——吳興嘉的父親吳尚書，後來尚的那就是禮部……

蕙娘眉頭微蹙，卻沒有多說什麼，老太爺反倒回過頭來問她。

「妳看，我什麼時候安排著往下退為好呢？」

「這事兒，您定了，自然是我們來配合您的腳步。」蕙娘有點奇怪了。「您怎麼反倒——」

「從前那肯定是我說一不二。」老太爺慢悠悠地撚著長鬚。「可今時不同往日，老頭子要往下退了，這話事的權力，要留給當家人。當家人怎麼方便，我老頭子也就怎麼行事，在什麼位置上說什麼話。妳爺爺操心了一輩子，也實在是再不想操心了……」

只這一句話，蕙娘心中便是雪亮：心生倦意，也是真，老太爺要把自己摘清楚了安度晚年，卻是比真更真。現在對楊家，他算是交代清楚了，對王家，也算是交代清楚了。對自己其餘的門生故吏再作出交代，和皇上那裡交割清楚，他已經具備安樂終老的條件，日後不論是回祖籍還是在京中養老，都不會再有什麼麻煩來咬屁股了。也所以，不想知道的事，他連問都不問，這次見面，別說問權仲白怎麼受傷，就連立雪院裡那顆人頭、權家大房夫婦離京的內幕，他都絕不會多問一句。老人家就是老人家，拿得起放得下，該放手的時候，絕不會兒女情長。

不在其位，不謀其政。從今往後，這些風霜雪雨，已和老人家沒有一點關係，要著落到她一人肩上，獨力承受了。

她也沒有多做推辭，略微思索片刻，便真作主和老太爺商量。「既然調令是新年開印後下來，我看，臘月裡就能打點伏筆，在文娘出嫁後，也就可以真個安排起來了……」

第一百一十七章

不論自己是不是神醫，受傷總是叫人不快的一回事。尤其傷筋動骨，最忌隨意移動，權仲白又是倉促過來焦家，堆積如山的醫案根本就沒帶過來，雖說焦閣老屋內不乏書冊，可卻多是詩詞歌賦之類，或者便是《齊民要術》、《天工開物》等農工科目，權仲白閒來無聊，翻看了幾本，卻覺得比不看更為無聊。眼看天色將暮，料想妻子吃完晚飯之後，可能就直接回家，不再回來看他了，他多少也有些遺憾：別看焦清蕙平時膽大包天，似乎什麼事都做得出來，可在有些方面又是風聲鶴唳，別人稍微有一點動靜，她就嚇得要往牆後頭藏……這一次被嚇走，也不知是覺得有這麼一個神通廣大的組織要害她，她怕得必須立刻找祖父訴說一番，還是被別的事給嚇著了……無論如何，在傷口痊癒、自己回家之前，她恐怕是不會再來焦家，怕是要十多天後，才能再和她繼續剛才的話題了。

人在病床上，情緒自然是最脆弱的，就是權仲白也不能例外。眼看天色慢慢地暗下來，兩個垂髫小鬟一聲不吭地進來點亮了油燈，又摇下樑下宮燈，插進蠟燭。片刻之後，屋內便亮得如同白晝一般。可這燈火，畢竟是不能抵抗外頭的沈沈暮色，就如同這來往之間的衣袂拂拭聲，並不能緩解他的孤獨一樣。手裡的一本書，拿起來又放下了，他靠在床頭，心不在焉地琢磨著到手的夜光石，又想想用在清蕙身上的新毒藥，偶然回想起那天晚上的巨響與火光，便又覺得腳踝隱隱發痛發脹……

正是萬般無聊時候，院子裡卻閃起了燈火，片刻之後，屋外就泛起了飯菜的濃香，兩個小丫頭抬著小案進了屋子，又將權仲白扶起來坐好了，解下腿來，又扶他進淨房去收拾梳洗一番。待得一切都安排妥當，權仲白重又在床上躺好時，焦清蕙便撩起簾子，探了個頭進來，像是一頭警惕的小野獸，正在檢查屋內有什麼危險，是否會危害到她？

權仲白打從心底笑出來，他不動聲色，用眼神和她打了個招呼，唯恐露出自己的小心來，反倒又要嚇跑她了。對這種驚弓之鳥，最好的辦法，那還是若無其事，根本就不去提她早上突如其來的撤退。

見他表情如常，焦清蕙似乎終於安下心來，她提著裙子，矜持地進了裡屋。「自己吃飯，方便不方便？我來服侍你吧。」

「妳吃過了沒有？」權仲白和她話家常。「今兒不是十四妹的小生日嗎？那邊應該也快開宴了吧？」

「我沒去。」焦清蕙說，她在權仲白對面坐下來。「先還沒有問你呢，你手怎麼也包起來了？也是扭了？」

「是擦傷了一點，沒有大礙。」權仲白自己把布條給解了。「先糊了藥，也怕到處亂蹭，正好吃完飯要換藥呢——我自己來吧。」

清蕙本來還要餵他吃藥呢，見他手解出來，也就罷了，到底還是給他挾菜盛湯，自己也盛了一碗飯，和權仲白對坐著用飯。

食不言，寢不語，兩人一時都沒有說話。權仲白今日有人陪著吃，用得的確比平時香點，他很快就吃完了一碗飯，見焦清蕙也只是垂頭喝湯，便道：「家裡一切都還好吧？我忽然不見，肯定又折騰著四處尋找了。」

「爹娘是比較擔心。」清蕙沒有抬頭。「回去之後，我該怎麼說話？」

畢竟是兩夫妻，很多事情都得商量著辦。權仲白沈思片刻，便道：「這件事妳先別提，等燕雲衛那裡查一查，查出名堂來，自然就一路順著下去了。要是這一次沒能找到什麼線索，能遮掩還是遮掩一下為好。封子繡會出面和家裡打個招呼，就說去北邊採藥，遇到大雪被封在山裡，等雪停了才能出來，就這封信還是信鴿帶出來的……妳看怎麼樣？」

「別人的確也挑不出什麼毛病，就是爹娘在你現身之前，少不得要多擔心幾日了。」清蕙的眉頭略略蹙了起來。「你在這裡養養傷也好……」她白了權仲白一眼。「我已經和祖父打過招呼了，今晚以後，你身邊的服侍人會換上一批。千金之子，坐不垂堂，你這個人，做事就是一點都不知道分寸，哪有以身作餌的道理？就真有內線，要是他不給你下藥，趁夜來一刀了結了你呢？你就算還有些防身的拳腳，可這會兒一條腿、一隻手廢著呢，你能和他對打嗎？」

「動靜這麼大，那我倒還不如回家養病。」權仲白說。「再說，我都過來幾天了，還是風平浪靜的，沒有一點動靜。這倒是肯定了我的又一個猜測……」見清蕙露出聆聽神色，他便續道：「大戶人家，對下人的管教一直都是很嚴厲的。尤其是妳，平時對她們的控制就更嚴格了，沒有什麼特別的事，一年半載難得出院門都不稀奇。就算焦家有內線潛伏，怎麼和外界溝通消息，也是個大問題。如果在任何地方，他們都能隨意傳遞消息、下達命令，這力量也就太可怕了……看來，燕雲衛和焦家，就算有他們的內線，可第一人數不會太多，第二，他們也不是時時都和外頭保持聯繫，恐怕現在，那夥人也根本都還不知道我在焦家，甚至如果燕雲衛那邊真正沒有問題，他們連我有牽扯進這件事來，都還不知道呢。」

清蕙眉宇一動，她緩緩地道：「知道，可能是已經知道了……但你這樣的身分，要拔除掉你，又談何容易？他們現在想的，怕也還只是怎麼能把你給嚇住吧。」

此時丫鬟進來給撤下殘羹，換上新茶，兩人便都住了口。

清蕙面色陰晴不定，等人都走了，才又道：「我也的確是被嚇住了，權仲白，查他們往細了說，那是燕雲衛的事；往大了說，那是文武百官的事。你又沒收朝廷一分錢俸祿，也談不上食君之祿，忠君之事，就別想著兼濟天下、拋頭顱灑熱血的事了，還是先獨善其身吧……要真是他們在圖謀票號才來害我，那自然還會有後招的。現在股份帶到權家，搞死我或者歪哥，也是一點用都沒有，就是死也都死在權家了，他們要來武的那肯定不行；文的嘛，能應付就應付，實在是應付不了，錢財乃身外之物，也沒必要太過繾綣不捨，護不住那就不是我的，給他們也就給他們了……」

以她一貫強橫的作風，能說出這番話來，真是不容易。權仲白望了清蕙一眼，見她雙眸低垂，雖未格外作色，可語調清淺，擔心卻真是掩不去的。

忽然間，他覺得自己這傷也受得還算值得：如焦清蕙所說，第一，她和歪哥的一飲一食，都是經過層層監視，畢竟是栽過一次，再栽一次，不大可能。第二，兩人深居內幃，外人想要下手都難。真要對付二房，自然從他開刀……為了讓他不再涉險，她連宜春票號，居然都說得出一聲「護不住那就不是我的」……

雖說他也明白，就算兩人感情疏離，清蕙都會設法保住他的性命，但從她的語調裡，他所能感受到的卻絕不只理智、冷靜、盤算，還有許許多多甚至稱得上是柔軟的東西。焦清蕙這個人就是這麼討厭，她要真的冷清到了極處，任是無情也動人——那倒也罷了，可她偏偏在無情外，又還分明有情，她的感情甚至還稱得上濃烈奔放，儘管為她自己所壓抑，可只從偶然洩漏出來的少許，便可揣想她心內的波濤了……

「本也沒打算扯進火器裡。」權仲白說。「妳說得對，不在其位，不謀其政，這件事不是我能管得了的。我想要的，還是——」他衝床頭小櫃努了努嘴。「不過，燕雲衛還不知道這東西的特別，若是他們找妳查證，妳也就一問三不知罷了。這東西不能交給他們去查……」

一說此事，心中腦中，那個經年來由千頭萬緒編織出的大結，又慢慢地浮了起來，權仲白望著妻子秀美的容顏，忽然情不自禁、長長地嘆了口氣，他猶豫了一下，到底還是伸出手來，緩緩撫上了清蕙的臉頰。

「不過，這件事始終是太複雜、太危險了。」他不禁低聲道。「不論是否有心和他們作對，我壞了他們的事，總是鐵板釘釘的事實。以後沒準兒會有更大的麻煩在前頭等著——我知道妳不喜歡我說這個，可人總是要先保證性命才好，命都沒了，餘事從何談起？和離雖然驚世駭俗，可妳究竟是為了妳自己活……」

上回提和離，換了一個巴掌，這一次再提，清蕙的表情要柔軟得多了。

她非但沒有搧他，反而主動靠進他懷裡，低聲道：「以後再不要提和離的話了，事已至此，除非我把票號出讓，和祖父遠離京城回到家鄉，否則就算和離，下半輩子也一樣是惶惶不可終日。真要那樣過活，我倒寧可死了。」

是啊，以清蕙的人生態度來說，她是寧可爭到最後一口氣，也還是要爭著死在自己位置上的。權仲白嘆了一口氣，苦笑著道：「死有什麼好的？還是活著好一點，妳——」他想說「妳不是和我說過，妳非常怕死嗎？」，可這話到了嘴邊，又被清蕙給打斷了。

「你不能有一點危險，就想著把我往外推。對我這樣身分的人來說，在哪裡不危險呢？這世界，根本也是處處都危機四伏……」

她靠在權仲白胸前，所以他看不到她的神色，只能聽著她的語氣，淡而清淺，透著哪怕是昨天都不可能流露出來的恐懼與脆弱。這樣怯弱的情緒，只有在她懷著歪哥的最後幾個月，因胎兒影響，情緒幾乎無法自制的那一段時間裡，他能有幸得見。當時的她，在什麼時候都切切流露著這樣的訊息：我很恐懼、我很脆弱，面對未知的危險，我需要你的保護！

而在當時，權仲白也是能夠體諒她的恐懼的。生產，本來就是這世上最危險的幾件事之一。她有如此懼怕，也的確不足為奇。身為孩子的父親，他也是責無旁貸，必須給她撐起這一軟肋。可他沒有想過，平日裡那個硬得和木頭一樣，只是偶然開兩朵小花的焦清蕙，居然也有這樣柔弱的一面。他忽然有點好奇：是否得知自己死裡逃生的那一刻開始，她就一直處於這極大的恐懼之中，只是平時尚能掩藏、尚能自制，而在身懷六甲的那一段時間，情緒失常，這被掩埋下去的恐懼，就無遮無攔地爆發了開來？

她是不是一直希望有個人能對她允諾一句：這世上想害妳的人雖然多，可我卻定能護妳一世榮華、一世周全？

可真到了她這樣地步，又有誰能許諾一世的安危？就是九五之尊，也有力不從心的時候呢……

權仲白的眼神暗黯了下來，他實實在在地擁住了焦清蕙，低聲道：「好吧，這可是妳說的，以後就是跟我落進十八層地獄，滾刀山、下火海，這嫁雞隨雞，嫁狗隨狗，妳也別抱怨啦！」

焦清蕙噗哧一聲，低笑了起來。她在他身邊，要自然一點了，不再像從前那樣，總是把脊背繃得緊緊的，像是在提防他突然的傷害。她坐直了身子，若無其事地把剛才那一瞬間的脆弱給遮掩了過去。「我還有事要和你商量，現在南海那邊事情差不多也算完了，皇上發話，要把王光進調進京裡。對我們家來說，祖父往下退的時機，也已經夠成熟了，可他的學生們卻未必這樣想，恐怕還都想的是要把楊閣老給搞掉了，才能放祖父退下來。對這些多年的老人，也不能不有個說得過去的理由，有個交代……」

小夫妻在閣老府喁喁細語，良國公府卻是烏雲密布、山雨欲來。一整個下午，良國公的小書房裡進進出出，就沒有斷過人，平日裡幽靜雅致的小書房堆滿了冊子——一家子幾乎上千個下人，除了年紀實在太小的以外，全都摁了手印，這逐一對比手印大小、手指紋路，也是需要時間的。良國公沒有過分依靠蕙娘印出來的手指紋路，凡是手掌大小類似的家丁，幾乎全被盤問了個遍，嫌疑略重的，再來對比指紋，他自己還要親自審問。審了足有這幾天，卻還沒有一點頭緒，他一著惱，索性自己出馬，一整個下午把有嫌疑的管事們全都罵了個狗血淋頭——卻自然也是一無所獲，這會兒，正衝著兒子發脾氣呢！

「你平時和幾個管事眉來眼去、黏黏糊糊的，又在你大嫂、二嫂之間挑撥離間，我也就不說什麼了。」良國公在屋裡來回走動。「和外頭那些……啊，外頭那些不三不四的人有些來往，我也睜隻眼閉隻眼，就當作沒有看到。可你這性子，居然是越長越偏激，越長越古怪了！說，扔人頭是什麼意思？衝你二哥下手又是什麼意思？你母親是睜眼瞎，什麼都沒看出來，還說你和你二哥感情素來就好，萬不至於衝他下手……」

他越說越動情緒，見權季青神色寧靜，似乎無動於衷，更是氣不打一處來。「可你瞞得過別人，你瞞不過你爹！千辛萬苦要到沖粹園去住，和你二嫂猛套近乎，就只是為了讓兩房相爭？我看不止於此吧？我告訴你權季青，你對你二嫂的那些癡心妄想，已經令我失望透頂！」

如此陰私之事，良國公居然是說揭也就揭出來了，權季青至此，亦不能不露出驚容，他要為自己辯解。「我——」

「焦氏是個出眾的美人，」見兒子慌了，良國公面色稍霽。「可成大事者，怎能為女色所惑？你甚至連自己的心思都遮掩不好，幾次見到她，我在一邊看著就覺得不對！那些凡夫俗子是有眼的瞎子，可你老子不是，皇上不是，朝廷裡能站在最頂端的那幾個人也全都不是。一點色心你都控制不住，掩藏不過來，以後更大的事兒，還能指望上你嗎？」他猛地一拍桌子，喝道：「說！密雲的事，是不是你故意布下陷阱，給你二哥去鑽的？你是不是早打好了主意，要弒兄奪嫂，一舉多得，為你的大業鋪路？」

這麼嚴重的指控，權季青不能不作出反應了。他站起身子，徐徐地提起了長衫下襬，在良國公跟前跪了下來。

「父親，您也太看得起兒子的本事了。」他從容而冷靜地道。「從密雲那一場大爆炸的規模來看，起碼要有千斤的火藥……我就是有些本事、有些關係，卻又要從哪裡弄這些火藥？這可是嚴加管制的東西。再說，就我弄來了，我又如何能算到二哥會在當時過去？聽說，那兒還有些服飾、武器的殘骸，都是燕雲衛的東西。您要我來猜，我還以為那是燕雲衛私底下往回弄點見不得人的贓物，路遇劫匪，二哥不知怎麼又被攪和了進去呢！您也知道，二哥心裡藏了那許多事，有好些是誰也都不清楚的——我還想問您，二哥究竟下落何方？性命有沒有妨礙？能不能回家過年呢？您疑我對二哥有惡念，這疑得不錯，我是看中了二嫂，我也明白您對她的看重。可我是真沒這麼大的本事啊，我要有，這世子位還能輪得到別人嗎？」

這一番話倒是坦坦蕩蕩，起碼把一個問題給分析出來了：這密雲的爆炸，的確不可能是權季青安排的。很可能他對此事也是雲山霧罩，根本就不知道內情。

可良國公卻半點都沒有放鬆，他又再喝道：「那人頭呢？這只能是家裡人幹的事——你右手印了手印這我知道，左手伸出來，當著我的面，雙手再印一個！」

權季青雙眉一蹙，他抬起頭來望著良國公，父子兩人之間，竟是劍拔弩張，氣氛彷彿一觸即發！

第一百一十八章

良國公畢竟是權季青的老子，可說一手執掌了國公府內的生殺大權，權季青就有千般的本事，在自己父親跟前又能怎麼放肆？他沈默半晌，到底還是伸出手來，慢慢地說：「父親，就算這是我所作所為，您這樣做事，也還是小看了我。先不說左右手印一眼就能區分，這就是我做的，我會傻得拿自己的手印上一記嗎？」

他一邊說，一邊毫不猶疑，已經將手在印泥中一摁，乾乾脆脆地在冊子上留下了雙手十指紋路，用力之大，使紅泥透過麻紙也依然清晰可見。

良國公翻過一面，又拿出那張原始證物，從反面對比，口中一邊淡淡地道：「我看，這就很像是你會做的事。你一向自負聰明，喜歡耍些小手段、小花招，這種明目張膽騙過所有人的把戲，你豈不是愛玩得很？」

權季青徐徐洗了手，這會兒正拿白布細細地揩著指尖殘紅，聞言也不禁一笑。「爹，您這是不是把那凶手想得太仔細了些？誰能料到二嫂竟如此冷靜從容，居然還在血跡未乾時印出了一張手印？要知道稍待片刻，屋內熱氣出來，不說手印本身會否融化變形，可指尖的細密紋路，肯定是要融化不見的。這真要是我，我會故布疑陣，自作聰明成這樣嗎？再說，我的身手您也是知道的，哪有那個本事來無影去無蹤的，暗中給立雪院送上這麼一份大禮啊？」

他語調和氣，好像只是在和良國公嘮嗑家常。「您與其來查我，倒不如查一查雲管事，我看這件事和我無關，和他的關係，倒是一點都不小。」

這麼軟軟和和的一句話，倒像是一把鋼刀，一下就戳到了良國公的心窩子裡，他有些失措了，站起身不自覺道：「你——」

兩父子像是要掂量清楚彼此的底細一般，雖只是眼神相對，但卻好似兩人拿著武器正不斷地彼此試探，權季青含著笑，良國公帶著疑——兩邊這麼一對，倒是良國公要被動一些了。

「小雲子當時不在家。」半晌之後，良國公才蹦豆子一樣地迸出了這麼幾個字。「我打發他出去辦事了，第二天過午才回的府。怎麼，你以為他是別人安插在我們府裡的眼線，因著特別得我的寵，遇到什麼事，眾人都對他網開一面？」

「府裡上下，是有些不好聽的傳言。畢竟您也知道，雲管事從十多年前就追隨著您，到如今三、四十歲年紀了，還是那樣清秀，和您又過從甚密，時常可以貼身服侍。」權季青怡然道：「不管大哥、二哥怎麼想，兒子心底卻明白，您是要成大事的人，哪會耽於美色呢？雲管事是自己有能耐，才得到您的寵愛，雖說平日裡形跡有些可議之處，怕也是在為您辦事吧……既然當時他是被您派出去了，可見本身略無嫌疑，這件案子，倒還真成了懸案了。」

他東拉西扯，似乎句句都有所指，卻是句句都沒有說死。良國公悶哼了一聲，倒是對權季青多了幾分欣賞。「死小子，眼神還挺利……悠著點（注）吧，家裡有些事不該你們小輩管的，就不要多問多想。為人處事連這點分寸都把握不了，叫大人怎麼能對你放心？」

權季青眼睛一彎。「是──您還要對嗎？要是眼神昏花了看不清，或者喊個心腹師爺來比對也行。聽說您還問大理寺借了七、八個刑名師爺，或者請動他們──」

「去去去！」良國公笑罵。「才說你把握不了分寸，你就來現眼了不是？此案不是你的手筆，自然最好。」他盯了權季青一眼，若有深意。「也是，要真是你，那你的能耐也就太大了……我倒是把你給看得太高了一點。」

這是赤裸裸的激將了，看來，良國公雖然明面上挑不出兒子什麼毛病，可心底懷疑未滅，到末了，還是要激他一招。

權季青神色略黯。「您說我能耐不夠，我也分辨不出什麼來。畢竟我要出去自己做事，您又壓根兒不許；在家裡幫忙，管多管少，還不是您說了算？您要扶植二哥上位，現在也是時機了。父親，索性就擇日給二哥正位，我也就少了個念想，天下之大，哪裡去不得嗎？倒勝似在此處被管頭管腳，還要挖空了心思，在您跟前表現。」

這是在光明正大地問他要權柄了……以退為進，倒是玩得不錯。

「你心裡也清楚，」良國公慢慢地說。「你二哥閒雲野鶴的性子，要做這個國公爺，那太吃虧了。不說別的，就是皇上都未必願意答應，要立世子，始終是有阻礙的。你大哥三十

注：悠著點，有慢著點、小心警覺點、謹慎點之意。

多歲，才具也就是那樣了。你三哥一心要走武將軍功路子，還作著他金戈鐵馬、立馬漠南成就千秋功業的大夢，對權術一道沒有絲毫興趣。實際上現在家裡能被列入考慮的，也就是你二哥和你了……從前是你年紀還小，家裡對你的重視也還不夠，好，既然此事和你沒有關係，足見你雖過分愛好陰謀，但心思還算純正，以後家裡是不能再虧待你了……等過了年，你大哥從前管著的那些生意、家事，就交到你手上來做，也讓我看一看你的能力才具，究竟如何吧？」

一場驚風密雨、劍拔弩張的審問，峰迴路轉，到末了竟是如此收場。權季青終於露出喜色，他給良國公磕頭。「兒子謝父親提拔！」

良國公踢了他一腳。「去你的，和老子你還這麼客氣！滾吧，既然沒你的事，這件事你也別往裡頭摻和了。」

等權季青起身要退出屋子時，他又叫住了四少爺。「前兒聽你娘說，想給你屋裡添幾個服侍人，被你給辭了，可有這事？」

見權季青頷首默認，國公爺有點煩躁。「女色這東西，不可無，不可貪。再美的女人，眼睛一閉不也都一樣？給你安排通房，是我的意思，你不要和我裝傻，也不能再犯傻了。等過了年，叔墨要成親了，你也收拾出幾間房來，收用兩個小丫頭吧。你既然有心上進，就不要被這件事絆住了腳步。」

權家這個規矩，可不是這一代才作興起來的。良國公能在幾兄弟中成功上位，自然也不是省油的燈。別看平時小輩們鬧得歡，他似乎一無所知，其實大事小事，都逃不過他和他的眼線，有他在，這府裡的大弦兒就亂不了。

權季青雙眸微垂，略作沈吟，卻是出人意表，再搖了搖頭。

「沒成親前，我還是不收通房了。」他低聲說。「您別這樣看我，我不學二哥，還想著琴瑟和鳴、夫唱婦隨——爹，我眼光高，不慣委屈自己，那些個庸脂俗粉，入不了我的眼。」

究竟是眼光太高，還是心裡已經有人，真個迷戀焦氏至無可自拔的地步，良國公一時還真拿不準。季青性子偏激，認定的事還真難改。他要只是把焦氏視為仲白的一樣寶物，想要同謀奪世子位一樣，從他哥哥手裡奪過來，反倒還好了。一件物事，終究是有價錢的，他也不至於為了這麼一樣東西去拚命。

可要是情根深種，真是對焦氏用了情，那可就麻煩了……

「你二哥就算不能承繼世子之位，也依然是權家數代瑰寶。」良國公淡淡地道。「多的話，我也就不說了，你自己回去好好想想吧。」

兩父子的關係，說是冷淡疏遠，其實在幾個兒子裡，不論是從理智上，還是從感情上，良國公最為看重次子，乃是無可辯駁的事實。不說別的，只說竟能讓達貞珠入門，就可見他對次子的縱寵了。

權季青眼神再黯，他低聲道：「我知道分寸的。爹，二哥待我，也著實不錯，我不是那樣不知好歹的人。」

良國公唇邊逸出一線笑意，竟似乎根本未被這一番說話打動。「什麼事，說不管用，我只看你怎麼做吧。」

權季青再施一禮，悶不吭聲退出屋子，竟是再也沒有回頭。

良國公端坐案前，若有所思地望著他的背影，半晌後，才沈聲喚人。「把李管事叫來說話。」

李管事很快就進了屋子，這是個四十多歲的中年漢子，粗短身材、紫紅面堂，氣質很是粗獷，可一拱手一開腔，分明又是粗中有細。「老爺有事吩咐？」

「讓你去查的事，有結果了沒有？」良國公把手裡的冊子翻得嘩啦啦亂響。「老雲這一、兩年間，也就是和他的來往最多了吧？」

「倒是的確挺投緣的。」李管事從懷裡掏出了本小冊子。「奴才查閱了留檔——也不論動機理由，從去年元月開始，到今年元月，一年內兩人碰面足足有近百次，其中一道用飯的次數，則約有十次……」

李管事還在有條有理、不緊不慢地報告，良國公卻早已經摸著下巴，陷入了沈思之中……

立雪院出事，瞞得過別人，肯定瞞不過親家。權家對於焦家，一直是很尊重的，待蕙娘從焦家回來，第二天良國公親自把她叫到前院書房，一個也是和她交代一下最新進展，一個也是問問焦家的態度。

「這件事的確是有些蹊蹺。」良國公給蕙娘看了幾大疊的冊子。「闔府上下也不分當日在不在府中了，從上到下全都摁了手印，雖說手掌大小彷彿的，也有個二、三十人，但對比指紋，卻是無一相似，看來，這是外人入府所為。據刑名師爺推測，應當是江湖高手，輕功特佳，因此來去都只留了淺淺足印，甚至連牆頭落雪都沒有蹋落……在更多線索出現之前，此案怕是要懸為疑案了。」

越是高門大戶，難以解釋的事也就越多，隨著時勢變化，很多真相也許永遠都不會浮出水面。蕙娘在權仲白對她略露玄機之後，倒也是做好了準備：這麼一個組織，真要恫嚇他們二房，自然也就不會隨意露出破綻。以常規手段，查不出所以然簡直太正常了，不然，這夥人豈非搬石砸腳，他們還能混到現在嗎？

「既然一時沒有線索，也就只能多加小心了。」她的態度也並不太熱絡，算是給良國公再施加一點壓力。「其實若沒有歪哥，媳婦也算是有些功夫的人，倒不至於過分懼怕。現在就是有個孩子在身邊躺著，令人不由得就懸起心來。」

良國公也不禁皺起眉。「這事最奇怪就是這一點，來人要有這樣的本事，難道就不能把歪哥給綁走了？進出院子都沒人察覺，對付幾個乳母下人，怕也不在話下吧？」

他徵詢地望了蕙娘一眼。「任何事都有個來由的，我們權家雖然也有幾個仇人，但互相都知道一些底細，他們可絕沒有能耐夜半潛入立雪院。就有，怕也不會只扔個人頭而已……我看，還是仲白在外頭，可能是惹出一點麻煩了。他這次出去，和妳做過交代沒有？眼看就是十天沒有一點音信了，又出了這事，叫人如何能放得下心來？」

「相公走得急，沒給留什麼話。」蕙娘搖了搖頭，自然把口風咬得死緊。「當時我也以為他就是去京郊出診，您也知道，入冬後外地頻頻傳來雪災消息，多得是人凍傷凍死的……聽說楊家那位善榆大少爺，近日裡也是如常出入宮廷，想來密雲那場爆炸，肯定和他無關，和他無關，那就是和相公無關。也許是被別事耽擱住了，也是難說的。媳婦和祖父打了招呼，祖父也是暗地裡加派人手，前去尋訪了。」

「好在這幾日宮中比較安靜，也沒有傳召仲白。」良國公神色稍緩。「不然，還真無法向上頭交代，難道說他又連招呼都不打一聲，就往南邊去了？」

他倒是自己給權仲白找了幾個藉口，蕙娘鬆了口氣，眼觀鼻、鼻觀心，並不再多說什麼：在良國公的眼皮底下，她也不敢動太多腦筋。聯合夫君瞞著長輩，對一般的媳婦來說，可能是家常便飯、最自然的事，但在她這兒，這事就很有些忌諱了。長輩們看重她，就是看重她識得大體，能夠配合家裡壓制管教權仲白，這事要被覷破玄機，兩頭黏變成兩頭不靠岸，她可落不到好。

「只要人沒有事就好。」良國公又說，他的眼神落到蕙娘身上，似乎有一點笑意，這刀鋒一樣銳利的眼神，今兒也鈍了一點。雖然也還是戳人，可畢竟是包含了一點鼓勵和溫情。

「入門一年多來，妳的為難，長輩們都是看在眼裡的。吾家規矩，不同別家，兄弟姊妹間的爭鬥，也的確是要激烈一點。難為妳處處周全，雖沒把太多事交給妳去做，但見微知著，我看，妳不但是坐得穩後院，甚至連前院許多事，都能交到妳手上來了。」

雖說有強烈的補償意味，應是對未能查出案情，累得蕙娘並歪哥白白受驚的一種寬慰，但能得到當家人這麼一句稱讚，蕙娘對自己在權家的地位，也有了更清晰的瞭解和自信。她依然不動聲色，只給良國公行禮。「爹是謬讚了，媳婦才具有限，不過是盡力去做而已。能不給家裡添亂，已是僥倖。」

「哪裡是僥倖。」良國公笑道。「我冷眼看了幾個月，有妳的那一群丫頭在，國公府上上下下，一天上百件事，沒有一件不處理得妥妥當當的。即使妳暫時離開幾日，這府裡也是井然有序，再亂不起來，倒是比妳婆婆當家時，那從早到晚都得費心管事的情況，又再好了一層。妳這哪裡是管理一家的才具，我看就是給妳州縣之地，妳也都能把這一塊地方給盤活了。」

對這麼高的評價，蕙娘自然是連番遜謝。

良國公擺了擺手。「等年後，妳家務再上手幾個月，前院自然也有些事要交給妳去做的。」

他略微透露一些內部消息。「季青也是領了一些家裡的生意回去打理，也別說我偏心，二房、三房肯定都有機會……對了，還沒和妳說吧？叔墨的婚事也已經說定了，新媳婦妳應該也是很熟悉的。」良國公漫不經心地道：「就是雲貴總督何家的三姑娘……改元七年來，江南總督一位空懸日久，恐怕明年正月裡，皇上便會釋出消息，把何氏調任江南總督。正好趁著京察之年，人事上看來是要有一番大變動了。也不知老太爺心中有數沒有……不過，妳也不必著急傳信，這事究竟十成不過才得七成準，老太爺沒和妳提，也未必就不知道。等仲白回來了，妳問問妳相公，也自然就清楚老太爺究竟是什麼態度了。」

看來，權仲白在焦家養傷的事，根本就沒能瞞過國公爺。先前幾次探問，根本就只是裝糊塗而已……

可蕙娘卻無暇思量該如何補救自己在國公爺心裡的印象——是裝糊塗好呢，還是索性就坦然認錯好——她還真是被何冬熊的調令給嚇了一跳！江南總督為什麼一直虛懸？魚米之鄉、錢糧重地，又是地丁合一一策影響最大的區域，現在還隱隱關係著廣州那裡的開海之策，可以說是承北啟南、干係頗大的心腹重地，也是楊閣老楊海東藉此飛黃騰達的老巢。總督之位虛懸七年，有皇上自己的考量在，也有當地各種複雜的豪紳勢力彼此博弈的因素在，最終，還有繼任人選不能令楊閣老滿意的原因在。沒有楊閣老點頭，何冬熊這個總督根本就坐不穩……

別看老太爺現在似乎聲勢極旺，可真正心明眼亮、心志宏大的那些人，當年會服老太爺的管，卻未必會服王光進的調遣。樹倒猢猻散，食盡鳥投林。恐怕在很久之前，他們就已經開始自尋出路了……

「看來，明年二月京察，真是有一番熱鬧了。」蕙娘一翹唇角，由衷地道。「爹手段通天、智謀過人，媳婦真是佩服。看來，不論是仲白還是我，在長輩跟前，都還是錯漏百出，該學的事兒，還有很多呢！」

良國公對她的表態也很滿意，他長長地嘆了口氣，罕見地露出了一點真情實意。

「家大業大，不容易啊！」他說。「我今年都六十多歲了，孩子們還是這也不行、那也不行的……不過，兒子不行，還得看媳婦。妳看孫家，要不是有侯夫人挺著，早幾年就倒下去了。這男主外、女主內的屁話，從不是吾家規矩。焦氏妳只管好好做事，別的事，我們心裡有數。」他站起身來，輕輕地按了按蕙娘的肩膀，又壓低了聲音。「這一次，事我為他平了，以後，深更半夜，帶著燕雲衛去劫車的荒唐事，再不能做了。仲白性子桀驁，最不服管，這話我說了他不會聽的，還是得著落到妳頭上來。」

蕙娘再忍不住，終於露出驚容，可見良國公神色安然，毫無解釋的意思，已經舉步似要歸座，也只能將重重疑惑藏在心中，恭謹地道：「媳婦一定把話帶到，絕不讓他貿然涉險了。」

良國公微微點了點頭，舉起手倦怠地揮了揮，便閉目逕自沈吟起來，再不曾說話。

第一百一十九章

既然權家長輩，似乎對權仲白的所作所為心知肚明，所查不明白的，也只有丟人頭這麼一件事，那麼餘下的工作其實也就好做了。五、六天後，燕雲衛送來消息，說權仲白實在是被困山中，為大雪包圍嚴實，正在設法營救出來。大年二十八那天，權神醫便被封錦的幾個親衛送回了國公府，正好趕上權家開宗祠祭祖的儀式，這時候，僅從肉眼看來，已是看不出一點受傷的痕跡，就連嚴重扭傷的那隻腳，都行走自如，毫無一點異狀了。

對整個權家來說，他自然是令人擔足了有小半個月的心，權夫人也不知是信足了燕雲衛送來的消息，還是已從國公爺那裡得知真相，只是表面功夫做得好，總之是憂急溢於言表，將權仲白重重數落了一頓，又細細盤問他可曾凍著、餓著云云，這才提起人頭的事。

權仲白自然大吃一驚，免不得又要瞭解案情。他的驚訝倒是貨真價實，為免露餡兒，蕙娘並未再往閣老府送消息，焦閣老自然不會多事多嘴，這夜收人頭的奇事，權仲白還當真是頭一回聽聞。

瞭解過案情後，他自然要去看看人頭和掌印，在外就又忙了一天，等回了屋子梳洗過了，蕙娘抱著歪哥往他懷裡一放，半是玩笑，半也是認真地道——

「都快一個月沒見了，也不惦記著兒子，才回來就不著家。歪哥，我們打他！」

一邊說，一邊還真捏著歪哥的手去碰權仲白。可歪哥半點都不爭氣，見父親回來，正是開心時候，小拳頭到了父親臉上，便化作了嘻嘻哈哈的撫觸，一邊還嫌母親握著他的手，讓他沒法衝父親要抱，倒是朝蕙娘嗚嗚嚕嚕地發起了脾氣。

蕙娘落了個無趣，只好鬆開手讓歪哥和權仲白父子膩歪。權仲白快一個月沒見兒子，的確也想得不成，臉都要埋到兒子的小肚子裡了，把歪哥逗得格格直笑，手舞足蹈地在父親膝蓋上撒了半天的嬌，乳母要把他抱走餵奶，他還發脾氣呢！

兩夫妻雖然都算疼愛兒子，但權仲白自己是醫生，最講究飲食有序，歪哥從襁褓中起，每天吃奶是有定時的，因此當爹的雖依依不捨，卻還是令人將他抱走，然後自己來審問蕙娘。「妳不但上回過來不說，還和老人家打了招呼，一點口風都沒露。就這麼想讓我安心養傷？」

「你就是知道了又能怎麼樣？家裡能查的也都查過了，的確查不出個所以然來。對其餘不知情的人來說，頂多是多一個不解之謎而已。我們自己心裡清楚，這是那夥人給的警告，那也就夠了。」蕙娘道。「那人頭若是送給你的，倒可能還蘊含了別的意思。你去看過了，看出什麼來沒有？」

「那是毛三郎的人頭……」權仲白沈吟著說。「當時在雪地裡，我最後一個翻檢的就是他。當時天色暗，我和他也就是幾年前混亂中匆匆幾面，一時沒想起來，養病時琢磨了好久，這才肯定是他。當時趁著混亂，他還想刺我一刀來著，只是爆炸氣浪過來，我才看見他的動作，他就被沖到遠處去了。」這個威嚇，顯然使權神醫滿是心事，他眉頭緊蹙，慢慢地道：「只是他當時飛走的方向我看見了，那裡距離爆炸中心已經很遠，他未必會被炸死。事後他們在當地搜索，也沒見血跡殘肢，我還以為他是跑了呢，沒想到人頭卻出現在院子裡。這又是哪個意思……我倒有點不明白了。」

仔細推算事發當日的時間線，凌晨天還沒亮時，權仲白在密雲引發這場事故，因事發地在山坳之中，天黑路遠，消息可能是到了當晚才傳回京裡，而僅僅差了一日一夜，毛三郎的人頭就出現在立雪院中。可見這幫派在過去的十二時辰裡，不但已經知道馬車出事，查清了權仲白牽涉其中，並且還能巧做安排，將人頭送進國公府裡，其能耐、其動機，都令人費解。

權仲白和蕙娘對視了一眼，蕙娘低聲道：「爹很有可能也是知道他們存在的……他說，這事兒他幫你給平了。」便將自己和良國公的一番對話，毫無保留地交代出來。

權仲白聽得也是眉頭直皺，卻並未和蕙娘擔心的一樣，要拂袖而起，去找父親問個清楚——他是聽得心事重重，可卻半點都不吃驚。

蕙娘看在眼裡，自然有自己的猜測，她不說話，只張著一雙眼，望住權仲白不講話了。

權仲白倒也沒有故作神秘的意思，他本身不慣作偽，會作出此等表現，自然也料得到妻子的反應，先不多提，無非是顧忌人多口雜。

吃過晚飯又和歪哥玩了一會兒，等兩人洗漱了上床夜話時，權仲白便向蕙娘解釋。「這個幫會，從前應該是支持大皇子的……我們權家和他們有一定的來往，倒也不足為奇。我一直疑心，當年我去西域找藥的時候，跟從的護衛裡，就有這幫會的人。我們在西域雖然屢遭奇險，但始終沒有被北戎勢力大舉追殺，背後也許就存在著他們雙方的利益交換。爹起碼是要向他們表明態度，把權家給摘出去的。」

權仲白再怎麼不情願，他身上也是打著權家的烙印，被迫為權貴服務之餘，自然也有許多便利。比如這件事，國公爺就是再惱怒，也都會給兒子擦屁股的。蕙娘就是想不明白——

「爹平時不顯山不露水，每天似乎也就是和一群清客唱和詩歌、叫叫堂會、宴請些老親老友們，過著逍遙的日子，可私底下怎麼就這麼心明眼亮？說了何家的親事，這我不吃驚，何家有意往楊家靠攏那是大事，眉來眼去的時候，肯定不會叫我們知道的。甚至連密雲的事，他能鬧明白，這也不是沒有解釋，肯定是對方軟硬兼施，一邊恐嚇一邊就上門來問問情況。我就是搞不懂，怎麼他連你在我們家養傷都一清二楚……我可是沒露一點口風，難道祖父現在辦事，也沒有從前那樣牢靠了？」

「進進出出，從封家搬遷到焦家，動用的都不只閣老府的人馬。」權仲白倒不太吃驚。「就是老爺子手底下的人沒有任何問題，燕雲衛那兒都難保乾淨。尤其這又是我的事，爹和燕雲衛多年合作了圍追堵截我，有點交情也很正常。妳別風聲鶴唳，把什麼事都想出重重玄機了。」

到底是兒子，老子神通如何，他知道得肯定比蕙娘清楚。蕙娘經他這麼一解釋，多少也放下心來。她嘆息道：「迷霧重重啊……要先把水給澄清了，簡直是比登天還難。這案子，我看短期內是不能查了，要查，也等我尋訪兩個高手回來坐鎮，起碼先把歪哥護住再說。」

有了兒子，固然給蕙娘添了籌碼，給權仲白添了後代，可在更多時候，歪哥也成了兩夫妻大步前行的阻礙。

權仲白面色數變，沈吟了半晌，終究還是無奈地道：「妳說得是，他們既然會拿歪哥來恫嚇我們，可見也的確是被惹惱……反正要尋的東西也到手了，我有的是辦法把他們查個水落石出，這件事，先不急於一時吧。」

「年後朝廷就要有大變動，水已經夠渾了，你還往裡攪和，恐怕掀起的風浪，那就太大了。」蕙娘幽幽地道。「這還都沒算宮裡呢……孝期已經過了一半，皇后病情見好，要是孫侯能夠回來，少不得又有一番腥風血雨。就是現在，孫家也已經很著急了。皇上越來越看重、提拔牛家，前些天還有風聲，年後，牛德寶也要封爵了……」

牛德寶是鎮遠侯牛德玉的親弟弟，如果他得到封爵，那牛家可真是了不得，一門兩爵，在大秦可真是獨一份兒。這在孫家來看，豈不正是給皇次子培養羽翼嗎？而與此同時，拋開楊家、許家、衛家這樣拐了彎的親戚，孫家唯一最出息的孫侯，可是長年在外，一直都沒有消息……

就在這當口，焦閣老偏又病了！打從正月初三開始，每日裡就是不思飲食，皇上派去的兩個太醫請的脈，都說是年老氣衰，自然所致，並無半點病症。等到正月十三，勉強辦完了小孫女的婚事，這衙門還沒開印，皇上還沒上朝呢，焦閣老已經起不來床了。就連王光進被提拔進京的調令，都沒能令他緩過勁來。

從正月二十開始，他孫女婿權仲白權神醫，到他的徒子徒孫們從全國各地緊急選送來的當地名醫，以及皇上派來的老御醫，三、四十名醫生全都雲集焦家，輪番給老太爺把脈，卻是無人能挽回老太爺的病勢：他這病，單純就是老病。人老體虛，到了自然過身的時候，茶飯不思、日漸衰弱，也是很正常的事。甚至以他老人家的年紀來說，這還算是白喜，連悲哀都不必悲哀，八十多歲，實在也是活夠本了……

按大秦慣例，這診出病勢幾乎無可挽回之後，焦閣老就上了告老疏：到了年紀就該告老，大秦一百多年，還沒有哪個首輔是在任上終老的。現在他已經無法視事，而誰知道至壽終正寢，還要拖上多久？國事卻是一天都拖不得的，首輔重任，可容不下尸位素餐之徒。

胳膊擰不過大腿，人意難以勝天，守舊派雖遭受重擊，本來的大好局勢，硬是被老爺子給病出了喘息之機，可卻也無可奈何，只能更緊密地往老爺子指定的繼承人王光進身邊靠攏。除了那些多年來常來常往，交情深厚的學生，以及日夜守護在老太爺身邊的孫女婿權神醫之外，焦家終於是漸漸地冷清了下來。

皇上原執意不許焦閣老致仕，並一再加以殊恩，以珍貴藥材見賜，但奈何焦閣老病勢沈重，進了二月，連蕙娘都搬回焦家伺候老人家，才剛新婚沒有多久的王辰夫妻，也奉父親之命進焦家常駐。對外人來說，這又是個沈重資訊：看來，老人家可能是挺不過這一關了。

命都要沒了，再高的威望又有何用？就在京察前夕，皇上終於准奏致仕，以太師封贈焦閣老，並體其家情，御賜宅邸田土，令焦閣老在京中養老，不必回原籍居住，又以焦閣老為國有功，追封其子焦奇為大中大夫等等，一應封賞不及備載，種種殊恩亦難以細數。總之，這個從十年前就年年嚷致仕的老首輔，在生命的盡頭，終於是如願以償，卸下了這個代表了無盡權力與無盡責任的頭銜。

因焦閣老不必回鄉，也就沒有餞別，又因為老人家病情沈重已難見客，他的徒子徒孫們除了侍疾以外，上焦家來似乎也沒有別事可做。可老人家都已經是這副德行了，據說連諡號都已經擬好——就是伺候得再好，老人家還能記住你、提拔你嗎？就算老人家日後緩過來了，可京察就在眼前，有些好處，現在撈不著，可就一輩子都撈不著了……

因此，從老人家起病到致仕，不過一個多月的時間，焦家已是儼然變了天地。就是正月裡，來拜年的車馬，還能堵出一整條胡同呢，現在，除了權家、王家的車輛之外，一整天再不會有第三輛車了……

蕙娘跪在地上，虔誠而莊重地給祖母牌位行了禮，又再默禱片刻，這才站起身來，將手中餘下的這支香，插進了鋥亮的銅香爐裡。

「您還想給誰上香？我來替您上。」她一邊擦手一邊說。「這才下床沒有幾日，您可不能任性。沒聽見仲白說嗎，跪下起來，一起猛了就容易頭暈……」

權仲白、王辰、文娘三個小輩，都站在老太爺身邊，雖然口中不提，可面上認同之色，卻是不言而喻。老太爺環視孫女、孫女婿，見幾人氣氛熙和，顯然關係融洽，尤其文娘站在王辰身邊，面上隱帶紅暈，喜樂安詳之意，自然散發出來，他不禁欣然一笑，從善如流。「好好好，現在這個家裡，我說了不算啊，孫女兒們、孫女婿們說了算！」

話雖如此，他到底還是給母親、妻子牌位鞠躬上了一炷香，這才在蕙娘和文娘的攙扶下出了小書房，在一暖房的青蔥綠意中緩緩徜徉：今年暖得晚，二月裡，花還只能開在暖房，花月山房的桃花是一朵都沒有開。也就是這幾天裡，日頭才漸漸地暖將起來。

「人情冷暖，真是所言不假。」即使是老人家，都不禁有所感慨。「才只是去年臘月裡，還有人送了南邊的梅花來。現在百花齊放時，群芳薈萃的，卻不是我老頭子這裡，而是楊家的後花園嘍！」才這麼說了一句，他嘿嘿一笑，又欣然道：「不過，我也有許多年沒有閒情逸致，能夠同孫女兒們在一處賞花啦！」

他攆王辰、文娘。「你們小夫妻，才成親沒有多久，不要老在我身邊伺候，這院子裡處處都是奇花異草，不去尋芳探秘、惜取春光，更等何時？」

這對小夫妻面色微紅，王辰還要客氣。「祖父說笑了——」

文娘卻殊為不客氣，拉住王辰的衣袖，生拉硬拽地就把夫婿給拽走了。

老太爺也不要權仲白和蕙娘攙扶，自己負手在院中踱步片晌，又問蕙娘。「最近一段日子，府裡沒有什麼麻煩吧？」

「有我們在家，還有誰不長眼？」蕙娘輕描淡寫地道。「就有些勢利眼的小官兒，想要興風作浪的，王尚書出面，也早都給打發走了。」

就算退下來了，就算人丁稀少，可有王家、權家照看，也沒有誰敢和這兩家為難的。老太爺滿意地點了點頭。「光進是要比冬熊懂事一些。」

何冬熊調任江南總督，自然要回京述職，不過，和王光進不同，這一次回京，對焦家他是一點表示都沒有。

這還是老人家得到消息以後，第一次提到何冬熊的名字……蕙娘看了看權仲白，見他面色木然，似乎根本就不懂老太爺言下之意，不禁白了權仲白一眼，才輕聲道：「良禽擇木而棲，他是有雄心的人，改換門庭，也是很自然的事，您不必往心裡去。」

「我何必往心裡去？」老太爺柔和地說。「傻妮子，何家家教如此，多添這門親家，對妳來說是福是禍還很難說。對這個沒過門的弟媳婦，妳可要拿出自己的章程來。」

話點得這麼明，權仲白就是想裝糊塗都不能了。蕙娘立刻感到他的眼神對準了自己的側臉，好似兩個小火把，灼灼地烤著她的臉頰。

以權神醫的作風，會秉持什麼態度，幾乎是不問可知。蕙娘無奈地嘆了口氣，輕聲道：

「我明白您的意思……等婚禮過後，我想和仲白回沖粹園住一段時間。」

第一百二十章

何總督難得回京述職，又是走馬江南，他肯定有很多話要對皇上說、很多忠心要表。最起碼對江南現存的幾大問題，要拿出自己的一套來，如若只是去江南任上熬資歷、拍水花的，以皇上的作風，只怕這個江南總督，也是做不久的。

也因此，在二月這場轟轟烈烈的京察風暴中，原本長年訪客稀少的何府一下就熱鬧了起來。

派去何家請安的婆子回來給蕙娘描述。「不只是楊派想和他套近乎，連咱們焦派好些元老名宿，似乎都暗暗地瞅著他們家呢。現在是人心浮動，他們家倒是比王家要熱鬧得多了。」

因何總督這番上任江南，是預備把兒女一道帶過去的。除了他已經中舉、正在讀書備考的大兒子何芝生之外，次子何雲生、幾個被送回京城給正太太養活的庶女，都要跟著老爺一道下江南去，和在他身邊養活的那些庶子並姨太太們會合。為免山長水遠，發嫁不便，新娘子在路上受苦，叔墨和蓮娘的婚期定得很近。等蕙娘伺候完老爺子，三月中回歸權家的時候，何家已經派人把嫁妝都送來了，權夫人領著她那些丫頭，比往常少費了不少心機，就已經將婚事處處都預備妥當。蕙娘在與不在，倒是都不著緊了。

權夫人對她手底下那些各有神通的丫頭們也是讚不絕口，聽說蕙娘想回沖粹園住一段日子，她沒有表態，倒是先玩笑一樣地說：「妳人回去了不要緊，這夥可人的小丫頭們可得留下。由儉入奢易、由奢入儉難，要我再費力巴哈地和那些刁鑽的老婆子打交道，我可受不住這份罪。」

說是過了年，前院有差事要交給蕙娘來做，可從正月裡老太爺病了，這話就沒再聽長輩們提起。當然，那也是因為焦家人口少，肯定得先讓蕙娘回家服侍老人家，可現在老人家的病也「好」了，權夫人卻還一句話都沒有。良國公就更別指望了，權家前院那個小花園裡，從正月到現在就沒有斷過堂會，權四叔去年寫了好些新本子，不是麒麟班、春合班，就是鳳凰儀、吉慶班在唱，還有權家自己的家班……良國公也是樂不思蜀，蕙娘都有一個多月沒和公公照過面了。

她倒是經常聽說權季青的消息，現在權季青也算是挺威風的了，掌管了家裡在京城的幾處生意不說，前院凡有什麼事，都安排他去操辦。這還不算，聽說良國公和老親老友們敘舊頌春的時候，也時常把他帶在身邊——這還都是明面上的，私底下，權叔墨都說上親了，長輩們肯定在給他尋訪婚事呢不是？權叔墨說了何蓮娘，權季青要說個秦家的閨女那也不錯，秦尚書這幾個月肯定也是要入閣的，閣老的小女兒，財勢都有了，而且秦家人口多、親戚多，和楊家、許家又是姻親，怎麼都比她一個致仕首輔的孫女有底氣不是？府內已經悄悄地有了流言，權夫人最近正相看著秦尚書家的女兒呢，若這不成，還有通奉大夫鄭家的閨女……

官場上的事，從來都是人走茶涼，要把權夫人想得噁心一點，她現在是順水推舟，把蕙娘往沖粹園攆了不說，還想奪走她使喚得最好的管事班子們。這些丫頭要都不聽蕙娘使喚，她在權家，可不是立刻就孤立無援，再興不起什麼風浪了？

不過，蕙娘一般都把人往好處想的，她笑著說：「娘體貼我，捨得放我回沖粹園歇息幾個月，我還有什麼好說的？除了雄黃、石墨我是一天都離不得之外，別的丫頭們，您看上了誰，就只管挑吧。」

權夫人倒也沒有過分，就是留下了幾個分管具體家務的丫鬟，綠松、石英和孔雀三個心腹，她自然不會要走。正好三月、四月權仲白都忙，蕙娘除了偶然幫著權夫人預備權叔墨的婚事以外，餘下有點時間，也就是進宮走走，陪著婷娘說說話之餘，也給後宮幾個主位問好請安。

有權仲白在，這些千嬌百媚的妃嬪們，就算會對任何人不客氣，也都不會對她不客氣。從孫皇后到牛淑妃、楊寧妃、牛賢嬪，誰見了蕙娘都是一張笑臉，誰都樂於拉攏她進自己宮室裡坐坐。連瑞婷都跟著沾光，雖至今不過承寵一次、兩次，可在這最是逢高踩低的後宮中，她的日子過得也還算舒服。起碼不會有人無端剋扣了她的分例，分下來的綢緞水粉，也還足堪使用。

進宮次數多了，兩位年輕少婦自然而然也就親暱了起來，婷娘偶然提起後宮中的爭鬥，字句不多，可真是句句見血。「就是上個月，王美人因為在牛娘娘經過的時候，也不知怎麼，竟未跪禮，轉眼就被挪到景麒閣後頭去了，說是屋子漏雨翻修，修好了就叫回來。可這什麼時候修好，那就真是說不清了。」

雖說後宮中有兩個牛娘娘，可行事這麼高調的，也就只有牛淑妃娘娘了。蕙娘不免嘆了口氣。「皇后娘娘現在是無心收拾她，不然，這件事也真是兩頭都不落好。」

「皇后娘娘哪有這個心思……」到底是在宮中居住，又有一定的臉面，有些事，婷娘硬是知道得比外頭人清楚。「二哥這兩年來，凡是進宮就一定要到東宮去扶脈開藥，坤寧宮也沒有少跑。我們底下人都猜呢，肯定是從前那事兒，讓東宮虧了身子……好在年紀還小，這兩年，娘娘把他就拴在身邊，到底還是將養回來了。可身子好，又有什麼用？出閣讀書都有多久了，和皇次子比，還是……」

也不知什麼時候立的規矩，皇子從三、四歲起，一般是宮中自行預備的那些知書達禮的太監中人教著認字，半學半玩，到了七、八歲才正式進御書房學習。當然，那些有想法，為將來奪嫡立嗣站隊大潮做準備的人家，也不會等到必須作出抉擇的那一天，才著急上火地打探太子的消息。老太爺是年紀實在太大了，對這種事根本就沒有興趣，不然，也肯定會過問太子的表現的。蕙娘只知道太子在讀書認字上，也就是中人之姿，甚至連天性聰穎都說不得，但卻並不知道皇次子在這事上的表現。「才剛五歲的娃娃，他哥哥今年可都十一、二歲了……」

「就因為才剛五歲，所以才顯眼出奇。正給他講《孝經》呢，說了半個月，已經倒背如流，皇上都考不倒。皇上一高興，讓說《論語》，一個晚上的工夫，就背得了十篇，要問意思，也能囫圇說個所以然了。」婷娘備細告訴蕙娘。「我在楊娘娘宮裡作客，楊娘娘還說，她們家的皇三子，就少那麼幾個月，現在連自己的名字都還不會寫……」

蕙娘撐著下巴，不免微微笑。「牛娘娘這個人，也真是我行我素，很有自己的風格。」

牛淑妃的確一向是活得很簡單，也就是因為她的簡單，反而有點無懈可擊的意思了。婷娘說：「牛娘娘最近很關照我，今年春天由她分來的綢緞，確實是比別的姊妹們都要更好。」

她走到炕邊，開了櫃子，扯出一截布料來給蕙娘看。

後宮宮禁森嚴，沒有當權者的配合，要給宮中人送點東西，並不容易。這也是旱的旱死，澇的澇死。似牛淑妃、牛太后，好像可以把一個大活人送進宮中藏上許久，可很多並不當紅的妃嬪，別看父兄在宮外也是封疆大吏，可她們自己的吃穿用度，比在娘家時一個丫鬟所享用的還不如，也是常有的事。婷娘手裡扯著的這疋古香緞，確實是好，花色新、料子好，連蕙娘都挑不出太多毛病來，按說這都不該是美人分得的分例，這種品次，就是分給嬪位、妃位們都不虧心的。

「淑妃娘娘還說，」婷娘又道。「家裡也是多方打探過了，總覺得我們家和孫家，來往也不是很頻密，我們家又沒有承孫家的情，二哥宅心仁厚，一片丹心是向著國朝，真是令人欽佩，可也要善自保養為好，這次次進宮都上坤寧宮打轉，別說她，就是皇上知道了，心裡恐怕也不是沒有想法。」她不禁淺淺一笑，怡然又道：「牛家人也是別出心裁了，從來這種事，都只有宮外的娘家走權家路子的，也不知怎麼，他們卻讓娘娘和我打招呼。」

蕙娘卻是心底雪亮：權家規矩，媳婦不大出門應酬，牛家人就是想和她接觸都找不到機會。他們很可能是已經摸透了權仲白和權家上層的矛盾，明知權仲白幫助孫家，和本家無關，因此是直接讓婷娘傳話，把功夫做到了她身上，想請她出面，讓權仲白袖手旁觀，以便給牛家讓出道來，一舉扳倒孫家。

也是，隨著孫侯遲遲不歸，恐怕本來沒有想法，都要多出想法了，更別說牛淑妃上輩子燒高香，還生了這麼一個好兒子……

「牛娘娘也就說這麼多了？」她問婷娘。「別的事，竟沒有多提？」

婷娘會意地點了點頭，示意蕙娘自己明白她的意思，隨後，又輕輕地搖了搖頭。「娘娘就說了這麼幾句話。」

只有要求，沒有報酬……牛家的作風，還是這麼硬，這已經不是交換了，卻是大有脅迫的意思，若權仲白不從命，牛家接下來，可能要在他身上找點事兒了。

蕙娘想想也覺得好笑。「唉，妳瞧這事兒鬧的。」見婷娘大有擔心之意，似乎又要表表忠心，她忙道：「不必多說，這話，我肯定給帶到。可妳二哥做事，從來都是自把自為，聽不聽得進去，可不好說。我雖有心助妳，可在這件事上，卻也不敢打包票的。」

婷娘欣然道：「嫂子有這份心就好了，別的事，我自然有法子應付。」她又握住蕙娘的胳膊，坦然道：「二哥對我似乎有些成見，雖然時常可以入宮，但到我這裡來的次數也並不太多。嫂子能把我這意思，向二哥說說那就好了。我也不圖二哥幫我什麼，只是在這宮裡，人和人間從來都沒有一個真心的笑，只盼著能多和人說說話，也算是解解寂寞吧。」

蕙娘還能說什麼？只好也承諾。「一定和妳二哥說起。其實他也不是對妳有成見，一來是忙，二來多往妳這裡走動，犯忌諱……」

從宮中回來，還沒歇夠腿呢，宜春票號又派了小少爺來給她請安——喬門冬大爺的幼子，今年才七、八歲，往後打算在京裡長住，主要是貪圖京城文風鼎盛，方便小少爺吸納新學。小少爺被一個健壯的乳母抱在懷裡，怯生生地給她請過安，心腹管事就湊上來了。

「其實，是有事想託您說說情。都說這楊家善榆大少爺的算學之術，雖是天下第一，可究其根本，還是從江西李國蘭先生那裡學的本事。楊少爺現在繁忙得很，況且也沒聽說有收徒的意思，倒是李先生在京郊白雲觀中養身，聽聞膝下是有三、五個徒兒的，能否請二少爺同楊先生打個招呼，將我們家小少爺轉介到李先生門下……」

這樣的小忙，當然是要幫的。蕙娘欣然答應，又關懷、過問了喬小少爺在京城落腳的瑣事。

雙方談了片刻，那管事又給她打眼色，並奉上喬大爺的一封書信，趁著蕙娘看信的當口，他在一邊畢恭畢敬地道：「這也是沒有辦法，自從年後，盛源的人和瘋了一樣，千方百計地給找麻煩。尤其就在蘇州，雙方已經是打了幾個來回，咱們是仗著老字號的名譽，以及和當地府太爺的交情，這才勉強給頂了下來。可您也知道，蘇州是總督大人的轅門所在，也是宜春號在南邊的根本重地……」

餘下的意思，還用多說嗎？何冬熊在老太爺處遇冷，如今轉投楊門，對宜春號未必還有什麼好臉色。喬門冬一個是未雨綢繆，為將來著急，還有一個，也有衝蕙娘發脾氣的意思：當時讓妳給楊家分幾股，妳不肯，現在麻煩來了，可老太爺卻偏又下了臺，這會兒有了問題，那就妳來處理吧！

「盛源號的動作真這麼大？」蕙娘有點吃驚。「這也太不給面子了吧？你這話若當真，我可要直接去找王大爺說話的。」

「王大爺，王大爺那恐怕也頂不得真，他畢竟不是盛源號的股東……」那管事的輕聲嘀咕。「小的聽大爺說，王尚書要是想管，那盛源號根本都不會那麼凶……」

這話也是言之成理，王光進這一遭爭輸了吳家，最終只得了禮部尚書的位置，雖然也是高位，但和「天官」吏部尚書相比，又有一定區別。他自己還需要盛源號的全力支援，有些事上才能和吳家一爭，恐怕也是巴不得盛源號的規模再擴大一點，他的錢袋子再鼓一點，事情沒鬧得太難堪，也就睜隻眼閉隻眼，一推三二五了……

蕙娘沈思了片刻，這才解頤一笑，欣然道：「話雖如此，可你們不拿出證據，讓我怎麼說呢？還是讓大爺來京一趟吧……牛家那裡，也要打打招呼，一年那麼多銀子往裡塞，怎麼也得見點成效不是？拿人錢財，替人消災，該出頭的時候，還是不能軟。」

得此一言，那管事的自然精神大振，當下和蕙娘又密議片刻，商定等權家行過三房婚禮，諸事收歇時，喬門冬同李總櫃都會一同進京，和蕙娘共商日後宜春號發展的方向。

家裡、宮裡、商號裡，大事小事，真是無日無之，好在除了宜春號之外，焦家其餘生意，大本營都在京城附近，尚且還無人敢冒犯閣老兩位親家的威風，當然清蕙自己的那點陪房就更不用說了。這邊遞話、那邊打招呼，得了閒還要和權夫人、太夫人打打機鋒。進了五月，歪哥辦了週歲宴，權叔墨也娶了何蓮娘，婚禮自然操辦得熱鬧體面，這都是閒話，無須多提。等婚後行了三朝禮，何總督拖家帶口下江南去了，這邊何蓮娘換了新娘華服，挽著蕙娘的胳膊，唧唧呱呱地打探起權家長輩們的愛好……蕙娘終於可以回沖粹園去歇一歇了。

第一百二十一章

打從前年冬天回去以後，一年半的時間，連權仲白都沒回園子裡住——畢竟自歪哥出生，大事小情就沒有斷過，不是家裡不消停，就是宮裡病患連連，到後來蕙娘根本分不開身，就連跟著權仲白挪移、不斷從全國各地趕來求診的病患，都曉得這一年多來，找權神醫，那必須得往國公府去。

雖說只住了小幾個月，但蕙娘對沖粹園是有感情的，在立雪院那稍嫌逼仄（注）的院子裡住的那一年半，對一般人來說，是雕樑畫棟、富貴豪華，可對蕙娘來說就覺得委屈。就連歪哥，也都顯然更喜歡沖粹園，才一進甲一號偏廂，他就脆生生地喊：「涼、涼。」不知道的人，還以為他連涼熱都會說了呢！

倒是廖養娘一聽就明白了。「這孩子，一高興就喊娘，真是再改不了。」

孩子大了，真是天然就親近父母，歪哥從九個月起，懂得認爹娘了，每天不在母親身邊待足一、兩個時辰，他是不肯干休的。前幾個月蕙娘老回焦家伺候祖父，小娃娃見天地就是哭，眨巴著大眼睛，見了人就要「涼」。可偏偏為怕過了「病」氣，他只能待在權家，這孩子記性強，等蕙娘從焦家回來了，他就特別地黏人，每天睜開眼看不到蕙娘在身邊，立刻就

注：逼仄，相迫近、狹窄之意。

鬧著要哭。

蕙娘對兒子，從前是見到覺得煩，在焦家那一個多月，見不到了，倒是記掛得慌，雖明知歪哥一天吃奶睡覺，那都是有定時的，可也不自覺地惦記著他的飲食起居。尤其歪哥現在陸續開始長牙，時常就會發燒，豈不更讓做娘的懸心？雖說有權仲白這個大神醫照看著，可只要住在立雪院裡，蕙娘的確就不大放心得下，直到回了沖粹園，聽見歪哥在裡屋鬧騰要娘的聲音，她才露出笑來，拉著權仲白的衣襟，睽違多時的撒嬌語氣出來了。

「瞧你，成天不著家，兒子只曉得喊娘，都不知道喊爹……」

她卻不立時進屋去看兒子，而是握著丈夫的臂膀，向他介紹兩個容貌平凡、作寡婦打扮的青年婦人。「來先見見大王先生、小王先生……兩位先生從滄州過來，不辭路途辛勞，高情厚意真是可感，你可不要當作是一般下人，隨口使喚了。」

權仲白在風度上自然無懈可擊，他掃了蕙娘一眼，略略一欠身，很客氣。「勞動兩位先生了，園子裡地方大，沒幾個高人照看，的確是放不下心。」

「俺們來了也有小一個月了。」兩位王先生對視了一眼，大王先生一張口，就是樸素紮實的河北土話。「這園子雖大，可隔鄰就是皇上家的園子，瞧著那些軍爺夜裡上值，連這裡也跟著巡邏的，倒是安定得很。這一帶也太平，道上有名的幾霸天，都不往這兒走道，倒是把俺們給閒的！好在地方大，管家也客氣，真是享盡了人間的清福，巴不得能多住幾年再走呢！」

到底是習武人家，說起話來直接實在，權仲白不禁露出迷人笑容。「留妳們多住幾日還來不及呢！愛住多久住多久，只管安心。」

蕙娘也和兩位王先生應酬了幾句，權仲白見她態度和藹、語氣親熱，與平時交際時的作派迥然有異，也是暗自有些好奇，等兩位王先生走了，兩人進屋去哄歪哥時，歪哥卻又不要爹娘了，自己捧著腳丫子，嘻嘻哈哈地要往嘴裡塞。

「妳對這兩位先生，倒是格外客氣。」他便和蕙娘說閒話。「花了多少錢才尋訪回來的？是預備給歪哥帶在身邊？」

「一個月一百兩銀子，花費倒也不大。錢其實都是小事，王家並不缺錢，能請動她們的還是人情。我的授業恩師出面說了項，又硬生生將王守備拔了半級，族長出面，這才請過來的。不然，人家雖守寡，可始終是主子身分，閒來無事，為什麼要拋頭露面地，在我們家裡討生活？」

蕙娘在屋內來回走動，時而察看頭頂天棚，時而又踢踢牆角，權仲白這才留意到，甲一號的屋子結構，不知何時竟悄然做了調整！雖然屋內陳設沒變，可這屋子已經是內牆高聳，堂屋和東西兩進套間，全都各自有一根大樑，天棚不再相通，進出的偏門也似乎都被堵死了，就連門扉都被加厚加固，只要一關起門來，屋內說什麼，外頭是一點聲音都聽不著，哪怕就是被蟊賊闖到院子裡了，這門一關、窗子一闔，不論是想吹點迷香，或是親身闖入屋內，也都不是什麼容易的事。

「這是什麼時候改建的？」他對兩位王先生又失去興趣了。「嘿，這麼大的動作，妳也不和我說一聲。」

「歪哥出世後就改了。」蕙娘說。「和你說了要改改屋子的結構，你當耳旁風，只應不說話的，還要我說什麼呀？」

權仲白這才想起來，蕙娘是和他提過，要改改甲一號的布局，他當時還以為是要改過家具陳設，自然也就隨口答應了，沒想到清蕙卻是乾坤大挪移，把她在自雨堂的屋子給硬生生挪到了沖粹園裡！可能在去年臘月驚魂後，又換過了門窗，倒是把甲一號經營成了這麼個固若金湯的小堡壘似的。

他有些哭笑不得。「難怪妳這麼想回園子裡住，原來是應在了這裡……都說江湖走老，膽子越小，妳雖沒有行走過江湖，但卻是我見過最怕死的人了。」

「這世上我比誰都怕死」這番心底話都說過了，蕙娘也就大方受落。「自從有了兒子，我就更怕死了。就光是為了這個，也值得回沖粹園來。更何況，我還驕奢淫逸、貪圖享受，沖粹園裡光是一個馬桶，就勝過立雪院好多了。能回來，我當然要回來。」

不過就是老人家往下退，朝廷人事有一番變化，外加叔墨說了一門親而已，府裡尚且無人與她為難，至少在權仲白所知的範圍內，長輩們是連一句重話都沒對她說，更別說給什麼委屈受了。新婦過門這才三天，要說就對嫂子出招，那也是沒有的事，連她的為人秉性，權仲白都尚且一無所知……當然，他也不是不明白長輩們給說何家姑娘的意思。父親一向都是如此，在任何時候，他都不喜歡只有一個選擇。可按清蕙的性子，她不像是會不戰而退的人，這會兒怎麼說，也應該醞釀著如何得體大方地收服三弟媳，借勢為他的世子之路再添一把柴火，連理由都現成擺在那裡了：當弟媳的，肯定要服嫂子的管教，才過門就蛇蛇蠍蠍的，大戶人家體面何存？就是權仲白自己，對這個理由，都說不出第二句話來。

他連著看了清蕙幾眼，都看不出所以然來：自從清蕙下了這個決定，他就一直在等著她的後招呢，對她，他漸漸也摸索出了一點竅門，有些話不必問，只看就好了。

可這會兒都住到沖粹園裡，看來都做好長住的準備了，難道她竟這麼輕易地，就把「我自己的命運，我自己主宰」、「除了站在這個家的最高處，我也沒有別的路好走了」這樣的話，全都又吃下去了不成？

不過不論如何，至少對於他來說，回到沖粹園是只有好處，沒有壞處的。權仲白心情不錯，還邀請蕙娘。「這一陣子，陳皮也往前院診區置辦了一些新器具，有些是西洋那邊流傳來的東西，說是醫生用的，可究竟怎麼用卻還不知道。還有一些極有趣的木雕，妳要一起來瞧瞧嗎？」

蕙娘皺眉道：「我看還是算了吧，上回你帶我到楊家，去看毛三郎的人頭，難道還把我嚇得不夠嗎？還有那個楊大少爺，蒐集了一屋子都是泡的手啊、腳的，看得我半天吃不下飯，這會兒你還來嚇我！」

「奇怪，那人頭妳不是還捧在手上看過？」權仲白說。「現在掛了一層蠟，又拿瓶子裝著，那些掉下來的耳朵呀鼻子什麼的，還給縫補了回去，無論如何，都比當初那個血糊拉絲的樣子要好看得多吧？那時妳不怕，只是放在瓶子裡看，怎麼就怕得連飯都吃不下去了？」

蕙娘每每要嬌弱嬌貴一下，權仲白就如此戳她，叫她不動情緒也難。她惡狠狠地剜了權仲白一眼。「以後，你把自己的頭捧來給我看時，就是再可怕，我也一定捧在手裡，仔細地看！行了吧？」

回到沖粹園，真是連鬥嘴的興致都來了，權仲白哈哈大笑，站起身出了院子。

這邊綠松帶著幾個小丫頭來給蕙娘請安。「都是您素日裡看過，也點了頭的，我和石英、孔雀又再挑了一輪。全是身家清白，家裡人口簡單，又聰明本分，可堪使用。」

人才培養，總是要提前幾年就開始醞釀。好在焦家是主子少、下人多，這一批齊齊整整的小丫頭子，那是七、八歲的時候就被初挑進府中培養，十一、二歲淘汰了一批放出去做雜活，十二、三歲再淘汰一批，餘下的才能跟在自雨堂的大丫頭身邊做事，為這些大丫頭們冷眼取中了，各自認了乾姊，私底下悉心調教出來，到十四、五歲的現在，才能在蕙娘身邊近身服侍。

以蕙娘的作風，事先也都對這十幾個人的性格家世有了瞭解，如今隨口勉勵了幾句，便分派下去。「海藍妳和妳姊姊在一處，石榴跟著妳石英姊姊做事……」

這次蕙娘身邊的編制，也算是大大換了一番血，甲一號裡裡外外免不得好一番熱鬧。

蕙娘嫌吵，便令廖養娘帶上兩個乳母，趁天色近晚，山風清涼，帶著歪哥在沖粹園裡閒步，踱到蓮子滿邊上，便指點給歪哥看。「這是蓮花，看過沒有？嗯？」

歪哥睜著一雙大眼睛，雙手緊緊地捏著小拳頭，顯是剛到了陌生地方，心裡有些怕。對母親的說話，他毫無反應，只顧著左右張望，好像很怕荷花下一刻就生出牙齒來咬他，蕙娘和從人俱都被他的神色逗笑。

蕙娘道：「懶得理你了，傻兒子，以後怕也是皇三子那樣，五、六歲都不會寫名字。」

話雖如此，卻還是忍不住揉揉他又粗又硬的短髮茬子，惹得歪哥格格直笑，又伸手讓母親抱，蕙娘便抱著他掂了掂，隨意在池邊走了幾步，一邊和廖養娘閒話。「才幾天沒抱，就像是又重了幾斤。」

「現在足足有二十多斤了，看著和一歲半的孩子一樣。」廖養娘也說。「才剛一歲，路走得很穩！現在是才來新地兒，害怕呢，一會兒熟了，非得鬧著要下來走走不可。」

這時候的小娃娃，剛從只會吃喝拉撒的小野獸向人類轉化，漸漸能說話了，也聽得懂大人的意思，正是最好玩的時候。蕙娘點著歪哥的唇角，見歪哥被她點得像是要吃奶，不斷咂嘴吮舌，不禁壞絲絲地笑起來，在兒子額上親了一口。要把他交還給乳母時，歪哥卻不肯回去，纏著母親的脖子，抱得死緊死緊的——因上回在母親身上流口水，沾濕了衣襟，被蕙娘半開玩笑地數落了一句，記性大著呢，這會兒就努力地吸溜著口水，不肯給母親責罵他的藉口了。

二十多斤重的大胖小子，抱著又走了一會兒，蕙娘手開始痠了，可見兒子乖乖地靠在懷裡，卻又真捨不得放手，只得勉力撐著，又指點景色給他瞧。「等再過幾年，你大了，讓他們帶你上山去玩，騎馬、打蹴鞠，哪怕你要打獵呢，家裡地方都是夠的。」

說著這些她也是久未涉獵的活動，她的語氣是越來越慢、越來越惆悵。

廖養娘深體主子心意，低聲道：「您現在也不是當年了，姑爺更不是那等古板人，想鬆散鬆散筋骨，在自家園子裡，又算得了什麼了？」

蕙娘眼底，亦閃過一絲渴望，她卻還是搖了搖頭。「沒時間啊，這一陣子養娘沒過我屋裡，不知道。宜春號那裡，送了幾大車的冊子來，這東西雄黃看還不管用，必須得我自己看……」

廖養娘小心翼翼地從蕙娘手上，把已經漸漸睡去的歪哥給接了過去，轉交給乳母。「天色晚了，風涼，還是送回去吧。別讓睡太久，頂多一個對時（注），就該起來吃奶了，不然今晚又不知到什麼時辰才肯睡呢。」

下人們漸漸散開，到末了，只留石榴一個小丫頭給蕙娘、廖養娘打燈籠。

廖養娘說：「臘月裡的事，老太爺真連一句話都沒有？連您往沖粹園裡遷，他都一聲沒吭？從前對我們私下都還有指示的，現在往回傳話，到鶴管事那裡，都給堵回來了，說是老太爺要安心養病，讓我們別拿瑣事打擾。就連打了宜春號的招牌，都沒能說動鶴老爺子……」

繞來繞去，其實還是在問宜春票號的事。盛源號冒犯了宜春號，若蕙娘不出面，那也就是兩間商號的磨擦，雙方裝聾作啞、心照不宣，不至於鬧什麼不愉快。可宜春號一心想要扯虎皮拉大旗，這個行事態度，是積極地挑唆蕙娘領頭給盛源號難看。按說即使答應為宜春號出頭，也不能順著喬家人的思路走，不然，被坑的危險也是比較大。廖養娘這是對蕙娘的決定有點沒信心，想尋求長輩們的指點了。

「嬤嬤是想問宜春號的事，還是想問回遷沖粹園的事呀？」蕙娘一時興起，手扶著欄杆一按，便輕輕巧巧地跳到欄杆上頭，俯下身在暮色中折了一支蓮蓬。

「兩個都想問。」廖養娘也很老實。「何家蓮娘，老奴倚老賣老說一句，也算是看著長大的，還在手裡抱著的時候，就經常到我們家來玩耍了。這孩子小小年紀，就機靈得很，見人說人話、見鬼說鬼話，是看碟下菜的好手。現在娘家起來了，又是夫人的親兒媳婦，對家事，未必沒有什麼想法……」

見蕙娘心不在焉，似乎全未聽見自己的說話，連手裡蓮蓬都顧不得剝了，廖養娘有點著急了。「這小半年來，事的確是多，知道您心裡亂，也還是牽掛著去年臘月那事，可——」她一邊說，一邊就順著蕙娘的眼神看去。廖養娘從前沒有在沖粹園裡住過，對這一帶不太熟悉，跟著蕙娘看了半天，還是一頭霧水，正要發問，忽然想起一事，忙住了口，又仔仔細細地打量著遠處花木，半晌，才疑惑地問：「這是……」

蕙娘的眼神凝住不動，她低聲道：「這就是達家姊姊長眠的地方了……」

注：對時，即一時辰、兩小時。

「可這怎麼——」廖養娘有點不明白了。「這種的不是梨樹嗎？」

即使今年天氣暖得慢，可進了五月，不論是桃花還是梨花，肯定都已經是謝乾淨了。蕙娘也就是想到這點，才特地挑在五月回來沖粹園，免得一再接觸桃花，又生重病。可眼前這一片林子，綠葉中隱現個個青果，雖個頭不大，但千真萬確再不會有錯，肯定是雪花梨——雖說樹苗當年移栽，當年就開花也是常有的事，可今年都掛了果，那肯定不是權仲白二月裡才吩咐下來操辦的。應該是去年她因喝了桃花露羊肉湯臥病在床的那一段時間裡，他命人移走了桃樹，又挪來梨林代替了。

當時她病情危急，一應人等全匯聚到國公府等消息，沖粹園裡剩下的管事不多，甘草、桂皮，倒都是權仲白自己的心腹。後來事情又多又亂，誰也無心顧及此處，恐怕事過境遷以後，知情的那幾個，都當她已經知道，也就沒有過來回報：手下這些人，到底還是稚嫩了一點，主子才出事，自己就亂起來了。以後還是要在底下人的教養上，多下功夫……

心念翻湧間，頭一個想到的竟是此事。蕙娘目注歸憩林良久，待到天色漸漸青黑，石榴點亮燈籠，才為那乍然亮起的燈火驚醒。

「是啊，這兒竟改種梨樹啦。」她接著廖養娘不知放出多久的話頭，慢慢地說。「這個老菜幫子……叫人怎麼說他好呢……」

語氣似甜蜜又似惆悵，即使以廖養娘對蕙娘的瞭解，亦都琢磨不出她的心情。

第一百二十二章

權仲白一進甲一號，就聽見琴聲。

清蕙以琴聞名，她的嫁妝裡，權仲白唯一鑑賞過的也就是那些古琴。其中焦尾名琴一張，是她所格外喜愛的，兩年來從立雪院帶到了沖粹園，又從沖粹園帶回立雪院，可他忙，她也忙，兩年下來，他不知她彈過幾次，即使有，他也沒這個耳福，趕不上巧兒。沒想到今日才回沖粹園，還沒安頓下來呢，清蕙倒是大發雅興，奏起了她的焦尾琴。

難得回來，他忙了有小半日，這會兒晚飯時辰早已過去，歪哥居住的東廂房燈火已熄，琴聲隱約渺茫，似乎不是從屋內傳來，他循著這幽咽委婉、斷斷續續的琴聲，從偏門出了院子，又再徐行百丈，便見得綠松立在亭前，正慢慢地彎下身去，為輕便的瓷香爐內添一把散香。

這把散香添得很有道理，月夜水邊，蓮子滿花草且多，沒有驅蟲香料，人根本都站不住腳，哪能和清蕙一樣，在亭中盤坐，時而撥動琴弦，奏一小段樂音，時而又站起身來，負手欄邊，眺望月色，何等自在風流。從遠處望去，那一襲天水碧衣裙隨夜風翻飛，幾乎和水天月色融為一體，盈盈曳曳，只是背影，都大有仙氣。

過門這麼久，權仲白也不是沒見過她精心打扮的樣子，她生得本來就美，如今又正當年，大年下著盛裝時，更是容光照人，風姿蓋過同儕無疑，可這許多種蕙娘，明豔的、凌厲的、霸道的、矜持的、清貴的，卻全及不上這麼一個背影令他心動。這琴聲、這月色，就像是一泓清溪，輾轉地流過來，水流落在石上的一聲輕響，在他心湖裡，都激起了好一陣漣漪。

「妳……」他才開口，又覺得在這飄蕩了琴聲的靜謐中，他的聲音是何等魯莽，這渾然天成的一段意境竟為他驚得破了。原本衣袂翻飛、飄飄欲仙的姑娘回過頭來，又變作了他的妻子。

可她的眼神畢竟已不同了，在這幽雅的琴聲之中，清蕙似乎也比從前要坦誠了一點，她光潔的皮膚上，不再濃墨重彩地堆疊著她的矜持、精明和警戒，權仲白忽然意識到她今年才堪堪二十歲，對這個世界來說，她還很年輕，甚至還有那麼一點點青澀。

「人家才彈一小會兒，你就又要來擾我。」

就連她的語調都不同了。焦清蕙一向是很善於矯飾自己的，她也很喜歡扭曲自己的意思，分明是喜歡，她要藏在埋怨裡說；分明有了怒火，可面上卻還總強裝無事。她的語氣和真實情緒，幾乎總是反著來，但此時此刻，那一點點帶了嬌嗔的無奈，卻顯得這樣真實。

權仲白真有些歉然。「是我唐突了。」

他想要返身回去，清蕙已經回過身來。「算啦，來都來了……坐吧。」

有了聽眾，她的態度好似也慎重了一些，一曲如泣如訴、纏綿幽咽的琴曲，便自其指尖曼妙地流瀉出來，以權仲白聽來，此曲韻淡調疏，她撫得雖動情，卻並不過分激昂，恍似一人有所疑問，便問於山水，大得自然真趣——同他心裡焦清蕙的激烈性格，竟是大相逕庭。

月色斜斜地灑在她裙角邊，風吹雲動，它慢慢地又一點點爬上了焦清蕙的臉頰，權仲白望得竟失了神，他忽然間發覺原來她竟有如此一面，這已不僅僅是雅俗之分，琴為心聲，沒有淡泊的心，奏不出如此淡泊的曲子。他不但不明白她為何總隱藏著這一面不讓人發覺，甚至吝惜與他分享，而總是固執地堅持著他們之間的分別，也不明白又是什麼改變了她，令她突如其來心潮翻湧，竟要以琴聲遣懷，發出這幽怨而悠遠的低吟。

琴聲住了，綠松已不知退到了何處，在這一片孤寂的濃黑中，紅塵不過幾盞燈火，權仲白回眸展望來路，一時不禁感慨萬千，他低聲道：「怎麼會忽然這麼不安？我不來，連一首曲子都彈不住？」

「心裡事多了，靜不下來，怎麼彈都找不到感覺。」清蕙的語氣也很平淡。「這一陣子，事情太多，心亂得很，回到沖粹園來，也是有必要整理一下思緒，調整調整以後的思路了。」

他們兩人說話，似乎永遠都在打一場戰爭，你來我往互唱反調，已是家常便飯，彼此甚至都能從中汲取些樂趣。可對抗久了，人總也是會累的。權仲白已經很久都沒有發自內心地笑了，此時他情不自禁，泛出微笑。「是為票號的事煩心？」

「不是……」蕙娘在琴上撥出了一段俏皮的高音，可臉色卻是沈的。「那些事沒什麼好煩的……我倒是奇怪，你不問問我為什麼要回沖粹園來？」
「我是有點好奇。」權仲白坦承。「可妳不願意說，我問了有什麼用？妳要願意說——」要願意說，不問自然也會說。
用不著他說完，清蕙已經微微一笑，她有點傷感。「唉，我早就奇怪，年前那次，你拿和離嚇唬我，似乎只是想讓我在你去辦事的那段日子安分一點，不要再痛打落水狗，踩著大嫂不放。這麼大的陣仗，這麼小的目的，好像很不配襯。原來在你心裡，那一次已經算是打定主意啦，雖然口中不說，可行為舉止，處處都要比從前保留了不少。在你心裡，你是已經和我大道朝天，各走一邊了。」
自從歪哥出世，兩人已有一年時間未曾親近，唯獨就是他潛身焦家，在清蕙真情流露時，曾有短暫的唇舌之交。
權仲白苦笑道：「不是那樣的……分手是樁大事，怎麼都要兩人決議了才好。只是……」只是如何，他卻也說不上來，搜索枯腸，也搜索不出成形詞句，只好斷斷續續地說：「只是這種事，從前和妳幾乎算得是完全不熟悉時，妳若很情願，也不是不能做。可現在，我們兩個間變作這樣，卻又覺得不好再攪動得更複雜了。」
清蕙的手指，輕輕在琴弦上滑動著，令琴弦微微顫動，可卻發不出聲音，她低低地嘆了口氣。「我為什麼煩心，你這不是全明白了嗎……」
權仲白的心弦，顫動得要比琴弦更厲害，他感到一種純粹的痛苦，使他想要碰觸清蕙，可這接觸的衝動、緊擁的衝動，又衝不破理智的藩籬。他輕聲說：「若果妳覺得一個兒子還不夠……」

「一個兒子，當然不夠，少說還要再生一個。」清蕙似乎並未受傷，她往常總像是一隻敏感的刺蝟，只有極為心甜意洽時，才偶然露出粉色的小肚腩，但凡有一點不快，就著急著慌地豎起背上的長刺，可今晚她顯得這樣從容，這樣坦率。「我應承了祖父，萬一喬哥有事，你我次子將改為焦姓，繼承焦家的香火。這件事是經過長輩們允可的，你應該也知情吧？」

權仲白微微一怔，這才想起權夫人似乎和他提過幾句，不過這種形式上的事，他並不太放在心上。

「可若是只想要一個兒子，那也沒什麼好煩的。」清蕙注視著他，眼神幽然。「告訴我，你為什麼把歸憩林的桃花給挖走了？」

「這不是很自然的事嗎？」權仲白想也不想，便道：「妳以後肯定要回沖粹園來的，難道就為了這林子，每年春天都回城裡去？貞珠人都去了，別說種桃花還是種梨花，就是種喇叭花她也無知無覺——」清蕙神色一黯，失望之情，不言自明。權仲白忽然發覺她問的其實並不是這麼一個問題，或者說，她期盼的並不是這一種答案。

「你這個人，一向是只喜歡做，不喜歡說。」

清蕙站起身來，徐徐地繞到他跟前，使他忽然有點想逃。可他又哪裡能逃得了這萬丈的情絲？他分明已被緊縛，只能由著清蕙慢慢向他靠攏，將他縛得動也動不得。

「可有時候，一句說話，抵過千金……」沒等到他說話，蕙娘又有點黯然。「你年紀大，眼睛毒，對我，你心裡明白，你都用不著問……而你呢，你明知我想問什麼，為什麼不說？」

想問什麼？問的無非是那麼一句話：做了這麼多，到底是因為你人好，還是因為你心裡，終究還是有我一席之地？

而恰恰就是這麼一句話，是權仲白所不願回答的。他不知自己究竟在堅守什麼，為什麼不能直面自己的浮念綺思？他心裡難道就真沒有焦清蕙的位置？他所求的，只是為她將危險排除乾淨，同她的恩怨交割分明，而後再同她分道揚鑣，去追逐自己散髮扁舟、浪跡江湖的理想嗎？他怨她過分強橫，其實平心而論，他是否也從一開始，就將她給推到了很遠的位置上，從未給過她一點機會呢？

「我……」他艱難地說。「阿蕙，我還是那個意思，道不同，不相為謀。與其相濡以沫，不如相忘於江湖。妳讓我同妳鬥爭，令妳遵循我的大道，然而我一旦同妳相爭，其實便已經失去了我的大道。妳走的那條路，稍微一經勉強，就有身死名裂的危險。我更無權將妳逼走，令妳拋下祖父、幼弟——」

「你不問我為什麼回沖粹園來，」清蕙柔軟地說，她豎起一根指頭擱在權仲白唇前。「我很失望。其實人都是會變的，從前我和你道不能相容，如今卻又有了變化。宜春號既然為人覬覦至如此地步，甚至關係到了那樣一個神通廣大的組織來謀害我的性命，難道我會執迷不悟，為了少許浮財，一定要以你我二人之力，和他們鬥到底嗎？回沖粹園，固然有姜太公釣魚之意，可更重要的，我還是想要理一理自己的思路。這個國公位，水有點太深了，爹既然能和他們說上話，足見兩方存在一定的聯繫。而對於他們來說，你壞了他們的事，我身懷他們覬覦的權力，待我們繼位國公之後，該怎麼和他們相處？權仲白，你一直沒有想明白，我不是非得要國公位不可，我所追求的，乃是絕對的安全與絕對的自由……若你能帶給我這一點，其實我們的大道，又何嘗不是不能融合的呢？」

這一番話，毫無矯飾，甚至揭穿了她針對何蓮娘進門的反應——姜太公釣魚，願者上鉤。焦清蕙是絕不會做出陷害妯娌、給她使絆子的蠢事的，她甚至不會摻和進這樣低級的爭鬥裡。長輩們想看何蓮娘的表現，她就拱手讓出舞臺，只是若何蓮娘不比她好，想她回去，卻也沒有那麼簡單了……

可權仲白懶得去想這個，他的指尖都要微微發顫：自從他在自雨堂拒婚以來——不，自從達貞珠撒手西歸之後，在他孤寂的世界裡，似乎首次出現了一點微光，好似在這黑暗而悽苦的沖粹園中，究竟也有一座甲一號漸漸地亮起了燈火一樣……這世上誰人不渴望有人陪伴？尤其對他來說，即使只是一句曖昧的承諾，尚未有任何肯定應許，只是這麼一點不再孤單的可能，都令他……

「絕對的安全、絕對的自由。」他勉力維持著冷靜。「其實也就意味著絕對的權力。妳是想，我們獨立出去，另立一府，我設法謀求一個爵位，傳承到歪哥身上？」

「這又有何不可？」清蕙說。「當然，這仍是比國公位要危險得多了，可現在對我來說，那個國公位卻比什麼都更危險。一條路走不通，當然要換另一條路走，你以為我是明知懸崖也要往下跳的人嗎？」

正是因為事關重大，權仲白才更謹慎，他壓低了聲音，慢慢地說：「妳知不知道，一旦妳有此安排，長輩們會比痛恨我更痛恨妳？他們娶妳進門，就是為了節制我、約束我，為了將我牢牢地套上籠嘴，萬一獨立失敗，此事不成，妳在權家的地位，會比任何人都要尷尬……想要再得他們的青眼，那就難了。」

「第一，我沒有說我已經同意另立一府的想法。」清蕙又有點「俗」起來。「第二，你難道不認識我焦清蕙？如果我不執著於國公位……他們喜歡不喜歡我，關我什麼事？權仲白，你難道以為我會在乎別人對我的看法？」她又有點看不起他、嫌他愚笨的調調了。「你這個人，怎麼一點都不懂得帶眼識人！」

權仲白真是笑到眼淚都出來了，他自然而然，輕輕地摟過清蕙的肩膀。「好，算我不好……我也沒有想到，臘月那樁事，對妳的刺激這麼大。」

今日種種，其實都完全沒有想到，也不知是前段時間風風雨雨後，對焦清蕙的刺激達到了頂點，使她有一個頓悟式的突破，還是她已經醞釀了許久，早準備在今日和他談開。可不論如何，這進展都極為理想，也使得權仲白終於願意問出他橫亙心頭多時的疑惑：在這種時候，他不用擔心焦清蕙會虛言搪塞了。

「我一早就覺得奇怪，」他密切地觀察著清蕙。「就連妳姨娘也都問我，在權家，妳是否遭遇過更多生死一線的危機？她說妳非常緊繃、非常疲倦、非常害怕，說妳……」他跳過了三姨娘的話——「清蕙從小就強，處處都要壓人一頭，可我是她生母，我心裡很清楚，比起處處順著她、處處為她光芒所掩的人，她更希望有一個人能處處將她壓住，處處為她安排妥當。任何一個人都願為人呵護，難道我女兒就能例外？只是她從小就很會掩飾，她不能不掩飾，她是掩飾得實在太好了。別說你，恐怕就連她自己，都未必能看明白自己」——尋思著自己的措辭。「說妳和從前很不一樣，這和我的看法，倒是不謀而合。我們都覺得，妳像是陷在一種情緒裡，總走不出來……出嫁後的幾次經歷，我都在一邊，我覺得不是因為這個。難道出嫁前，妳還有什麼不為人知的心結，難以解開嗎？」

焦清蕙的脊背頓時一僵，她在他懷裡沈默了許久，沈默得權仲白幾乎要放棄希望，轉而泛泛地寬慰她一番時——

「有……」

她的聲音，小得像蚊子叫，權仲白差一點就沒聽清楚。

在繞樑的音色中，焦清蕙輕輕地說：「有。」

第一百二十三章

三代看吃，四代看穿，五代看文章。焦家從焦閣老手上發家，到得清蕙出生時，已經是天下巨富。她是三代，可三代的吃、四代的穿，哪怕是五代的詩書文章，都凝聚到了她這麼一個人身上。她享的是非一般人能享、甚至勝過天家的福，受的也真是非一般人能受的罪。權仲白一生見慣了世面，也不是沒有見過淒涼可憐的少年少女，好比許家先後兩任世子夫人，都有自己的一道坎，只是先去世的那一位沒走過來，現在活著的那一位更強一點，邁過來是邁過來了，照樣在生育上大受妨害，千辛萬苦只生了個女兒，差一點連命都要交代進去了。

這都算是艱難坎坷的了，可和清蕙一樣，才剛剛二十歲，單是他知道的坎，就過了有三、四道，聽其意思，還有他不知道的坎坷在，甚至還危及了她的性命的，這即使是在天家都很少見。當今皇上，雖然登基之路，走得磕磕絆絆，可兄弟相爭，爭的是天下權柄，行刺暗害的事，倒是彼此都不屑為之。

他咀嚼著清蕙的那一聲「有」，慢慢地重複著她的音調，疑惑之意，不言而喻，可他並不曾逼問，只是耐心地等待著清蕙的坦白。

是天家看穿了票號潛藏的驚人能量，想要向她這個繼承人直接下手？可那應該是應在了先帝提她為太子嬪的那一招上。那一年，為了說焦清蕙為太子嬪還是魯王嬪，其實暗地裡是掀起過一場腥風血雨的。早在她還沒有長成的時候，她所代表的鉅額財富，其實已經在對她的命運施加影響……

隨著清蕙的沈默越拉越長，權仲白越來越覺得她其實也很可憐，她所擁有的金錢實在太多，多到已成為她的牢籠和負累，就像是一道道沈重的金鏈子，將她捆束得嚴嚴實實，焦清蕙雖然盡可以過著窮奢極侈的日子，但生活中恐怕卻很難有什麼東西能令她開心。更有甚者，為金錢所迫，她還要主動地遠離那些能使她悅樂的物事。她更像是個犧牲者，在富貴背後掩藏著的，是多少金錢也換不回的童稚、坦誠和放鬆……儘管對許多人來說，這些東西並不比錢更值得，但那些人起碼有所選擇，而焦清蕙呢？她從落地開始，就沒有過一點選擇的餘地。

「這事，連妳祖父都毫不知情。」他輕聲說。「不然，他是肯定會對我透露一點的。有什麼事，是比——」

推測尚未說完，焦清蕙已經低聲道：「祖父不知道，我說了祖父也不會信的……你信不信，如果不是你，我也不會說……若不是你對楊善榆那些天方夜譚一般的玩意兒很感興趣，我是不會說的，因為一般人就算聽說，恐怕也以為我是在臆想……」

她忽然又住了口，玉顏陰晴不定，時而注視著夜色中流光潺潺的湖面，時而又滿是掂量和猜疑地望權仲白一眼。

權仲白能感覺到她的情緒、她那毫無保留的苦惱和猶豫。她還是不夠信他，或者是不信他會信她，或者是她的經歷委實太過離奇……權仲白低聲道：「妳說就是了，這世上不可思議的事多了去了。單單是借屍還魂的事，我自己就見過兩例，更別說死而復活之類的事情了。很多事雖然聽著和戲文一樣，其實就是真事呢！只能說大千世界，我們所探知的還實在太少，妳只管說，我不會不信的。」

清蕙似乎被他說服了，她就像是個蹣跚學步的小姑娘，躊躇、恐懼混雜著一點點希望，這種種複雜的情緒，使她看著極為可憐、極為無助。有那麼幾次，權仲白幾乎以為她又要退縮回去，可她畢竟是焦清蕙，她到底還是張開了口。

「你說沒有見過像我這麼怕死的人……你說得對，我的確比任何人都要怕死。」她的語氣反而冷靜了下來，就像是在說別人家的事。「小人無知則無畏，很多人能慷慨赴死，其實正是因為他們不知道死的可怕。唯有嘗過死亡的人，才明白那種萬物全歸於寂的可怕。不論王公貴族，還是販夫走卒，在死前其實都沒什麼兩樣，全是滿心恐懼，卻又無力回天。我怕的甚至不是死，而是死後所失落的自我……我活在這世上，不就因為我的魂靈是我嗎？你可以剝奪我的一切，而我依然是焦清蕙。奪走我的財富、我的地位，甚至是我的親人，我也依然是我，可一旦奪走了我的性命，我就再不是我了。我已經失落過一次自我，已經重歸過一次黑暗……我是，我是膽小，可我想到就怕，我怕得不得了。想到有一天我也許又會似從前一樣，突然失落了性命，帶著所有未完的夙願，重歸永恆的黑暗之中，我就怕得發抖……」

她語調樸素直白，甚至未曾故意渲染死後的種種苦楚，可話意竟是如此鬼氣森森，權仲白不覺聽得毛骨悚然，他伸出手拉過焦清蕙，將她緊緊地抱在懷裡，才覺得她渾身發冷，原來也說起了一身的雞皮疙瘩。

「死前的種種折磨痛楚，比起來又不算什麼了。那痛楚我忍耐得了，」焦清蕙說。「痛其實不算什麼，會痛，就證明你還活著，只有你已經不會痛了，已覺麻木時，那才不大妙了。」

她忽然自嘲地一笑。「嘿，我這樣說，你倒也未必就信我了。你不是一直很惋惜，那份馬錢子、斷腸草調配的毒藥，第一水沒人吃過嗎？我可以告訴你，其實吃下去的反應，和第二水也差不多。一樣是腹痛如絞，止不住的抽抽，到後來也許吐過幾次，越來越冷，從骨子裡泛上來的冷……」

她開始不自覺地、微微地發抖。「也許一開始，你還能感覺到親人的喊叫，可到了後來，所有知覺全都集中在你自己身上。你會明白這世上其實最重要的唯有你自己……不管你身邊圍了多少人，到死前一刻，你能感受的也就只有你自己而已。」

權仲白忽然不願再聽下去，他緊緊抱著焦清蕙，低聲道：「都過去了，妳又再活轉了，不論多難熬，妳都熬過來——」

「我沒熬過來。」清蕙打斷了他，她的語氣好似春冰，涼而易脆。「我死了。你不明白嗎，權仲白？那碗藥我喝過一次，我早輸給那凶手一次，我死得乾乾淨淨、利利索索。我沈進了那黑暗裡去……是天憐惜我，讓我又再重活了一次。不是重活一次，你當我真能避開那碗藥嗎？做得那麼乾淨，沒留下一點痕跡，要不是早有了提防，我為什麼不喝下去？」

即使以權仲白的閱歷，亦不由得瞠目結舌，他用了一點時間，才吃力地接受了這個事實：這一段話，是她親身經歷過的也好，夢裡經歷過的也好，總之，清蕙是對自己曾服藥死過一次的事，深信不疑。

「重活，妳是重活到什麼時候？」疑問立刻就跟著來了。「重活到那天早上，服藥之前，還是——」他忽然想到老太爺對他所述的事情經過。「妳的丫頭說，妳從幾個月前，就說過有人想要害妳……」

「也許是爹冥冥之間保佑。」清蕙坦然說。「我再醒來時，已是數月之前。本也以為是一場幻夢，可這夢越過越真，從你們家再提親事開始，這已經肯定不再是一場夢了。我早知道你要退親，早知道你會南下，可我卻依然也不知道誰要害我。我本以為是五姨娘，也就借力使力，給她製造了一點證據，可祖父把她的藥找出來給我看了，她是有藥，但那藥不過是一包砒霜而已。吳家、喬家、你們權家，想害我的人不少，我以為你們權家人是最可疑的，可沒想到……」她沈重地搖了搖頭，低聲道：「沒想到京城水深，背後竟有這麼一個組織，祖父和我原來一點都不曉得，宜春號已經招惹來了這種人的覬覦。要找出真正的凶手，看來已經很難了。」

很難，卻不是不可能……她是還沒有放棄找出真凶的努力。

權仲白沈聲說：「所以，妳這一世處處先發制人，任何一個可能害妳的人，妳都寧願先把他們打倒在地，再從容尋找證據，因為妳不會再讓任何一個人有機會害妳——」

「是，我不會再讓任何一個人有機會害我。」清蕙的下巴又抬了起來，她又現出了她的高傲、她的霸道。「這世道就是弱肉強食，曾經我不夠強，被人吞得骨頭渣子都不剩一點，這一次我再不要把機會白白浪費。我要做的事還有很多，誰也別想把我的命給奪走，把『我』給抹殺。」

「那妳要做的事是什麼呢？」權仲白問她。「妳想做的事都有什麼？妳想為焦家支撐門戶，妳想為文娘撐腰，妳想守住宜春號的股份，妳想讓我登上國公位，成為權家的掌舵人。」見清蕙面現迷惘之色，他又續道：「按妳想的下去，日後朝廷裡風雲詭譎，我們肯定是要插手的，波濤洶湧、你來我往，等歪哥長大，妳把位置交付給他，或是給別的孩子……再和祖母一樣，坐鎮府中，做個半享福、半操心的定海神針。對府內爭爭鬥鬥，睜一隻眼、閉一隻眼……這就是妳要做的事、妳想要做的事嗎？」

清蕙一時竟不能答，她多少帶了些激動的表情，竟凝固在了面上，就像是一張精緻而生動的面具，遮住了所有可能的心潮翻湧。

權仲白望著她道：「我從前只覺得不解，現在倒是明白了。阿蕙，妳不覺得，雖然這一次妳未曾服下那碗毒藥，可妳卻始終未從那碗藥的陰影裡走出來。無論那人是誰，他總是要害妳……妳若為他限制住了，永遠要住在甲一號那樣的小堡壘裡，那就永遠都還處在他對妳的影響之下，他雖然未曾讓妳服下那碗藥，可卻一直還毒害著妳，妳想要變得比他更強，卻其實還是比他更弱。

「成為國公府的主母，也許是一般閨閣女子一生所追求的目標，只因她們嚮往富貴、渴望富貴，國公府主母，正代表數之不盡的財富和權勢，這些東西，是她們離開了這個位置所得不到的，她們本事不夠，不事生產，這是她們僅有的機會。可妳的志趣，和她們迥然有異。妳不在乎財富，妳善於經商，即使一無所有，也能重新開始。妳自己說的，拿走妳的財富、妳的地位，妳還是焦清蕙。妳的能力，實在比她們強上許多，我想像不出來妳現在所追求的這些東西，能令妳有多快樂？可以說，我一直困惑著這一點，我是有些嫌棄妳的，我總覺得妳在致力於追求一些對妳而言可有可無之物，我曾以為妳太貪婪。」

他深深地嘆了口氣，低聲而誠摯地道：「現在妳告訴我，那個國公爵位，真能令妳更快樂嗎？」

清蕙緊緊地閉上眼，先不肯答，在權仲白長久而耐心的沈默裡，她似乎漸漸發覺自己已無可逃避，竟睜開眼，有幾分哀求地輕輕搖著頭，大有求權仲白放過她的意思。

權仲白當慣醫生，真是一生心硬，不知對住多少我見猶憐的如花俏臉搖頭說不，可從未有一次，下顎擺得這般艱難。他輕聲說：「阿蕙，妳一直是個很勇敢的人。」

這句話，終於擊潰了焦清蕙的心防，她不能不閉上眼，似乎是嗚咽，又似乎是呻吟地承認。「是，這個國公位，並不能使我更快樂……」

權仲白吁了一口氣，竟大有作聲長嘯，舒盡胸中鬱氣的衝動。他柔聲道：「妳本不該把自己限制在這方寸天地之間，去追求那些不能令妳快樂的東西。會這麼做，無非是因為妳還有掛礙。這是妳的心魔，阿蕙，若不能戰勝，即使妳一輩子富貴榮華、高高在上，在妳的大道上，妳始終依然是毫無寸進。唯有勤修自身，以過往所有苦難為石，將慧心磨練得更為晶瑩剔透，一往無前、一無所懼，追求妳真正想要的東西，到那時，妳我的大道才算是真正融合。就算所求南轅北轍，只要求道之心一樣堅定，又有什麼不能設法調和的呢？」

這實在是太飄渺、太美好的理想了，美好得甚至似乎難以實現。清蕙眼神游移，半晌都沒有答話。在權仲白堅牢的懷抱裡，她慢慢地軟化下來，像是一盆冰漸漸地滲出了水，她輕聲說：「可是我好怕，權仲白，我真的好怕……」

她的語調裡漸漸摻了淚意，在洵美月色之中，這個美麗的少婦伏在丈夫懷裡，輕輕地、斷斷續續地抽噎了起來，她一遍遍地說——

「我真的很怕死，權仲白，我、我已經死過一次，我再也不想死了……」

第一百二十四章

浪漫的夜晚，其實帶來的是不浪漫的結果。

第二天早上起來，綠松、石英、孔雀三個大丫頭，手裡都捧著藥膏，圍在蕙娘身邊給她上藥。權仲白慘一點，平時不要人近身服侍的，便只能自己挖著藥膏往身上抹。

兩個人話說得倒是開心了，氣氛倒是旖旎了，連盤香全燒成灰了都不知道，綠松等人為免忌諱，又都不曾近身換香，到最後倒是蕙娘靈醒，才被叮了幾個包，就一機靈讓權仲白快點回去。可夏夜水邊，又是山地——這蚊子多凶啊？才一眨眼的工夫，小臂、小腿，全都遭殃，不知不覺竟被叮了有七、八個包！蕙娘皮膚嫩，手上幾個包竟腫成一片，一晚上癢得不得了，到後半夜，權仲白給敷了薄荷葉上去才稍微好些，這會兒自然免不得好一番折騰。

孔雀心疼得嘖嘖作響，壓低了聲音嘀咕。「以後要彈琴就彈琴，屋裡彈彈也就是了，歪哥醒著的時候彈不好嗎？非得跑出去，就為點風雅，您值當嗎您？往日您不是——」

「好了。」蕙娘哭笑不得。「妳不說話，沒人把妳當啞巴。成天只會在我身邊打轉，嫁妝預備好了沒有？得了閒妳就忙妳的去，別老過來服侍了！」

甘草、桂皮和當歸，雖然都說定了親事，可因為蕙娘離不得這三個大丫頭，到現在都還沒有成親。其中倒還是甘草最心急，背地裡央求他父親，在蕙娘跟前露了幾次口風。

可孔雀嘴巴一翹，卻是一點都不著急。「我怎麼也得把海藍給您調教出來了再說，您也別著急，一時半會兒，我還得在您跟前討厭呢！」

這群大丫頭，看著主子心情好，等不及就來撒瘋賣味兒了……蕙娘氣得要笑。「都是養娘的女兒，我看海藍就比妳強多了，不像是妳的妹妹，倒像是石英的妹妹！」

石英抿著唇微微地笑。「您拿孔雀打趣，可別把我拉扯進來……」

一屋子鶯聲燕語，直是滿室生春，比起在立雪院裡人人謹言慎行的沈悶，換到甲一號來，彷彿連空氣都給換了似的，由不得人精神一爽。

蕙娘搽完藥，對鏡正梳妝時，見權仲白靠在床邊，含笑望著自己，兩人眼神在鏡中交會時，他微微一笑，彷彿在用眼神訴說著好些只有她能明白的話語……她有些羞澀，忙移開眼神，不和他繼續比拚臉皮了。

男主人的改變，這群大丫頭哪能看不出來？一個一個，全都互相傳遞著眼神，彼此暗暗地笑呢！

蕙娘有點著惱，釵環還沒插完呢，便驅趕眾人。「忙完了就出去吧，天氣這麼熱，屋裡人一多，悶得很！」

綠松、石英笑著就往外走，孔雀還有點遲鈍，正要給蕙娘上簪子呢，被綠松瞋了一眼，頓時也就會意地抿嘴一笑，溜出了屋子，留了一根極細的拔絲樓閣金簪在蕙娘髻外，還沒插到盡呢！

蕙娘不好多動，氣得按著西洋大梳妝檯跺腳，一雙紅綾小鞋，踢得雞翅木妝檯梆梆響，隔著紗窗和孔雀發火。「死丫頭！妳以後就別想我給妳添箱！」

孔雀哪裡怕她這等口氣？一群人的笑聲，從紗窗裡飄過來，隱隱約約，倒給屋內平添幾許生氣。

蕙娘只好側過身子，對著鏡子去搆金簪，一揚手，袖子又落下來，露出藕一樣白嫩的手臂，上頭點點紅斑隱泛光澤，卻是剛上過藥、漸漸消腫的蚊痕——微微瑕疵，卻好似涼粉上撒的辣椒末兒，沒這點紅，還不夠香呢！

簪在腦後，她梳的又是百合髻，沒有鏡子照著，哪裡搆得到簪子？蕙娘反過手胡亂摸索了一陣，並不得其法，倒覺得權仲白落在她身上的眼光逐漸灼熱，她不由得飛去一眼，多少帶些嗔意。「傻站著做什麼？你沒有手的呀？」

見權仲白緩步行來，雖是一身青布衣裳，可眉眼含笑，風流四溢，溫存乃是從前所未有，她忽而有些羞赧，便扭過頭去，只托腮望著鏡中自己，口中道：「快點，那邊正擺飯呢，你沒聽見響動？一會兒歪哥要進來請安了。」

權仲白的手一向是乾燥而溫暖的，但幾乎很少出於自己的主動，放到她身上來，他的手扶住了她的脖子，輕輕地為她將金簪插進髻中，挑開了擰緊的髮綹，又靈巧地略微一轉，便將這輕盈而精緻的簪子別穩了。可他卻沒有急著將手挪走，溫熱掌心，還壓在她脖後片刻，壓得蕙娘不知不覺間紅霞滿面，方隨著歪哥進門時的啊啊喊叫聲，不著痕跡地移開了。

自從過了週歲宴，廖養娘就抱著歪哥，來給蕙娘晨昏定省。孩子一開始不懂事，到了娘身邊就不肯走了，這一陣子，漸漸也接受了父母都各有事忙，只能一天陪他一會兒的事實，但因此就更黏人，一進用作餐廳的西裡間，沒看著爹娘的影子，頓時就急得大喊起來，邁著兩條小短腿，吃力地在地上挪著，要進裡屋來尋蕙娘和權仲白。

孔雀還哄他呢。「爹娘忙呢，一會兒就出來了。」

「誰忙啦！」蕙娘走在前頭，順手就給權仲白打起了簾子。

孔雀一吐舌頭，忙上前接過了蕙娘手裡的珠簾。

歪哥早笑得瞇起眼來，白白胖胖的大娃娃，一下子就撲到母親腿邊，伸手要抱。

蕙娘道：「你太重啦，娘抱不動。」

歪哥也知道母親是在逗他，還是笑嘻嘻地喊：「涼、涼！」

那邊權仲白出了屋子，彎下腰把兒子抱到手上，笑道：「傻小子，娘力氣小，爹力氣就大了嘛！」

爹，歪哥所欲也；娘，歪哥所欲也。這孩子看看蕙娘，又看看權仲白，倒是左右為難的，思來想去，便靠在父親懷裡，伸手要母親牽著他的小手兒，這樣才心滿意足，手舞足蹈地笑道：「涼好，爹好。」

孩子被養娘帶著，最大的好處，就是他呈現在父母跟前的模樣，大都是很可愛的。把屎把尿的事，並用不著蕙娘去做，她自然日漸疼愛歪哥，也多少有些癲痫頭的兒子自己好的心情，一邊吃早飯，一邊就忍不住對權仲白道：「喬哥週歲的時候，可沒和他一樣活潑健壯，要到兩歲、三歲時，才能把話給說囫圇了。」

權仲白一邊吃飯，一邊還給兒子塞兩口稀粥吃，歪哥吞得也興致勃勃的。「妳整個孕期進補，全補到他身上去了，他元氣肯定充足。再說，妳也算是吃我開的養生方長大的，從小調養得好，母體壯實，當然要比妳弟弟那小戶出身、從小恐怕連肉都不能常入口的生母要健壯。再說，這種事情，父親的元氣也有關係的。」

這話題竟扯到麻海棠身上了，蕙娘一時有些微微的心虛，她很快轉移了話題。「可惜，這孩子現在正是認人的時候，不論是你還是我，卻都沒空和他時常待在一塊兒了。等他再大一點兒，就不能全推給養娘啦，從三、四歲起，怎麼也得帶在身邊，言傳身教的好。」

「票號那邊的事，就那樣耗費精神？」權仲白瞅了蕙娘一眼。「這件事上，妳究竟是怎麼想的？昨兒只是含糊帶過，倒沒能好好談談。」

如若那走私火器、販賣毒藥的組織，瞧上的是宜春票號，那麼只要票號股份還在身上，蕙娘肯定就會持續受到他們施加的壓力。她昨日和權仲白交的底，那也是沒提放棄股份的事，只說了未必要逼著權仲白去爭國公位而已。蕙娘聽權仲白的語氣，倒像是有意插手進票號事務中，她微微一怔。「你有什麼想法？難道還要不戰而退，把股份賣給喬家，躲這個事兒？」

「這想法倒是有一陣子了，但從前不想提。」權仲白一邊說，一邊拿眼睛看了看幾個下人。

蕙娘敲了敲桌子，打從綠松起，丫頭們便都退了下去。歪哥看見養娘起身，還以為自己也要走了，便依依不捨地抱緊權仲白，蕙娘看得有點好笑，便把他接過來拍著，他倒高興起來，小手摸著蕙娘的下巴，要在她腿上站起來親她，倒鬧得蕙娘躲躲閃閃的，商量正事的嚴肅氣氛，頓時蕩然無存，到底還是鬧著被抱出去了才算完。

「現在票號一年的流水，不下數億了吧？」權仲白還是那樣，一開口就直奔主題，也不顧這問題蕙娘方便不方便回答——好在，他也只是這麼一問，並沒有讓蕙娘回答的意思。「妳知不知道國庫一年收入多少？上回皇上和善榆算帳，我在一邊聽著，他也沒有瞞我，其實這也是瞞不過人的——去年一年收成好，六千萬兩，各地光是軍費就去了一小半，打仗耗的那都是國庫銀子，還有逐項民生開支。國庫存銀不過二千萬兩，東南那邊，開海、興建船隊、打仗，一動就要花錢。孫侯帶走的那支船隊，本身花了多少錢不說了，船隊上帶走的兵丁，那也是錢養出來的……你們票號一年的收入，對天家來講都不算小錢了。我對經濟上的事不大懂，可皇上親口說『這票號發銀票，是做得越大越賺錢，如有一天能壟斷了全國的票號行當，一年光是這個收入，那就是嚇死人的多』，這話是說著玩的呢，還是有意無意說給我聽的呢，妳心裡自然有數。

「當然，皇家對票號有想法，那也不是一天、兩天的事了。但在我看，這兩任皇帝的目的，卻有天大的差別。」權仲白平時似乎風花雪月，一點都不講經濟世故，可要算起帳來，真是比任何人不差。「先帝是什麼樣的性子，妳祖父會比我更清楚，想來，妳心裡也是有數的。他要票號，那是看中了票號的錢，可以歸到皇宮私庫，去填補因他求仙問道、盡情享樂而造成空虛的內庫，而且那時候，宜春號的規模，也還沒有現在這樣巨大。這樣黑吃黑的做法，連他自己都覺得心虛，更別說獲得朝廷重臣的支持了，第一個妳祖父就不會答應的，他當然也不敢玩真的，想納妳為太子嬪，你們家沒有答應，這件事也就作罷了。

「可皇上平時清心寡慾，後宮人口少，花費很小，這些年來皇莊出產，就夠他花的了，內庫縱然銀錢不多，但也是因為一大部分的錢，都投入了孫侯的船隊。他想要票號，是看中了票號的規模。現在的宜春櫃面，有時候比縣衙還有威信，當地有了什麼事務，要請耆宿（注一）來坐鎮評理的，少不得宜春掌櫃。妳有梧桐樹，招來的有時候不只是鳳凰，還有老鴰（注二）。現在還好，宜春號還有盛源號這些敵手，始終還沒做到宇內獨霸，可繼續往下走，我怕妳討不了好。」

字字句句，都算是說中了蕙娘的心底隱憂。她不動聲色，作聆聽狀。

權仲白點著桌子說：「官家要做票號，人手卻不能從官家這裡出。妳也知道官場上的齷齪，由官府牽頭搞，無非是養肥了經辦的官吏，那麼不論是買下盛源還是買下宜春，價錢會有多離譜，對餘下那間票號的擠壓又會有多激烈，妳肯定也能想像的。宜春票號的價值擺在

注一：耆宿，年高而素有德望的人。
注二：老鴰，音ㄌㄠˇ．ㄍㄨㄚ，乃北方方言，指烏鴉。

這裡，白的黑的都看得到，到時候，真的是國公爵位能夠護住的嗎？我們家二十多年沒沾染兵權了，我看是難……與其等到時候深陷泥沼，倒不如預先計劃好了，將股份緩慢變現，妳自己興辦實業也好，就把錢乾放著也好。單純的財，招惹不了多少人的紅眼，不論是老爺子的威望、人脈也好，還是我們家的關係也好，倒都能護得住這份踏踏實實的家業。」

其實分析了這麼多，歸根結柢還是一句話：權仲白實在是很看好宜春票號的發展，甚至看好到認為票號終有一日要被人摘取的地步。不是被神秘組織以陰謀摘取，就是被官府以皇權、相權強行廉價買走。而這兩股勢力，都不是一個下臺的首輔、不沾軍事的國公府能夠抗衡的。畢竟這兩股勢力看重的，並不是金錢，而是宜春票號完善的櫃面網，以及金錢流背後的力量。

「那依你之見，這股份就是要緩緩出讓，又出讓給誰好呢？」蕙娘問。「總不能出讓給不知根底的外人吧？誰知道他們背後都是什麼人。萬一是那股勢力指使了人來買，這不是反而資敵了嗎？又或者賣回給喬家？這麼一大筆現金，喬家恐怕是吃不下。」

「你們要是現在引入新的股東，朝廷沒準兒立刻就會下手。」權仲白肅然道。「皇上之所以能容忍宜春號發展壯大，依我看，就是因為票號股份單純，不論你們家還是喬家，都是身家清白，只圖個利字。妳也知道喬家現在心急著要找新靠山，妳把股份轉給他們，份額一多到他們可以作主話事的地步，恐怕立刻就會作主引入新人，這個人不是秦家，就是吳家……那才叫犯了皇上的忌諱，他肯定要搶在事成之前下手的。」

「人不能和天鬥，」蕙娘幽幽地嘆了口氣，也有點感慨：真是人走茶涼，祖父這才一下臺，哪管只是分析局勢而已，都覺得處處侷促，可以打出來的籌碼，實在是太少了。「你的意思，該不會是要我把自己那一份股雙手向天家送上，搶先賣個還過得去的價錢，讓喬家去吃強買強賣的苦頭吧？」

「誰說要妳雙手送上了？」權仲白的唇角逸出一線笑容，竟狡猾起來。「天家和官家自己也爭呢，這些年什麼掙錢的生意，都得是兩邊分成。雖說皇上花得不多，可內庫空虛，他也需要聚寶盆啊……妳能在官府對宜春號動手之前，私底下轉給他一點股份，能換到的，可就不只是死錢了。」

都說他是人中龍鳳，可那是說他醫術通神，蕙娘真正從未想過，權神醫還有經濟頭腦——她一直以為在他的世界裡，就沒有錢這麼俗的字眼，今日可謂是令她嘆為觀止了。她問：「你是說鹽鐵專營？那個東西，恐怕比宜春號的股份還要更燙手吧？我們要想自立門戶，怕就不能借家裡的勢來庇護自身了。」

「分家不分家，那都是以後的事了。」權仲白說。「不過妳說得對，鹽鐵都知道是賺錢的東西，所以妳要插上一足，遇到的阻力肯定更大。可皇上手上掌握的資源，並不只這麼一星半點，其中能賺大錢的也絕不少，且還要比票號安全得多……」見蕙娘有幾分迫不及待的意思，他又賣起了關子。「這也不是急於一時的事，耳聽為虛，眼見為實，日後再領著妳去看吧……」

蕙娘不禁一陣不滿，正要追問時，綠松又在外頭高聲通稟——

「少夫人，喬家大爺昨兒到了京城，剛派人來問您的好。我把來人讓在那邊屋裡了。」

來得這麼快——幾乎是掐著她往沖粹園的腳步進的京城……蕙娘看了權仲白一眼，有點吃驚了。

看來，盛源號給喬家的壓力，實在並不在小啊！

第一百二十五章

都是場面人，有些事大家心照，並不必說破。喬家儘管自己著急上火，可卻一直耐到了蕙娘往沖粹園去，才給她送消息，這份尊重，蕙娘心領，她沒顧上和權仲白細議轉讓票號股份的事，而是自己熬了兩夜，儘量抽空將喬家送來的帳冊、手記等諸多資料看了，又特地派人出去，將焦梅尋回，同他漏夜長談了許久，自己這裡決議已定，便一天也不曾耽擱，立刻給喬家送信，把宜春票號經營方的幾大巨頭，延請到了沖粹園。

上回喬大爺、李總櫃的過來服軟賠罪，畢竟是跌面子的事，喬二爺、喬三爺並沒有出面，可這一回股東會晤，喬家人卻到得很齊。二爺從羅剎國，三爺從廣州特地趕了回來，一見面，三人都有禮物給歪哥。

「小少爺週歲大喜，匆匆在當地採辦了少許賀禮，二少夫人不要嫌棄。」

雖說是匆匆採辦，但畢竟是票號東家，一出手盡皆不凡。喬大爺給了一對無瑕的白玉童子像，這也就罷了，三爺送的是一個純金質鑲嵌珠寶、小得驚人的懷錶——

「現在西邊來的鐘錶，真是越做越精細了，也不知是如何能造出來這樣小的機簧，最要緊走得還準，又不怕摔打，給小少爺留著玩吧。」

可最名貴的，還要數二爺送的一個遍鑲金剛石的珠寶盒，裡頭拿紅絲絨做了墊子，放了有一把孔雀羽寶石扇，還有一對輝煌無瑕的金剛石耳墜。這與其說是送給歪哥，倒不如說是孝敬給蕙娘的珍奇寶物了。

即使以蕙娘眼界，亦不由得嘖嘖稱奇。「都說羅剎國是苦寒之地，同我們大秦無法相比，從這柄扇子來看，當地工匠的手藝，卻趕得上我們大秦了。」

「這也都是十幾年間的變化。」喬二爺喬門達一臉風霜之色，雖說身家巨萬，可從臉上那兩坨樸樸實實的紅斑來看，幾乎就像是個北地隨處可見的農民。他和三老爺喬門宇一北一南，長期在北邊各大城市行走，籌辦、推進票號分櫃的設立，老西兒的生意二十多年前就做到了羅剎國，十多年前，宜春票號在大秦和羅剎國交界的符拉迪沃斯托克就有了分櫃，這幾年在羅剎國境內克里姆林堡都有了分號。「他們那個新皇帝，很能幹！東征西討、戰無不勝，如今羅剎國也遷都了，新都城集中了泰西之地各種奇珍異寶，繁華處雖還不比咱們北平城，可卻也差不大遠了。」

李總櫃也送了歪哥一個碧玉寶石珠子的小算盤，用料自然比不上喬二爺的禮物，可勝在做工奇巧，寶石珠子全都琢磨得圓潤光滑，上下撥動毫無滯澀。他還問蕙娘：「小少爺抓週了沒有？這可是件大事，要還沒辦，這個小算盤，倒能放在裡頭，也算是增點趣味吧，瞧著也算體面。」

「辦過了，這孩子什麼都要。」蕙娘笑著說。「從官印到書本，連胭脂盒都往懷裡塞，這囫圇一摟，誰也分不出他喜歡什麼，重來了幾次，最後還是選了國公爺貼身常帶著的一個小印，老爺子歡喜得很，當場就把印賞給他了，這會兒正在他貼身荷包裡收著呢！」

這樣的小事，蕙娘自然不必說謊，而歪哥能得到國公爺的貼身小印，意義就又不止於抓週本身了。幾個大老對視了一眼，都隱隱露出喜色，喬門宇笑道：「孩子有出息，最高興的還是做娘的，我們這裡以茶代酒，恭喜二少夫人。」

大家客氣了一番，喬門冬又小心翼翼地問蕙娘。「只是這開門七件事，哪件不要二少夫人當家作主，您往沖粹園來消暑不要緊，不知府中事，現在都是誰在幫著操勞呢？」

蕙娘心中暗嘆，面上卻不動聲色。「家居小事，交給丫鬟們也就夠了。別看我人到沖粹園避暑，其實每天京裡有人過來的，什麼大事非得要我作主，她們自然過來轉告。小事就交給丫頭、婆子們自己裁辦，定時給我報帳就行了。這可不比開櫃做生意，一年三百多天都離不了掌櫃的。」

新媳婦剛入門，嫂子就往沖粹園遷，外人知道了，心裡很難沒有想法。被蕙娘這一解釋，喬門冬面上方才釋然，他又給蕙娘找了個理由。「還是沖粹園說話方便，這要在府裡，有些話確實是不放心說。」

開場白說完了，也該開始商量正事了。幾個大老都是細心人，也見識到了甲一號的佈置，知道在這裡說話，無虞被外人聽去動靜，李總櫃的還未說什麼，喬三爺先就露出一臉苦色。他沈沈地嘆了口氣，開始訴說自己的血淚史了。「李大叔、大哥都勸我呢，我的難處，少夫人知道得很清楚，實不必準備這許多帳本給您過目，可在南邊這一年來，我們也是受盡了氣，其中委屈，真是我不說，少夫人都再想不到。」

大秦的政治中心肯定在北方，焦閣老在京多年，威望最重，宜春號在北方實在占據了壓倒性的優勢，這不是盛源號一時半會兒能撼動得了的。福建又是王尚書的老家，盛源號會從南邊開始攻勢，真是毫不稀奇。蕙娘聽喬三爺說了幾個故事，自己一舉茶杯——喬三爺還要再說呢，那邊喬大爺給了個眼神，他也就安靜了下來，一屋子人，都盯著蕙娘不放。

「一個是偽造匯票，一個是買通欠債人賴帳，打官司都不好使，還白往裡填錢。一個還是擠兌，同時在南方多地散布謠言，引發擠兌風潮，並令同行不肯拆借……盛源號也的確真是凶。」蕙娘一根一根地往下扳手指。「今年支出大增，可因為南方的風風雨雨，確實有好些客源被盛源號搶走。虧點錢不要緊，可長此以往，我們在南方，可能是做不過盛源了……千里之堤，潰於蟻穴，任何事都要防微杜漸，把危險扼殺於萌芽中。幾位世伯和總櫃這一次到得齊全，應當是想就這件事商議出一個結果吧？」

「少夫人說得是。」李總櫃坦然承認。「偽造匯票，這個其實也是兩敗俱傷的手段，反過來引蛇出洞，可以令盛源在這上頭吃個大虧。可您也知道，我們現在是不敢做長線生意的，怕蝕大本。短線生意裡再沒有什麼比放債更穩妥的，盛源在這上頭動手腳，實在是陰毒得很。今年到現在，南邊的壞帳高達三百萬兩，也不是什麼小數目了。本來嘛，京裡有人發句話，官府也不敢裝聾作啞，可就因為今年老太爺退下來了，您這裡，二少爺雖然德高望重，可畢竟沒有實權……」

要說實權，良國公一系在軍中、朝中其實也都沒有什麼高位的嫡系，主要關係還是在宮中、勳戚裡，就連牛家，影響力也是局限於軍中。從前朝中有老太爺張目，也無須第二個代言人了，可現在老太爺一退，局勢立刻就尷尬了起來。要引入第二個高官，那勢必就要擠壓焦家股份，畢竟現在焦家是又不參與具體經營，又不能給宜春號庇護，乾坐著一年拿走小半盈利，讓人怎麼舒服得起來？可如不引入高官，很顯然，在喬家幾兄弟眼裡，單單蕙娘，是無法和盛源號的代言人王尚書抗衡的。

「就幾位世伯所知，王尚書為盛源說過話沒有？」蕙娘沒接李總櫃的話頭，倒是反問了一句。

「這個目前所知，應該還是沒有。」李總櫃怔了怔，回答得也很實在。

喬家三位爺，也都露出沈吟之色。

喬二爺和焦家關係最好，敢於直言。「少夫人的意思，是王家不動，我們不便先出面說項？」

「兩家畢竟是親家，渠姑奶奶也不可能帶走盛源的乾股……其實說起來，宜春和王尚書的關係，不比盛源和王尚書的關係更遠。」蕙娘徐徐道。「王尚書現在是舊黨領袖了，沒有一個話頭，不可能貿然為盛源出頭，不然，在祖父的老學生心裡，他這成什麼人了？我們也沒必要給王尚書製造藉口，讓他出頭吧？」

「可……這人心向背啊！」喬三爺猶豫著道。「他不說話，盛源行事日益囂張——」

「三爺稍安勿躁。」李總櫃眼神閃動。「依少夫人所見，盛源以商場手段對付我們，我們是也當以商場手段回擊嘍？」

「櫃爺這話說到點子上了。」蕙娘慢慢地說。「盛源耍的這點手段，其實也不足為懼。我知道幾位世伯和櫃爺還是怕動靜搞大了，盛源背後有人，我們要吃虧的。可這話該怎麼說呢？現在老太爺才退下來沒有多久，餘威猶在啊！又是盛源自己把藉口給送過來的，此時不出手，難道還要等王世伯把舊部人心收攏了，再來動作嗎？」

這話其實已經點得特別露骨了——就是要趁王尚書不好替盛源說話的敏感時候，把盛源號給拉下馬來！

喬門冬隱隱露出喜色，口中卻還為蕙娘著想。「這不是為十四姑娘著想嗎？這回進京，俺們也打發人過去請安了。十四姑娘畢竟是新嫁娘，在公婆跟前雖也受寵，可根基卻不如弟媳婦牢固呢……」

說是為了文娘，其實還是摸透了蕙娘的性子，知道她掛念妹妹，不敢過分針對盛源，有點投鼠忌器的意思：喬家人上回挨了收拾，現在做事，的確是束手束腳的。想和盛源撕破臉皮，要提前半年之久玩苦肉計、更出動三兄弟——蕙娘毫不懷疑，今日她點頭讓宜春號和盛源號翻臉，後日喬家人手段陸續有來，軟硬兼施，終會令她點頭稀釋股份，引入新的朝中大老作為宜春號的靠山的。畢竟不論什麼時候，都是朝中有人好辦事，宜春號也的確需要一個政界代言人。能讓三兄弟費盡心思如此鋪墊，已經是蒙他們看得起了。

在商言商，喬家此舉其實也是很正常的商業布局，蕙娘並無不悅之處，只是她的顧慮卻不是三兄弟能夠瞭解的。這三兄弟雖然在商業上極有手腕，可畢竟沒有在北京居住，對政壇的風雲變幻，只是霧裡看花，瞧個熱鬧。權仲白能看出來的那些問題，對他們來說實在是太過遙遠了，喬氏可能根本就不知道，如此龐大的一個商業帝國，在成功排擠完盛源號，又買通了閣老級重臣為其張目之後，它所擁有的那股巨大力量，是足夠讓任何一個皇帝輾轉反側、食不下嚥的……

「怎麼收拾盛源號，相信幾位世伯心裡是有腹案的。」蕙娘徐徐道。「我就不多嘴了，只說一個想法：盛源的現金儲備，是否真有那麼寬裕？擠我們，他們也是要花錢的。他們能擠兌我們，我們為什麼不能擠兌他們？這一仗可能不會把盛源打死，但最好是把他們打殘了主動求和，讓他們主動去求王尚書發一句話。如此，則以後十多年內，我們就沒有大的憂患了……」

得到大股東這麼一句話，喬家幾兄弟還有什麼好說的？就是李總櫃，亦不禁隱隱有興奮之色！全國這麼一千多個分櫃，有晉商的地方就有宜春號，真要和盛源號鬥，難道會鬥不過他們？從前閣老在位時，宜春號看似威風八面，其實反而是處處受到抑制，現在朝中無人，反而能放手一搏。按蕙娘的意思，竟是要一舉致勝，起碼要把盛源給打老實十多年。這裡就有無數細節上的安排，需要他這個總櫃爺親自斟酌佈置了。也只有他這個總櫃爺，能把這一場戰役給安排下來，其他任何人，哪怕是喬門冬、喬門達、喬門宇三兄弟，都還欠著火候呢。

「不過……」蕙娘語氣一轉。「這也有個小小的隱憂吧，我也就是收到了一點風聲。天家圖謀票號，心思一直沒有消退，我們宜春號呢，有祖父、公爹的老面子在，他們也未必好意思出手，倒也許有可能賒買一部分盛源的股份，把盛源做成官營——這也就是聽說而已，尚且不知真偽，櫃爺、世伯們權當聽個笑話吧。」

宜春號幾個大老自然有些吃驚，彼此交換了幾個眼神，也都很有些興奮。喬門冬哈哈大笑，率先道：「那敢情好啊！如是真有此事，少夫人可務必要知會我們一聲，怎麼說那都得從中玉成此事，就是花上百萬兩銀子，那也是在所不惜。」他越說越覺得可行，一扭頭，迫不及待就和李總櫃商量。「櫃爺，這可得仔細打聽打聽了，若真有這麼一說，我們手裡也還有幾個大人是可以就此說幾句話的。這錢糧的事歸戶部管——按朝廷慣例，宗人府得插一手吧？連公公那裡要不要打聽打聽？盛源一旦官營，那豈不是美得很？不出四年，肯定做塌！俺們一點心不操，看著他起朱樓，看著他渠家蝕棺材本——真乃人生一大樂事也！」

竟是拽起了半文不白的戲文腔，最後幾句話，那是唱出來的……

蕙娘把他發自真心的興奮和喜悅看在眼裡，不禁逸出一線微笑，卻為喬二爺注意到了，他問蕙娘——

「老姪女怎麼看？的確如把盛源推成官營，我們也就不必動用檯面下的手段，倒是大家省事，也免得要再費手腳，遮掩形跡了。」

「再費手腳，遮掩形跡」這輕飄飄的八個字裡，蘊含的刀光劍影、權錢交易，只有當事人才能明白。蕙娘笑容一收，搖頭淡淡道：「我也還是這麼看，祖父說得對，從先帝年間到現在，三十年間，大秦官場，那是從上往下爛了個透。任何好東西一旦官營，只能全毀。盛源官營的那一天，就是各大儲戶外逃的一刻，誰也不會和官府做生意的，店大欺客啊，沒了錢都沒地兒哭去——不過這一招也是雙刃劍，逼得急了，王尚書是要出面說話的，到那時候，遭殃的可能反而是宜春。朝野間無人吹風的話，我們還是輕易不要啟動這個爭端吧，單用尋常手段，也就盡夠了。」

不論有沒有第二種想法，但在王尚書相關的事情上，喬家人也只能信任蕙娘的說法了，喬門冬雖大感掃興，可卻也只能放棄這個想法。

李總櫃也道：「商場上的事，商場上解決也好。不然，人心不服，倒了盛源，起來盛方，此起彼伏的，什麼時候才是個頭？」

大家計議已定，趁著人齊，又一道看過了宜春號上半年的盈虧細帳，喬門達、喬門宇順帶還介紹了幾處海外分號的營運情況，蕙娘順帶就問了問孫侯的下落。

她這純粹是好奇，不想喬門宇還真有新鮮信兒——

「這我們也是接到了燕雲衛的招呼，讓出海的時候留心蒐集孫侯的資訊，爪哇那邊來的消息，是說孫侯一行人在南海盤桓了一段時間，就往西邊去了，最後一次聽到他們的確切訊息，是說他們已經去了泰西諸國。這是兩年前的事了，我們最近才聽說的。我到了廣州，又接到一條新的信兒，卻只是風聞而已——說是他們從泰西又去了一處新的陸地，用泰西話說，叫做……」他唸了一個怪腔怪調的詞兒。「譯過來，是新大陸的意思。這究竟是在哪兒，那連我們也不知道了。

「這艘帶來消息的船是一年前過來的，那孫侯啟航往新大陸去，起碼是一年前的事了，如果一行人要原路返回，則起碼回來還要三年吧，這還是一路不出任何意外的情況。您也知道，海上風浪大，一支船隊全軍覆沒都是有可能的事，帶出去兩萬人，回來只有一條船這樣的事，也很有可能。尤其泰西一帶強國林立，洋槍洋炮不就是那兒產的？孫侯一行船隊帶了多少重寶，全是泰西人飢渴如狂的好東西，會發生什麼事，真是不好說的。」

這消息的確是新鮮熱辣，除了蕙娘，連喬門冬、喬門達並李總櫃都聽得住了。

李總櫃喃喃道：「新大陸、新大陸……」

喬門達忽然插口說：「我在羅剎國也聽說過這個，是個泰西工匠說的，說新大陸是處極富饒的地方，比泰西所有國度加起來都大，可就是人煙十分稀少，並且距離泰西也是極遠，孫侯沒事往那兒跑幹麼呢？」

蕙娘想到孫皇后以及皇上對開海的熱情，不禁在心底嘆了口氣，她問喬門宇。「三世伯把話給燕雲衛帶去了嗎？」

「還沒有。」喬門宇亦是機靈之輩。「少夫人的意思，我們給壓一壓？這也的確能壓住，現在整個北方，漫說孫侯的下落，就是聽說過新大陸的，怕也沒有幾人吧……要想壓，壓上個三年五載的，肯定不成問題。」

「我給您再帶話吧。」蕙娘沒把話給說死，她一看牆角的自鳴鐘。「說了這半日，也該用飯了，這男女有別，我不能相陪，二少爺又往宮裡去了……」

眾人又客氣了幾句，說定下午再商討一些細節，幾位大老就告辭出去用飯。

蕙娘沒有動彈，她撐著下巴，在窗邊榻上打坐，望著一行丫頭裡裡外外、進進出出地擺飯，卻是視而不見，已經完全沈浸在了自己的世界裡。

第一百二十六章

宜春號這一次四大當家抵京，雖說有意低調處理，但對京城商界，依然是不小的震動，就連權仲白都有所察覺——喬家人來訪當天，他真是入宮給皇后請平安脈去了，回來後還問蕙娘。

「聽皇上說，這一次是四大金剛齊聚，連在羅剎國的喬二爺都回來了。還託我問妳，喬二爺是否真去了羅剎國？他有一些羅剎國的事情想問，恐怕燕雲衛還不如二爺清楚。」

「是從羅剎國回來。」蕙娘有點沒好氣。「他堂堂天子，怎麼一點架子都沒有？才讓你給我吹風，想把票號收為官營，這會兒就開始動作了？他好歹也有點耐性吧！」

權仲白似笑非笑。「套我的話？我告訴妳，這票號官營的想法，完全出自我自己的猜測，皇上也就是那會兒在我跟前旁敲側擊，露了露口風，看我沒給回話，卻並未再行追問——好說是一國之君，這點耐性還是有的。就算妳信不過他，難道還信不過我？我好說也是三十多歲的人了，難道就會幫著外人來當傳聲筒？」

自從蓮子滿一席深談之後，兩夫妻說起話來，就更見放鬆了，這和新婚時的嬉笑無忌又有所不同，那時候，權仲白可不會主動過問宜春票號的經營，更不會這麼積極地給蕙娘出主意，和她開這種玩笑。他說不願幫著外人當傳聲筒，言下之意，就是又把蕙娘認可為他的內人了……

「你看你又想多了吧。」蕙娘皺著鼻子。「我什麼時候說你幫著外人當傳聲筒了？再說，那是君父，不是外人。可皇上現在對宜春發生興趣，一心想要和幾大股東接觸，也是不爭的事實。我看，他很可能是看中了二爺比較游離於大爺、三爺、李總櫃抱成的那個團之外，想要許以爵位、官職，由自己人出面，先買下一點股份來。」

「這也很有可能。」權仲白有一個優點，那就是一貫不大固執己見，只要蕙娘說得有道理，他是樂於贊成的。「孫侯的船隊很可能出現問題，現在每過一天，皇上的壓力都更增加一分。西北那邊還好最近是沒有事情，一旦有事，則朝廷財政，真是左支右絀了。他現在正是想錢的時候，會惦記把票號收歸官營的事，也不稀奇。」

對權仲白來說，票號官營後會不會做塌，這肯定不在他關心的範疇裡。事實上蕙娘要是有心把股份交換出去，當然也不必再管宜春號的死活了。就算他所說的那「不為人知，又能賺大錢」的東西，其實並不存在，她手裡的股份換成鹽引、茶引，那也是能持續多年盈利的聚寶盆，還要比票號更穩當一點，畢竟賣鹽也罷了，迄今還沒有聽說有誰賣茶賣出問題來的，他當然是熱心促成此事的。畢竟等宜春號這邊一解脫出來，不論是鹽引也好，茶引也罷，找個鹽茶大戶代管，一年盈利兩邊分成，他帶著蕙娘，天下之大，哪裡去不得？也就不必綁在京城爭權奪利了，甚至連分家出去後的爵位都可以不必操心，反正不論是哪個兄弟繼位，還能不哄著他？權家這一代也就是婷娘在宮裡，還得靠他拉拔，眼看得寵生子似乎是遙遙無期，下一代國公再把權仲白一得罪，恐怕權家就要看見頹勢了……

本來兩人間似乎不可調和的矛盾，這麼一轉身，竟真是消弭於無形了。蕙娘沒提喬二爺，而是好奇他說的皇上珍藏，她催促權仲白。「你快帶我去看了那東西，我心裡也好打個腹稿，醞釀醞釀下一步該怎麼走。」

「現在善榆不在京裡。」權仲白也有點無奈。「得等他回來再帶妳去看，妳也別著急，從三月裡到現在，歇息過沒有？總是這個閒不下來的性子。」

這話別人說猶可，唯獨權仲白說，蕙娘是不服氣的。「你光顧著說我，怎麼不想想你自己？平時進宮扶脈，那也就罷了，得了一點閒就要去扶脈廳，我就納悶了，你怎麼不收幾個徒弟，宮裡貴人不說了，起碼外頭那些病者，可以先行扶過脈、問過病情了，你再去開藥時，也少做好些功夫吧？」

這倒是實話，權仲白最近算是很有心了，前幾個月，他總是有無限的事情要忙，待在立雪院的時間很少，自從來了沖粹園，兩夫妻談開之後，他晚飯一般是保證回來吃的。吃過飯，兩夫妻在天棚裡繞繞彎、消消食，院子裡乘涼看星星、吃西瓜、逗逗小歪哥，也算是忙裡偷閒、苦中作樂吧。這會兒是歪哥去睡了，兩人又都還沒有睡意，便坐在當院裡，打扇子認二十八宿玩。

「拜師的不是沒有，安王還想拜我為師呢。」權仲白淡淡地說。「可我這一身醫術，是不可能有傳人的。」

安王是皇上的小弟弟，因年紀還小，被太妃養在膝下，今年才剛十歲多一點，他對醫學興趣的確很濃厚，甚至還在宮中開闢了藥圃，這個蕙娘也是有耳聞的。不過，權仲白不能收徒的事，她從前真未聽任何人提起——換作是從前的權仲白，可能也不會說給她聽。

開了這麼個頭，後續自然要有解釋，權仲白告訴她。「妳知道我的身世，我母親產後癒合不好，出血甚多，人就沒了……我因為此事，從小就對醫學很有興趣，我們這樣的人家，子弟不能習武也沒有入文的道理，我七、八歲時身子不好，在歐陽家住了一段日子，看老神醫問診，自己也跟著學些皮毛，半年下來，居然也懂得扶脈，曉得開方了。我爹見我有天分，開出來的方子略有醫理，便說動歐陽老神醫傳我醫術。因我們家這個身分，我也不可能入太醫院搶歐陽家的飯碗，老神醫卻不過情面，便收了我這個弟子，但言明歐陽家醫術不可再傳，我將來是不能轉收徒弟的。至於針灸之術，那是我爹看我學醫有成後，從東北老家延請本家前輩過來教我的，得自祖上真傳，當時也發過毒誓，絕不可傳授第三人。也所以，我醫術得自兩家，雖融會貫通後，又有許多新的見解發現，但礙於對兩家的誓言，我絕不能收徒……倒是將來歪哥要是有意從醫，本家秘術可以傳他，歐陽家醫術嘛，託人往歐陽家說說情，沒準兒也能成事。」

「歐陽家現在不知多麼忌恨你呢！」蕙娘不禁笑道。「還想要再傳給歪哥？那真是作夢了。」

「怎麼，妳不反對歪哥學醫？」權仲白關注的倒不是這事，他眼睛一亮，整個人都快活了幾分。「我還以為——」

「從前想往國公位走，自然要全力培養歪哥，免得將來他要去東北過活。」蕙娘淡淡地說。「現在對國公位沒有什麼想法了，他以後愛幹什麼，我都不會干涉……人誰不知道自由自在的好？我一輩子被責任綁著已經足夠了，卻不必讓我的兒子再揹上這樣的擔子。」

權仲白沒有說話，只是把蕙娘攬進懷裡，用力地捏了捏她的肩膀，他也有點感慨。「我頭回見妳的時候，再想不到妳我還有這般和諧的一天……嘿，人生真是再奇妙也不過，誰知道下一步，人會走到哪裡去呢？」

蕙娘大感興趣。「你是說你來拒婚的那一次，還是你給喬哥看診的那一次？再之前就有見面時，可我也太小了，對你來說，算隔了輩吧？」

「倒是對妳一直很有印象，」權仲白首次正面承認。「妳畢竟是守灶女嘛，名氣大得很……我免不得不著痕跡，多打量妳幾眼。不過，妳平時看著和一般人也沒什麼不同，只覺得生得的確挺秀麗，又覺得妳也挺可憐的，小小年紀，就被捲進天家紛爭裡，沒準兒身不由己，就要嫁入天家，一輩子命運再難自主了。後來妳弟弟生病那次，妳倒是已經長大了一點，可對我來說，依然挺小，除了特別精明能幹以外，倒沒有特別的感觸。」他略微不好意思地一笑。「還是妳真正長成後見妳的那一面，覺得妳確實生得是美……」

要不是她不再圖謀國公位，恐怕兩人在肉身情不自禁的吸引之外，精神上依然永遠要保持那時而靠近、時而疏遠的尷尬關係，哪有今日這樣融洽深談的機會？這還是權仲白第一次側面承認，他對蕙娘的確也是一見就有好感。

蕙娘聽得唇角含笑，聲音都軟了。「那你還那麼絕情，字字句句都說得那樣堅定，說什麼配不上我，聽那個語氣，分明是嫌我配不上你……」

「妳這就絕對是多心了！」權仲白給自己喊冤。「我當時的確自認為配不上妳——」

權仲白這個人，看似瀟灑飄逸，其實根本核心裡那個傲，和她焦清蕙是不相上下的。要不是兩人都傲，都將自己所追逐的大道奉為圭臬，又哪會屢次起了紛爭？他要會以為自己配不上才怪！蕙娘也不說話，只是瞪著老菜幫子，老菜幫子被她看得心虛，慢慢地換了說法。

「……好、好，我是自認為我們並不合適……其實要說配不上，我也是有一點配不上，畢竟我對妳來說，是太老了一點……」

「這就算老了？」蕙娘倒不在乎這個。「差了二十多歲的老夫少妻有的是呢，沒聽說啊？一樹梨花壓海棠！」

她想起來唯一就是記恨權仲白拒婚。「真是氣死我了，我怎麼想都想不明白，你怎會覺得我有這個立場拒婚？你這分明就是自己不好受，也想讓我和你一起難受！一個人怎麼能如此不會處事？」一邊說，一邊就廝打權仲白。「到現在，也還是想到就氣！氣死我了，打死你、打死你這個老菜幫子！」

夏天穿得少，這花拳繡腿落在身上，完全是另一種刺激，因歪哥就住在東廂房，孔雀要看守首飾，一直在西廂房睡，權仲白不敢把動靜鬧得太大，他手忙腳亂地壓制蕙娘。「不要鬧、不要鬧，兒子在裡面睡覺呢！」

好不容易把個香噴噴、軟綿綿、浮凸有致的焦清蕙給捆在懷裡了，他首次放軟了身段來哄蕙娘。「是我不好，我辦事前沒想周到，好不好？我就光想著妳在家地位特殊，也許還有點作用。我沒想透，我錯了，我錯了行不行？」權神醫的聲音也有點變調了。「說吧，妳想我怎麼賠罪？」

誰說老菜幫子不解風情了？蕙娘也有點臉紅：正是初解風情的時候，她荒了都有一年了，前陣子雖然兩人說開了，可她又忙，又一個天癸在身上，也沒有論到這裡來……從前兩人彼此敵對的時候，她是無所不為，大膽得很，現在有點情意了，她反而有點說不清、道不明的矜持。從前都是她主動要求，老菜幫子頂多是不反對而已，這回她就偏不說穿，看他能忍到何時。

「嗯……你賠點錢給我吧。」她頂著權仲白灼熱而潮濕的呼吸，強自冷淡地道。「傷心費，一萬兩……」

權仲白在她耳邊低沈地笑了起來，她從前未曾聽到他這樣的笑聲，如此寫意風流，好似一曲笛音，就連情挑，都挑得這樣坦蕩、這樣雅。

「哎呀，女石崇和我這個窮看病的談錢。」他捉住蕙娘的腰肢，把她扳正了看自己。「小的身無分文，可怎麼好？」

一邊說，一邊不疾不徐地就去解長衫暗扣，一顆一顆，把那白皙勁瘦、力道內蘊的上身，慢慢地解了出來。

蕙娘嚥了口唾沫，待要移開眼神，又真有點捨不得，她的聲音幾乎是微弱的，就連回應，也少了幾分平素裡的趾高氣揚。「你、你待要怎樣？」

「錢債還不了，」權仲白的牙齒，在月光下閃閃發亮，他拿起蕙娘的手，往自己肩上放。「那就肉償？」

儘管東西兩廂寂然無聲，燈火全無，權仲白的聲音也不太大，可蕙娘仍是面紅耳赤，她想要義正詞嚴，可手指卻早已禁不住誘惑，在那片光滑溫熱的肌膚上遊走，於是那指責，也變成了輕飄飄、甜得發膩的話。「你要不要臉？兒子就在裡頭睡覺呢……」

既然當院不行，那就只能進屋了。蕙娘是走出屋來的，可進去的時候，卻是臉埋在權仲白脖子裡，雙腿盤在腰間，和個娃兒似的，被他抱進去的。這姿勢本身已經夠教人害羞的了，權某人還要火上澆油——

「妳還記不記得？有一回也是在甲一號，我也是抱著妳——」

「你還說！」蕙娘急得不成樣子。「不許說！——連想都不許想！」

「我幹麼要想？」權神醫是一貫作風，坦白得都有點無賴了。「現在不和那回差不多嗎？就是多了幾層布……噢，妳還比那回濕——」

「啪」地一聲，像是有人吃了一記輕輕的耳光。蕙娘又是委屈，又是氣急。「你、你是要賠罪、還債，還是要把我給逼死？死權仲白、臭權仲白！你放我下來，放——」

伴著一陣掙扎，她的聲音越來越酥，拉得越來越長，到最後，終於化作了近乎無聲的呻吟。「你快點、快、快、快、快——啊——別，別、別別別別……我……我……」

伴著一陣胡亂踢蹬床板的聲音，蕙娘恨恨地——又是提早交代了一次。她捂著眼，不知該如何面對這個主動得近乎下流，下流得近乎淫穢，淫穢得又如此坦蕩的權仲白了。從前，他們雖然什麼事都做過了，可床笫之間，幾乎是很少用到那兩片唇兒的，她作夢都想不到，權仲白居然會……

「髒死了……」她捂著臉，悶悶地埋怨。「你、你討厭……啊——」

下身一陣滿脹，那壞得不得了的東西，在一年多以後，又一次擠進了她的身體裡，刮著她的癢癢肉。蕙娘沒看權仲白，可她聽得懂他的語調，他惡劣得很，把她欺負成這樣了，竟還有幾分得意——

「我以為妳是不屑於口是心非的——啊！」這一聲驚呼，是真的猝不及防。

蕙娘咬著唇，緊閉著眼，得意地笑了，再運起江嬤嬤教她的素女玄功，得意地道：「你、你有童子功，我難道沒有素女功來配你嗎？權、權仲——」

權神醫久曠初戰，頭一槍未能奏效，自然大起血性，抖擻精神，重又苦戰起來。蕙娘哪有不加緊迎戰的道理？她口中掛著的這個白字，竟是一個晚上，都顧不得吐出來……

第一百二十七章

蕙娘從小受長輩教導：一件事用心不用心去做，差得很多。她本人亦深以為然，任何一件事，只要用足心思，本來能做七分，現在能做九分；本來能做九分，現在就可以做到十二分。兩人現在已經談開，權仲白化被動為主動，這樁事將會有些不一樣，她是有所準備的。

從前未曾生育，花道窄小，權仲白進來的時候，蕙娘一直是有一點疼的，只是這疼為快意所掩蓋了，她也不當回事。直到今日，她才明白真正快美合適的滋味，也才有了迎戰權仲白的實力——從前他甚至還沒靠近高點呢，她就已經被折騰得死去活來了，腰痠背痛之餘，更是連連泄身，為不過分損害陰精，他也只有草草了事，蕙娘一直疑心他在這事上從來就沒有真正快意過，要不然，她也不會那麼積極地去學口手功夫……如今倒是好了，我軍經過錘鍊，真正成熟起來，又修練新式武功，竟能和敵軍勉強戰個旗鼓相當。也算是用心過後，驗收成就之日——權仲白剛進來，就被她給絞得大吃一驚，差點丟盔卸甲，蕙娘有點得意。

可她卻全沒有想到，道高一尺，魔高一丈。她把九分做到十二分，很了不起嗎？人家權仲白原來是十成內力，恐怕體諒她女兒家初承鞭撻，只放出了一成、兩成來，如今使出全套本領，又哪裡是她能抗衡的？花徑再泥濘緊窄、盤旋環繞又如何？權仲白頂得開，次次都貫進最深，塞得她滿滿脹脹，直欲死過去，錦鯉是吸得水，可卻吸得他更興奮，那惹人憎的小醫生又硬了一分、燙了一層、脹了一寸……一進一出，刮得蕙娘花道斜上那塊癢癢肉顫顫巍巍，她本來體質就敏感多汁，被權仲白這麼挑著，津液更加豐潤，哪裡還記得行功？捂著臉嗚嗚咽咽地，又被他重重一擊，美得語不成聲……

這且都還不算什麼，最惱人的是他的唇舌，權仲白以前沒有這麼愛說話的，也、也沒有……沒有這麼主動、這麼霸道，欺負得她喘不過氣來，明知她要死，明知她受不住他的挑弄，卻還是執意要將她的高傲給折辱倒地，要將她徹徹底底地給征服，不留下一點空隙。

「你……你夠……」一旦敗退下來，蕙娘就再沒有反抗之力了，只能一次又一次地被欺負得魂飛天外。她漸漸連囫圇話都說不出來了，只能胡言亂語。「別、別──呀──別──不、不、不要不要不要，你──」

模模糊糊間，身子底下被塞進一個硬物，權仲白居然把她的腰給墊高了，這下哪還得了，十次裡有九次都能挑著她的癢癢肉，蕙娘連話都喊不出來了，她甚至都顧不得顏面，再不顧忌聲音會否傳出屋宇，捂著臉半是嗚咽、半是尖叫。「不成、不成，我又……」

「不成了？」權仲白銜著她已是紅腫不堪的乳尖吹了一口氣，還有點戲謔。「妳的素女功，功法不對呀！」

蕙娘正是魂飛魄散的時候，哪裡顧得上和他鬥氣？被這麼一吹，真個是歪歪倒倒、淚星飛濺，和叫嚷的一般，又「壞」了一次。

──至此，雖說表現比之前有很大的改善，可還是敵不過權大高手，依然一敗塗地……

要在往常，蕙娘都這麼多次了，權仲白多半也就偃旗息鼓，不會再折騰她多久，有時候他還怕她禁不住撻伐，抽將出來，只借她雪股一用。可如今，蕙娘真個連眼睛都睜不開了，權仲白卻不放過她，他將她翻過身來，令清蕙伏在床間，在後頭稍微一抹，便極是滑暢地挺身長入，把蕙娘剛睜開的星眸，又頂得緊緊閉上了……

「你、你……嚶，你欺負、你欺負……」蕙娘何曾嘗試過這樣的姿勢？她如此自視甚高的人，自然是從來都喜好女上男下，縱偶然被權仲白壓倒，也從來沒有被他擺弄成這個樣子。這姿勢、這姿勢……太欺負人了！她想掙扎，可又美得提不起力氣，一腔冤屈之氣，只能化作半真半假的嗚咽聲，這會兒她真像是個小嬌妻了。「你欺負人……」

「我哪欺負妳了？」權仲白的聲音漸漸也帶了喘息，他忽然一口咬在蕙娘肩頭，多少用了幾分力氣。

蕙娘在微疼中，更感到一種別樣的刺激，她難以自制，輕喊出聲，底下也牢牢咬住權仲白不放，漸漸又有躍動之意。她慌了，一迭連聲喊：「別動別動，又、又又——」

「求我。」權仲白果然止住不動，在她耳邊低聲道：「喊聲『郎君，求你』，便饒了妳這一遭。」

蕙娘心裡，真是又氣又急，身上是又痠又癢，偏偏自己卻不爭氣，真個大有再度交代之意，此際不低頭，那廝長槍慢拖，一路刮著出來，刮出一路銷魂，這廝長指微涼，揉得她從花蒂顫到心尖，縱有多少雄心，當此真是命也交代去了，哪還留得壯志？意軟鬟偏間，到底還是留了一手，換出蘇白來，又使壞。「好郎中，吾服了，饒奴一遭！」

權仲白最受不得這個，才抽得一半，又重重搗進，陽氣洶湧而出，燙得她從天靈酥到湧泉，到底還是又死了一回……

從前沒有比較，只覺得權仲白已經做得頂好，沒什麼可以挑剔的地方。比起江嬤嬤所說——男子年過三十，陽氣衰弱，即使一月只四、五次，一次只百餘抽，也是人之常情——他的表現，何止優異了百倍，待她也是體貼軟和，總是照料得她妥妥貼貼的。可蕙娘是直到這一回之後，才知道他原來真正動情用心之後，竟是這番表現……才知道原來閨房之樂竟如此重要。此時此刻，不論心中有多少丘壑，她也是從指尖饜足到了腳趾尖，什麼都不願想了，就願星眸半閉，窩在權仲白懷裡，由著他慢條斯理地拿熱手巾給她擦身子。即使身下床褥，已是一片狼藉，黐巴巴、濕漉漉，她也顧不得去在意了——就是看著權仲白，也覺得他實實在在，和自己是很親近的。縱有那些不好，可終究，也還有許多好處，而只要有這些好處在，兩人終究還是能走到一塊兒的。

「奇了，」她握著拳頭，淺淺伸了個懶腰。「從前完事以後，總是疲累得很，連眼皮都睜不開了，今兒怎麼還怪有精神的，一時半會兒，好像還不想睡呢？」

「妳練了素女功嘛。」權仲白說。「道家功法，盜取陰陽交合時迸發出的精氣，導引採補自身，只要修練得當，這種事做多了還是有補益的。一會兒精氣歸化入脈，妳就覺得倦了。」

蕙娘從前和權仲白行過周公禮以後，的確總是大覺疲憊，這種事說來也是挺勞累的，主要是一個勁兒地運腰力，腰骨泛痠。她雖不至於第二天腰都直不起來，但也的確覺得行動不便、精力不濟。原以為這輩子都要這樣了，沒想到聽權仲白的意思，自己以後在這種事上就不用那麼費力了，她不禁一喜，又和權仲白翻舊帳。「那你以前說什麼，你要放縱開了自己，我根本就吃不消，那都是在嚇唬我？」

「我要肆意索求，妳吃得消吃不消，妳倒是自己說說。」權仲白把手巾丟進盆裡，又抱起蕙娘，將她安置到床裡乾爽些的地方，自己略微揩拭被褥，在她外側躺下了。「不過妳資質不錯，看來功法行得開。即使做的時候比較累，事後損耗不大的，反而我給妳次數越多，妳越覺有增益。」

「那你做什麼那樣說……」蕙娘不樂意了。「你唬我也拿別的唬啊，拿這種事唬，有意思嗎？」

「好像妳對我做的任何一件事，都很有意思一樣。」權仲白別的不拿手，抬槓是最拿手的。不過現在服軟低頭也很拿手，蕙娘眉才一立，他又軟下來了。「好好好，我沒意思、我沒意思行了吧？」

等蕙娘的眉宇被他拍得舒展開來了，他才分析給她聽。「當時我要離開去做那麼一件事，萬一出點差錯、受了傷，誰知道要住多久？不把妳唬住，該怎麼節制妳？妳這個人，實在是太……太刁鑽了，我虛言恫嚇，未必能唬得住妳，真箇要威脅，我又有什麼好威脅妳的？妳是摸透了我……我不刁鑽一點，恐怕等我回來的時候，家裡什麼都弄好了，就等著我繼位世子呢！」

蕙娘並不否認她已經漸漸地摸透了權仲白，她輕輕地嘆了口氣，低聲道：「其實，世子也沒什麼好的，我現在倒是不執著了。」

沒等權仲白誇獎她呢，她又有點感傷。「可人世間很多事往往就是如此，有些東西你越是想要，彷彿就越難以得到，等你已經不想要的時候，好像又有很大的可能，是非你莫屬……」

這點惆悵，倒是貨真價實，權仲白拍撫她的手，本來漸漸地都緩了下來，似乎大有睡意，可卻被她這句話給嚇醒了。「非我莫屬？」

「這個家就這麼幾個兒子，」蕙娘靠在他懷裡，分析給他聽。「大哥現在是不成了，去了東北，沒有回來的道理。三弟，平時沈默寡言，非常內秀（注），才具如何，你心裡有數嗎？」

權仲白沒回答她，這沈默裡的答案，蕙娘多少也有數的：不是根本不瞭解，就是根本不看好了。

「四弟，年紀小，性子看似還不定，其實幾乎就是個……」蕙娘把話給吞進去了。

其實這肌膚之親，不但能消融女兒家的心房，對男人也是一樣管用的。說句大白話：爹親娘親，比不上和你睡的老娘們親。要在平時，權仲白可能根本就不會接蕙娘的話頭——這等於是給蕙娘進讒言離間兄弟感情的機會嘛！可這會兒他發問得就很自然。「怎麼，季青有什麼不妥？」

「他就是個瘋子……」蕙娘說。「我也舉不出什麼憑據，可我就覺得他不對勁，我有點怕他……」

她一邊說，一邊就想到大少夫人臨別時的那番話：我怕的是另一種人，另一種完全談不得交易的人。

那個連坦承下藥，都是那樣從容自然，移居東北都不能折損她半點驕傲的大少夫人，在說那番話時，是真的有了懼意，她看得出來，她是打從心底懼怕她所說的那種人……

這番懼意，似乎也傳遞到了她的話裡，蕙娘瞟了權仲白一眼，發覺他的眉頭，漸漸也聚攏了起來，雖說面帶深思，但卻並無不悅。

要在從前，她肯定覺得權仲白有一說一，藏不住事，面上沒事，心裡肯定也就沒事。可現在她不那樣肯定了，她覺得他就像是一條很清澈的河，看著淺，淌進去了才知道深。蕙娘沒往下說，點到即止。「不論如何，這兩個兄弟，看起來都不像是能在一、二十年內，把國公府給扛到肩上的樣子。你也知道，料理一個世家，不像是看上去那麼簡單，別的不說，這一代，還有婷娘在宮裡、雲娘和雨娘在夫家呢。東北老家需要支援、那麼多生意要打點，就

注：內秀，意指貌似粗俗，實則慧根深藏之人。

只是守成，不圖進取，那也得選對承嗣之子吧……很可能爹娘還是想把擔子壓到你身上，我看，你也不像是能絕情得一走了之的樣子，真要想走，你就不會回來娶我了。你真到海外去了，難道雨娘還真就不嫁人？所以真到了那一天，你逃無可逃，家裡沒有第二個合適人選的時候，再不情願，你不還是得把國公位給挑起來？」

這話在心平氣和中又透了一點尖銳，權仲白一時竟不能答。

蕙娘索性翻過身子，問權仲白。「不然，你說你不做世子了，這世子，是叔墨當好，還是季青當好呀？」

雖說國公爺自然也是千姿百態，什麼樣的人都有，可也不能不承認，權叔墨和權季青都不像是能接替良國公的樣子。這種事是不能開玩笑的，權家老老小小上千口人，都指著國公爺領頭呢，萬一這位置所託非人，光是吃喝玩樂，不務正業，令國公府逐漸衰敗，那也就算了。最怕是胡亂攪和到政治鬥爭裡去，那可就是動輒傾家滅族的大禍了。達家要是能有一個強力一點的家主，節制住大皇子，魯王現在沒準兒還在山東好好地做他那富可敵國的藩王，達家又哪會和如今一樣淒慘落魄？

蕙娘見權仲白眉宇漸次深沈，也不想把氣氛搞得太沈重，便調開了話頭，和他說起孫侯來。「今天三爺還和我提呢，說是孫侯去新大陸了……」便絮絮叨叨地，將孫侯的下落，並喬家不看好官方收編票號的兩件事說了。「我們要把股份賣給天家，等於是一腳把喬家給蹬了，我總覺得不大厚道。而且他們顧慮得也對，官商在什麼時候，不是官家吃力不討好，往外倒賠銀子？宜春號一旦給了官家，不到兩年肯定得垮。就連天家，喬家也未必會放心。往前推個十年、二十年，還是安皇帝當政的時候，他是已經把天家的信譽給敗光嘍！」

「安皇帝和當今不能比。」權仲白似乎也很樂意繞開世子這個敏感的話題。「我就這麼和妳說吧，魯王雖說才具是有，可和當今比，那沒得比了。當今的路，是他自己一步步走出來的。安皇帝想要宜春號，是看中了那點浮財，可當今想要宜春，其實就是為了用宜春現成的這一張網。妳要真的肯讓，我略和他一啟話頭，往後的事他一定給安排得妥妥當當的，妳並不用操一點心。」

蕙娘一撇嘴，有點帶酸。「他就那麼好，連你都這麼佩服？我可不太信。當官的都不懂經濟上的事，這裡頭很多事，權柄越大越容易辦砸呢！我再想想吧……倒是孫侯的事，你看我們要不要插手壓一壓？孫侯去那個新大陸，這消息往上報，也好也不好。好，是總算還給了皇上一線希望；不好，是這一線希望背後，擔憂就更深了……」

「光是從這裡過去，就花了有三年……」權仲白慢慢地說。「回來可能也要三年……皇后很可能是挺不到那個時候了。早則半年，遲則兩年內，必定有一次大發作，這一次肯定是瞞不過去的。妳說，這事該怎麼辦呢？」

他長長地嘆了口氣，居然主動來問蕙娘的意見。

——未完，待續，請看文創風107《豪門守灶女》6

機關算盡、局中有局之絕妙好手／玉井香

任何磨難，凡是殺不死她的，
終將化作她的養分，令她變得更強，
她就像懸崖上的花，牢牢抓著岩間的縫隙，
什麼風吹雨打都無法令她低頭！

輕鬆好笑、令人噴飯之宅門大家／棠茉兒

肥妃不好惹

文創風 089 上

這個王妃實在當得很憋屈，
王爺討厭她、妃妾排擠她、下人不甩她，
不過這些都不打緊，
眼下最急的是——
她得盡快減肥成功才行！

穿回古代、還成了皇長子睿親王的王妃，這些離譜的事她都能勉強接受，
但……她上輩子究竟是造了什麼孽，做什麼這樣嚴懲她啊？
這位叫若靈萱的王妃右邊眼瞼上有個紅色胎記，像被人打了一拳似的，
而且不僅醜，還長得肥……是很肥！人要吃肥成這樣，也實在太過分了些，
有這副肥到走幾步路就喘的身子，她還能成啥事啊？
別說王爺夫君厭惡她、整個王府中沒人將她這王妃放在眼裡，
就連她自個兒攬鏡自照，都很想一把掐死自己算了！
難怪連她底下的幾個小妃妾們都不怕她，還害她掉入湖中，丟了性命，
看來，當務之急得先努力減肥才成，否則她逃命都逃不遠了，能奈對方何？
接著她得要好好露兩手，讓所有人知道，她可不是當初那隻任人欺侮的病貓！

文創風 090 中

古代的妻妾爭鬥
對她而言雖然是沒啥可看性及威脅性，
但一不小心誤入陷阱的話，
可也是會被折磨得掉一層皮呢！
瞧她，不僅是皮，連肉都掉了好幾圈……
嗯？這也算是因禍得福吧？

蛤？林側妃吃了她代人轉交的糕點後，就中毒暈死過去了？
由於糕點是林側妃的親姑姑林貴妃送的，沒道理害自個兒的姪女，
所以她堂堂王妃倒成了唯一的加害者，理由不外是妻妾間的爭寵吃醋，
呿，這簡直是笑話！一來，她若要下毒，會親自出馬讓人有機會指證嗎？
這種搬不上檯面的小兒科手段，根本是在侮辱她若靈萱的智慧嘛！
二來，她壓根兒不愛王爺夫君，喜歡的另有其人，哪來的因妒生恨啊？
他高興愛誰就去愛誰，她求之不得，最好他能答應和離，那就再好不過了，
偏偏這裡不是她說了算，他要關押她候審，她也只能乖乖就範，
慘的是，林貴妃趁王爺外出時，派人來帶她進宮「問話」，對她大動私刑，
嗚～～她該不會莫名其妙命喪宮中吧？她這也太坎坷了點吧？

文創風 091 下

古代生活太乏味，
她不找點事來做做可要無聊死啦！
唔，如今呢是肥也減了，
妃妾們的迫害事件也一一解決完，
接下來不如邊開店調劑身心，
邊挑選下一任夫婿好了……

若靈萱萬萬沒想到，自個兒瘦下來、臉上的紅疤又治好後，竟會美成這樣！
這下可好，不僅夫婿君昊煬看她的眼神愈來愈曖昧兼複雜，
就連小叔君昊宇對她的愛意也是愈來愈藏不住，害她一時左右為難，
沒想到老天像是嫌她不夠忙似的，連皇叔君狩霆也來插一腳，對她頻頻示好！
唉唉，她以前又肥又醜時就遭人排擠陷害了，再這麼下去還焉有命在？
嘖，不管了不管了，她決定先把感情放兩邊，賺錢擺中間，
倘若能在古代開間肯德基及麻將館，讓百姓們嚐嚐鮮，有得吃又有得玩，
到時銀子肯定會大把大把地滾進來，唉唷喂，光想她都快開心地飛上天啦！

風 文創
106

豪門守灶女 5

國家圖書館出版品預行編目資料

豪門守灶女 / 玉井香著. --
初版. -- 臺北市 : 狗屋, 民102.07-
冊 ; 公分. --（文創風）
ISBN 978-986-328-107-8（第5冊：平裝）. --

857.7 102011361

著作者 玉井香
編輯 黃淑珍
校對 黃薇霓 林若馨
發行所 狗屋出版社有限公司
地址 台北市104中山區龍江路71巷15號1樓
電話 02-2776-5889～0
發行字號 局版台業字845號
法律顧問 蕭雄淋律師
總經銷 知遠文化事業有限公司
電話 02-2664-8800
初版 102年8月
國際書碼 ISBN-13 978-986-328-107-8
原著書名 **《豪门重生手记》**，由北京晉江原創網絡科技有限公司授權出版

定價230元
狗屋劃撥帳號：19001626
網址：love.doghouse.com.tw E-mail：love@doghouse.com.tw